살아 있는 정리

살아 있는 정리

세드릭 빌라니 지음 | 클로드 공다르 그림
이세진, 임선희 옮김

CÉDRIC VILLANI

해나무

차례

| 일러두기 |

1. 저자의 뜻대로, 46~47쪽, 65쪽, 96쪽, 166~176쪽, 240쪽, 246쪽, 272~273쪽은 프랑스어판처럼 영어 원문을 그대로 실었다.
2. 주석은 273쪽의 저자주를 제외하고, 모두 옮긴이주이다.
3. 본문 중 고딕체는 원서에서 이탤릭체나 대문자로 강조한 부분이다. 단, 세드릭과 클레망이 주고받은 메일에서 강조된 부분은 진한 고딕체로 표기하였다.
4. 한국어판에서는 독자의 편의와 이해를 돕기 위해 뒤에 용어 설명과 찾아보기를 추가하였다.

연구자, 수학자의 삶이란 어떤 것인지, 우리의 일상은 어떻게 이루어져 있는지, 수학적 저작은 어떻게 집필하는지 나에게 물어보는 사람들이 많다. 이 책은 이러한 물음에 답해보려는 시도에서 나왔다.

이 이야기는 모험에 뛰어들기로 결심한 첫 순간부터 새로운 성과—새로운 '정리定理'—를 공개하는 논문이 국제 학술지에 채택되는 순간까지, 하나의 수학적 진전이 이루어지는 과정을 따라간다.

그 두 순간을 연결하는 연구자들의 여정은 결코 직선적이지 않다. 인생도 그렇지만 연구자들의 행보 역시 어디로 튈지 모르는 우회를 거쳐 미궁 속을 더듬어 나아간다.

딱히 소개할 필요가 없다고 생각한 몇 가지 사소한 조정을 제외하면 이 이야기는 온전한 실화, 적어도 내가 느낀 사실 그대로다.

영어로 작성된 몇몇 대목들은 책 뒤에 번역을 수록해두었으니 찾아보기 바란다.•

예기치 않은 만남에서 이 책의 집필을 권해준 올리비에 노라에게 감사한다. 몇 번이나 꼼꼼하게 원고를 읽고 여러 가지 제안을 해준

• 한국어판에서는 우리말로 번역했으며, 영어 원문을 뒤의 부록에 수록해놓았다.

클레르에게 감사한다. 멋지게 삽화를 그려준 클로드에게도 감사한다. 나의 의견을 경청하고 책을 잘 만들어준 아리안 파스켈과 그라세 출판사 편집부에도 감사한다. 마지막으로, 클레망과의 공동 연구는 결코 잊지 못할 것이다. 그의 도움이 아니었다면 이 책의 주제가 달라졌을 것이다.

독자들이 인터넷을 통하여 내게 전달하는 질문이나 논평은 늘 환영하고 있다.

2011년 12월, 파리에서

1장

2008년 3월 23일, 리옹.

일요일 오후 1시, 분주하게 일하는 두 명의 수학자만 아니면 연구소는 텅 비어 있을 시각이다. 내가 8년째 차지하고 있는 리옹 고등사범학교 4층 연구실에서 미팅이 조용히 진행되는 중이다.

나는 편안한 의자에 앉아 어렸을 때 피아노 선생님께 배운 대로 손가락을 거미처럼 쫙 펴고 널찍한 책상 위의 키보드를 정력적으로 두들긴다.

왼쪽에 따로 떨어져 있는 책상은 컴퓨터 작업용이다. 오른쪽 책장에는 수학과 물리학 도서 수백 권이 들어 있다. 뒤쪽의 긴 선반에는 케케묵은 수천 장의 논문 복사물을 공들여 분류해놓았다. 학술지가 웹서비스를 하기 이전의 자료들이다. 그 밖에도 내 월급으로 책 욕심을 마음껏 채울 수 없었던 시절에 복사해서 가제본한 수많은 연구서적들이 있다. 오랜 세월에 걸쳐 끼적거린 연구 노트들을 꼼꼼하게 분류해서 늘어놓으니 족히 1미터는 차지한다. 다른 이들의 연구 발표를 들으면서 보냈던 수많은 시간을 증명하는 필기 노트들의 분량도 만만치 않다. 내가 마주하고 있는 책상 위에 나의 노트북 가스파르가 놓여 있다. 가스파르라는 이름은 혁명적인 수학자 가스파르 몽주에게서 따온 것이다. 그 옆에는 수학 기호들로 뒤덮인 종이 뭉치가 쌓여 있다. 내가 세계의 여덟 구석에서 적었던• 종이 뭉치를 여기에 한데 모아두었다.

나의 공모자 클레망 무오가 눈빛을 빛내며 정면 벽 전체를 차지하는 화이트보드 앞에 마커를 들고 섰다.

"이제 설명 좀 해봐. 왜 오라고 했어? 어떤 프로젝트야? 이메일에 그렇게 막연한 소리만 늘어놓아서야……"

"아주 오래 전부터 나를 사로잡았던 오래된 악마에게 도전할 거야. 엄청나게 야심찬 프로젝트지. 비균질적인 볼츠만 방정식의 정칙성regularity 문제."

"조건이 있을 때의 정칙성 말이야? 그러니까 정칙성에 대한 어떤 하한 조건을 가정할 때?"

"아니, 조건 없는 정칙성."

"세상에! 섭동의 틀perturbative framework을 벗어나는 정칙성이라고? 우리가 할 수 있겠어?"

"응, 착수해봤는데 꽤 진전이 있었어. 아이디어는 있는데 답보 상태야. 이미 몇 가지 축소된 모형들을 써서 어려움을 분해해봤지만 제일 간단한 경우도 풀리지 않더라고. 나는 최대 원리 논법argument of maximum principle으로 해결을 봤다고 생각했지만 아니었어. 모든 게 무너졌어. 그 얘길 좀 하고 싶은데."

• 보통은 '세계 구석구석에서'라는 뜻으로 'aux quatre coins du monde'를 쓰지만 저자는 세계를 표상하기에는 여덟 개의 꼭짓점이 있는 육면체가 사각형보다 더 낫다는 이유로 'aux huits coins du monde'를 썼다고 직접 밝히고 있다.

"말해봐. 들어줄 테니까."

나는 기나긴 이야기를 시작했다. 내가 상상했던 결과, 나의 시도, 내가 한데 잇지 못했던 다양한 조각들, 제대로 들어맞지 않는 논리적 퍼즐, 여전히 무릎 꿇지 않는 볼츠만 방정식에 대해서.

내가 어느 기자에게도 말한 바 있지만 볼츠만 방정식은 세상에서 가장 아름다운 방정식이다! 나는 어릴 때, 그러니까 박사논문을 쓸 때부터 이 방정식에 빠져들었고 그 후 이 방정식의 모든 면을 연구했다. 볼츠만 방정식을 통하여 오만 가지 연구를 했다. 통계물리학, 시간의 화살, 유체역학, 확률이론, 정보이론, 푸리에 해석학…… 이 방정식에서 비롯된 수학적 세계에 대해서 나보다 더 잘 아는 사람은 없다는 말을 들었을 정도로.

7년 전에 나는 클레망을 이 신비로운 세계로 끌어들였다. 그가 나의 지도하에 박사논문 준비에 들어갈 무렵이었다. 클레망은 공부 욕심이 대단했다. 내가 볼츠만 방정식에 대해서 쓴 논문과 저작을 전부 다 읽은 사람은 아마 클레망 한 사람뿐일 것이다. 이제 클레망은 어엿한 한 사람의 연구자, 명석하고 열정적인 연구자가 되어 있다.

7년 전에는 내가 그를 거들어주었는데 지금은 내가 그를 필요로 하는 입장이다. 나는 아주 어려운 문제에 부딪쳤다. 혼자 힘으로는 풀 수 없을 것이다. 이 이론을 손바닥 들여다보듯 훤히 아는 누군가에게 내가 기울이고 있는 노력을 최소한 설명이라도 할 수 있어야 한다.

"스치듯 지나가는 충돌이 존재한다고 가정하자고, 알았지? 컷오프가 없는 모형이지. 그렇다면 방정식은 분수적 확산fractional diffusion이 될 테지. 퇴화degenerate되긴 했지만 어쨌든 이것도 확산은 확산이

란 말씀이야. 우리가 밀도와 온도의 구간을 정하는 순간부터 비국소성non-locality을 고려하는 데 적합하도록 변형한 모저의 반복 도식Moser-style iteration scheme을 따라가볼 수 있을 거야."

"모저 도식을? 음…… 잠깐만, 노트에 적으면서 들어야겠어."

"그래, 모저 방식의 도식. 핵심은 볼츠만 연산자Boltzmann operator야…… 이 연산자가 국소적이지 않고 이중선형bilinear인 건 사실이지만 그래도 추상적으로 생각하면 발산 형태란 말이야. 바로 그렇기 때문에 모저 도식을 적용할 수 있는 거지. 함수의 비선형 변환을 통해 거듭제곱을 올리고…… 그리고 사실은 온도만으로는 안 돼. 2차 모멘트 행렬을 제어해야 한다고. 어쨌거나 핵심은 양positivity의 함수라는 거야."

"잠시만, 너무 빨라. 어째서 온도만으로는 충분하지 않다는 거야?"

나는 오랫동안 설명했다. 우리는 의견을 나누고 이의를 제기했다. 화이트보드가 금세 수학 기호들로 빼곡하게 뒤덮였다. 클레망은 양부호 문제를 더 파고들기 원했다. 어떻게 정칙성에 대한 경계bound 없이 함수가 항상 0보다 크다는 걸 보일 수 있단 말인가? 그게 가능한가?

"잘 생각해보면 그렇게 충격적인 것도 아니야. 충돌은 아래경계lower bound들을 주고 갇힌 영역 안에서의 수송transport 역시 아래경계를 주지. 좋은 방향으로 가고 있어. 두 효과는 서로를 강화할 거야. 아주 운이 없다면 모르지만. 예전에 베른트도 시도를 했었지만 실패했지. 그래, 성공은 못했지만 도전을 했었던 선례들은 무더기로 있어. 그래도 그 추측만큼은 여전히 수긍할 만해."

"그러한 수송이 정칙성 없이도 양(+)으로 나타난다고 확신해? 그렇지만 충돌 없이 밀도값을 옮기면 그건 더 큰 양으로 나타나지 않는데……"

"맞아, 하지만 속도에 대해 평균을 취하면 더 큰 양의 값으로 나타날 수 있지…… 동역학 평균 보조정리들이랑 비슷하지만 정칙성이 아니라 양의 성질과 상관있는 거야. 사실 아무도 이러한 관점으로는 연구를 하지 않았지. 그러고 보니 생각나네…… 음, 2년 전에 프린스턴 대학교 박사후 과정에 있는 중국인이 비슷한 질문을 했었어. 자네가 수송 방정식을 푼다고 치자고. 이를테면 원환체torus에서 말이야. 자네는 정칙성을 0으로 잡고 공간적 밀도가 양이 되는 것을 보여주려고 해. 정칙성 없이 말이야! 그 중국인 수학자는 자유수송에 대해서 그걸 보일 수 있고, 좀 더 일반적인 경우에는 아주 작은 시간에 대해서 보일 수 있었어. 하지만 큰 시간을 다루면서는 난관에 부딪쳤지…… 당시에 나는 그 중국인의 질문을 다른 수학자들에게도 전달했었어. 하지만 어디서도 설득력 있는 답변은 받지 못했지."

"잠깐만, 일단 자유수송의 경우에는 어떻게 보이는데?"

'자유수송free transport', 이건 이 바닥의 은어隱語로서 입자들이 상호작용하지 않는 이상적 기체를 가리킨다. 아주 단순화된 모형이므로 현실성은 없지만 우리는 이 모형을 통해 상당히 많은 것을 알아낼 수 있다.

"아, 그야 방정식의 명시적인explicit 해를 이용하면 나오지 않을까? 잠깐 증명을 다시 찾아보자고."

우리는 각자 동리라는 그 중국인 연구자가 전개했을 추론을 재구성하기 시작했다. 그건 대단한 성과라기보다는 가벼운 연습문제에 불과했다. 하지만 우리는 이 사소한 연습문제의 답을 이해함으로써 거대한 수수께끼를 푸는 길에 발걸음을 들여놓게 될 터였다. 게다가 우리는 게임을 하는 기분이었다. 몇 분간 말없이 쓱쓱 연필만 끼적인 결과, 내가 먼저 문제를 풀었다.

"답이 나온 것 같은데."

나는 연습 시간에 학생들의 오답을 고쳐줄 때처럼 화이트보드 앞으로 가서 내가 얻은 답을 썼다.

"해를 원환체들로 제한해서 분해하면…… 각각의 원환체에서 변수 변환을 하는 거야…… 그럼 야코비 행렬식이 하나 나오고 리프시츠 정칙성을 이용할 수 있지…… 그럼 결국 $1/t$의 수렴을 얻을 수 있어. 완만하기는 해도 분명히 말이 된다고."

"뭐야, 그럼 정칙화를 얻은 게 아니잖아…… 평균으로 수렴을 낸 거라고…… 평균으로……"

클레망은 나의 계산 앞에서 큰소리로 그 과정을 따라가 보았다. 그러다 갑자기 그가 정신이 번쩍 나는 듯 흥분해서 손가락으로 보드를 가리켰다.

"아, 이게 란다우 감쇠에도 사용될 수 있는지 확인해봐야겠어!"

놀라웠다. 잠시 침묵이 흘렀다. 막연하게나마, 중요한 것이라는 감이 왔다.

나는 설명을 부탁했다. 클레망은 표현하기 어려워하며 생각을 정리하더니 이 증명이 3년 전에 미국 프로비던스에서 얀구오라는 중국인 수학자와 나눈 토론을 생각나게 한다고 했다.

"란다우 감쇠에서는 가역 방정식에 대한 완화를 찾으려 하잖아……"

"그래, 그래, 그건 나도 알아. 하지만 상호작용은 아무런 역할도 하지 않나? 여기선 블라소프 방정식인지 아닌지 모르고, 그저 자유 수송인데?"

"그래, 아마도 상호작용이 어떤 역할을 할 테지. 그리고…… 수렴은 지수함수로 나타날 테고. $1/t$이 최적일 거라고 봐?"

"그럴듯하지 않아?"

"하지만 정칙성이 더 크다면? 그게 더 낫지 않겠어?"

내 입에서 "흐음" 소리가 나왔다. 의심과 집중, 흥미와 답답함이 뒤죽박죽이었다.

우리는 입을 앙다물고 시선을 고정한 채 잠시 침묵하다가 다시 의견을 주고받았다. 신화적인(그리고 신비로운?) 란다우 감쇠가 아무리 흥미로울지언정, 우리의 최초 연구 프로젝트와는 상관없었다. 우리는 몇 분 후 다른 문제로 넘어갔다. 토론은 오랫동안 이어졌다. 우리는 꼬리에 꼬리를 무는 수학의 문제들을 건드리며 차츰 나아갔다. 메모를 하고, 의견을 나누고, 흥분해서 펄펄 뛰다가, 뭔가를 배우고, 공격 작전을 준비했다. 그래도 결국 우리가 헤어질 즈음에는 란다우 감쇠가 집에서 풀어와야 할 과제 목록에 올라가고 말았다.

*

1870년경에 발견된 볼츠만 방정식

$$\frac{\partial f}{\partial t}+v\cdot\nabla_x f=\int_{\mathbb{R}^3}\int_{\mathbb{S}^2}|v-v_*|\Big[f(v')f(v'_*)-f(v)\,f(v_*)\Big]dv_*d\sigma$$

은 희박한 기체의 변화를 모형화했다. 그러한 기체는 서로 충돌하는 수많은 입자들로 이루어져 있다. 우리는 이 입자들의 위치와 속도의 통계 분포를 $f(t, x, v)$라는 함수로 나타낸다. 이 함수는 시간 t에서 (대략적으로) x라는 위치와 (역시 대략적으로) v라는 속도를 갖는 입자들의 밀도를 가리킨다.

루트비히 볼츠만은 어떤 기체의 엔트로피 혹은 무질서에 대한 통계적 개념을 발견했다.

$$S = -\iint f \log f \, dx \, dv$$

그는 볼츠만 방정식을 이용하여 엔트로피가 임의로 정해진 최초 상태에서 시간이 흐를수록 증가하기만 할 뿐 결코 감소하지 않는다는 것을 입증했다. 다시 말해 기체는 자연스럽게 점점 더 무질서한 상태로 나아가며 이러한 변화는 가역적이지 않다는 것이다.

볼츠만은 엔트로피의 증가를 통하여 수십 년 전 열역학 제2법칙이라는 이름으로 알려진 법칙을 재발견한 셈이다. 그러나 그가 이 법칙에 개념적으로 공헌한 바는 아주 특별하다. 열역학 제2법칙은 실험 환경에서 관찰되어 원칙으로 수립된 경험적 법칙이었으나 볼츠만은 이를 논증으로 풀어냈기 때문이다. 또한 그는 신비로운 엔트로피에 대하여 매우 풍부한 수학적 해석을 도입했다. 마지막으로, 볼츠만은 예측불가능하고 혼돈스러우며 가역적인 미시물리학과 예측가능하고 비가역적인 거시물리학을 통합했다. 이러한 공헌은 이론물리학의 명예의 전당에 볼츠만을 위한 자리를 마련하기에 충분하며 그는 철학자와 인식론자들에게 늘 새로운 주목을 받을 만하다.

루트비히 볼츠만

그 후 볼츠만은 통계적 평형 상태를 최대 엔트로피 상태로 정의함으로써 평형통계물리학의 거대한 장을 열었다. '가장 자연스러운 것은 가장 무질서한 상태다.'

젊고 의기양양하던 볼츠만도 어느덧 고통에 시달리는 노인이 되었고 결국 1906년에 스스로 목숨을 끊어 생을 마감했다. 그의 기체 이론은 여전히 유효하지만 이미 19세기의 가장 중요한 과학적 작업 중 하나로서 저만치 물러나 있는 듯 보인다. 하지만 볼츠만의 예상들은 아직 수학적으로 완전히 이론화되지 않았다. 이 퍼즐에서 빠져 있는 조각 하나가 바로 볼츠만 방정식 해解의 정칙성에 대한 연구다. 이 수수께끼가 남아 있음에도 불구하고, 아니 어쩌면 부분적으로는 그 수수께끼에 힘입은 덕분에 볼츠만 방정식은 현재 한창 번창하고 있는 이론의 대상이 되었다. 이 이론에 매달려 있는 수학자, 물리학자, 공학자 들의 국제 공동체는 희박한 기체의 역학 관련 학회 및 그 외 수많은 학회를 통해 수백 명씩 모이곤 한다.

2장

2008년 3월, 리옹.

란다우 감쇠!

클레망과의 미팅을 마치고 나서 혼란스러운 기억들이 떠올랐다. 단편적인 대화들, 끝내지 못한 논의…… 플라스마 물리학자들은 란다우 감쇠가 익숙하겠지만 수학자들에게 이 현상은 미스터리로 남아 있다.

2006년 12월에 나는 오버볼파흐 수학 연구소에 갔다. 이곳은 슈바르츠발트 한복판에 처박혀 있는 전설적인 연구소, 전 세계 수학자들이 다양한 주제를 논하기 위해 왕래하는 은둔처다. 문도 잠겨 있지 않은 가게에 아무나 들어와 원하는 대로 마시고 작은 나무 카운터에 알아서 돈을 놓고 나가는 분위기랄까. 진수성찬은 널렸고 초청받은 수학자들은 제비뽑기로 정해진 자리에 앉아야 한다.

그날 오버볼파흐에서 나는 운명적으로 기체에 대한 수학 이론을 전문으로 하는 두 명의 미국인 로버트 글래시와 에릭 칼렌과 동석하게 됐다. 나는 그 전날 학회 개회식에서 그간의 새로운 성과들을 호기롭게 발표한 참이었다. 또한 그날 아침에 에릭은 기발한 아이디어가 넘치는 발표를 멋지게 해냈다. 우리는 뜨끈한 수프 그릇을 앞에 두고 여전히 그러한 주제들에 대해서 한바탕 이야기꽃을 피웠다. 로버트는 우리가 끝없이 토론에 열을 올리는 모습에 적응이 좀 안 됐거나 격세지감을 느꼈는지 한숨을 푹 쉬며 말했다. “은퇴할 때가 된 모양이야……”

에릭이 소리를 질렀다. 은퇴라니요, 기체 이론이 이렇게 흥미진진한 시대가 또 어디 있다고요! 나도 소리 질러 맞장구를 쳤다. 은퇴라니요, 로버트가 35년간 쌓아온 연구 경험이 우리에겐 절실하단 말입니다!

“로버트, 신비로운 란다우 감쇠 효과에 대해 설명해주세요. 그게 실제로 존재하는 효과인가요?”

로버트의 대답에서 가장 자주 등장한 단어는 ‘기묘한’과 ‘이상한’이었다. 그래, 마슬로프가 그 문제에 대해서 연구를 했지. 맞아, 가역성의 패러독스는 란다우 감쇠와 양립 불가능해 보인다네. 그런데 아니야, 그게 명확하지가 않아. 에릭은 란다우 감쇠가 물리학자의 지나친 상상력에서 비롯된, 수학적으로 구현하는 것이 불가능한 허상이 아닐까라고 자기 생각을 넌지시 비추었다. 나는 딱히 그 대화에서 정보를 얻지는 못했지만 내 머릿속 한 구석에 그 대화를 담아두었다.

그러고서 2008년이 됐다. 그 문제에 대한 나의 지적 수준은 2006년보다 더 나을 바가 없었다. 하지만 클레망은 로버트의 학문적 ‘동생’이라고 해도 해도 좋을 얀구오와 그 문제를 토론했던 것이다. 로버트와 얀구오는 같은 지도교수 밑에서 박사논문을 썼다. 얀은 가장 근본적인 문제는 란다우가 원래 모델이 아니라 단순화된 모델, 선형

얀구오

화된 모델에 입각해서 작업을 했기 때문에 발생한 것이라고 했다. 아무도 그의 연구가 비선형 모델, '실제' 모델에도 적용되는지 그 여부를 알지 못했다. 얀은 이 문제에 매료되었고 그런 사람이 얀 하나만은 아니었다.

클레망과 내가 그 문제를 공략할 수 있을까? 못할 것도 없다. 하지만 해결을 보기에 앞서서 문제가 정확히 무엇인지부터 알아야 한다! 수학적 연구에서는 목표를 정확히 파악하는 것이야말로 매우 결정적이고도 까다로운 첫걸음이다.

그리고 목표가 뭐가 됐든 간에 우리는 적어도 한 가지는 확신했다. 출발점은 분명히 블라소프 방정식이었다.

$$\frac{\partial f}{\partial t} + v \cdot \nabla_x f - \left(\nabla W * \int f\, dv \right) \cdot \nabla_v f = 0$$

이 식은 매우 정확하게 플라스마의 통계적 속성들을 결정한다. 아서왕 전설에서 세상을 똑바로 바라보지 못하고 거울에 비친 상으로

만 볼 수 있었던 가엾은 레이디 샬롯처럼 수학자는 수학을 통해서만 세상을 본다. 따라서 우리는 단 하나의 논리가 지배하는 수학적 관념들의 세상에서 란다우를 추적해야만 할 터였다.

클레망과 나는 이 방정식에 대해서 연구한 적이 없었다. 하지만 방정식은 모두의 것이니 우리도 소매를 훌훌 걷어붙일 것이다.

*

1962년도 노벨상 수상자 레프 다비도비치 란다우는 1908년에 태어난 유태계 러시아인으로서 20세기의 가장 위대한 물리학자 중 한 사람으로 꼽힌다. 그는 소비에트 연방 체제에서 박해를 받았으나 헌신적인 동료들 덕분에 석방되었다. 란다우는 당대 이론물리학계의 전제군주였고 에브게니 리프시츠와 함께 지금까지도 권위 있는 참고서적으로 통하는 『이론물리학강좌』(전 9권)를 집필했다. 모든 플라스마 물리학 저작들에는 란다우의 근본적인 공헌이 나타나 있다. 일단 란다우 방정식은 내가 박사논문 주제로 삼아 오랫동안 연구해왔던 볼츠만 방정식의 '자매' 격이다. 그리고 그 유명한 란다우 감쇠는 플라스마의 자발적인 안정화, 즉 엔트로피의 증가 없는 균형 상태로의 회귀를 암시한다는 점에서 볼츠만 방정식을 지배하는 역학과 정면으로 대비된다.

기체 물리학은 볼츠만의 물리학이다. 엔트로피는 증가하고 정보는 손실되며 시간의 화살이 작용하면서 우리는 최초의 상태를 잊는다. 통계적 분포는 차츰 최대한 무질서한 상태, 즉 최대 엔트로피의 상태에 가까워진다.

반면, 플라스마 물리학은 블라소프의 물리학이다. 엔트로피는 일

레프 란다우

정하고 정보는 보존되고 시간의 화살 따위는 없다. 최초의 상태는 언제나 기억될 수 있다. 무질서의 증가는 없으며 그 어떤 특정 상태에 가까워질 이유 또한 없다.

하지만 란다우는 블라소프의 연구에 다시 도전했다. 그는 블라소프를 멸시했고 블라소프의 업적들은 거의 다 허위에 불과하다고 가차 없이 주장했었다. 란다우는 엔트로피의 증가나 어떤 종류의 마찰 없이도 전기력이 시간의 흐름에 따라 자연스럽게 감소한다고 의견을 제시했다. 이것은 이단적인 견해일까?

복잡하고도 절묘한 란다우의 수학적 계산에 학계는 설득되었고 이 현상을 '란다우 감쇠'라고 명명했다. 물론 믿지 못하겠다는 견해들이 없지는 않았지만 말이다.

3장

2008년 4월 2일, 리옹.

통로에 놓여 있는 야트막한 탁자가 연습지들로 뒤덮여 있고 칠판에는 자질구레한 도식들이 잔뜩 쓰여 있다. 통유리창 너머로 다리가 무척 기다란 시커멓고 거대한 입체파 거미 같은 건물이 보인다. 세계에서 가장 위험한 바이러스들을 실험하는 리옹 P4 연구소다.

나의 초대 손님 프레디 부셰가 연습지들을 정리해서 숄더백에 집어넣는다. 우리는 그의 연구에 대해서, 은하들에 대한 디지털 시뮬레이션에 대해서, 자발적으로 안정적 배치를 이루는 별들의 신비로운 능력에 대해서 거의 한 시간 가까이 얘기를 나누었다.

그러한 안정화는 343년 전 뉴턴이 발견한 만유인력의 법칙에 포함되지 않는다. 그러나 이러한 중력 법칙에 지배당하는 성운을 관찰해 보면 그 전체가 꽤 오랜 시간이 흐른 후에 안정화되는 듯 보인다. 슈퍼컴퓨터로 수행한 여러 계산들에서도 그러한 안정화는 확인된다.

자, 그렇다면 만유인력의 법칙에서 출발해서 이 안정화 속성을 '연역해낼' 수 있을까?

천체물리학자 도널드 린덴 벨은 그럴 수 있다고 철석같이…… 아

프레디 부셰

니, 철운석같이 믿었고 이 현상에 '난폭한 완화violent relaxation'라는 이름을 붙였다. 근사한 모순어법이다!

"세드릭, 난폭한 완화는 란다우 감쇠와 비슷해. 란다우 감쇠가 섭동 체제에서 일어나는 반면, 난폭한 완화는 극도의 비선형 체제에서 일어난다는 차이가 있을 뿐이지."

프레디는 수학과 물리학을 모두 전공했고 자기 생애의 한 부분을 이 같은 물음들에 바쳐왔다. 그가 연구해왔던 근본적인 물음들 중에는 오늘 나와 특별히 의견을 나누러 온 바로 그 물음도 있었다.

"세드릭, 은하들을 모형화할 때에는 별들을, 그러니까 우주의 작은 점들을 어떤 유체로 생각하자고. 그 유체는 별들로 이루어진 기체인 거야. 이산discrete에서 연속으로 넘어가는 거야. 하지만 이러한 근사법에서 어느 정도의 오차가 발생할까? 그 오차가 어떻게 별들의 수에 좌우될까? 기체에는 수백만 조의 입자들이 있지만 하나의 은하에 속한 별들은 고작 1천억 개 정도잖아. 그럼 판이 너무 달라져버리는 것 아닐까?"

프레디는 오랫동안 토론하고, 질문하고, 결과를 보여주고, 도식을 그리고, 참고 도서들을 메모했다. 우리는 그의 연구와 내가 제일 좋아하는 주제, 즉 가스파르 몽주에 근거한 최적수송이론theory of optimal transport의 관계를 환기했다. 우리의 교류는 생산적이었고 프레디는 만족했다. 나 또한 클레망과 논의한 지 불과 며칠 만에 란다우 감쇠가 다른 문제에서 다시 튀어나왔기 때문에 꽤나 흥분했다.

프레디가 인사를 하고 저만치 가는데 그때까지 조용히 문서 정리에만 몰두하던 연구실 이웃이 끼어들었다. 공들여 단발로 자른 회색의 긴 머리칼이 그에게 살짝 반골 분위기를 더해준다.

"세드릭, 있잖아, 아무 말도 하지 않으려고 했는데 말이야. 저 칠판에 그려져 있는 도표들, 나도 알고 있었어."

가장 최근에 열린 세계수학자대회의 기조강연자요, 프랑스 과학아카데미의 일원으로서 종종 수학계에서 "세계 최고의 강연자"로 소개되는—이 타이틀은 분명히 타당하다—에티엔 지스는 그 자체로 하나의 기관이다. 그는 지역 균형 발전의 투사로서 리옹 ENS 수학 연구소의 발전에 20년을 바쳐왔다. 이 연구소가 세계 최고의 기하학 연구소 중 하나로 변화되기까지 그 누구보다 에티엔의 공이 컸다. 카리스마가 넘치면서도 투덜대기 좋아하는 에티엔은 어떤 주제에 대해서나 자기 의견이 있는 사람이다.

"나랑 프레디가 함께 그린 그림을 안다고?"

"응, 저 그림이 K. A. M. 이론에도 나오거든. 그리고 이 그림도 본 적 있는데……"

"좋은 참고 문헌 있을까?"

"응, K. A. M. 이론이야 여기저기서 다 나오지. 완전히 적분 가능하고 준주기적인quasiperiodic 역학 체계를 조금 교란시킨다고 생각해

에티엔 지스

봐. 일부 궤도들을 파괴하는 작은 약수small divisor들의 문제가 있긴 하지만, 확률적으로는 긴 시간에 대한 안정성을 확보할 수 있어."

"응, 그건 알지. 그런데 저 그림들은?"

"기다려봐, 내가 이 주제에 대한 좋은 책을 찾아볼게. 우리가 동역학 이론에서 흔히 보던 그림들이 우주론 책에 잔뜩 나와."

흥미로운 얘기였다. 나도 알아봐야겠다. 안정화 이면에 숨겨진 비밀을 이해하는 데 이 정보가 도움이 되려나?

작지만 효율적인 우리 연구소에서 내가 가장 높이 평가하는 점은 연구자들의 대화에 여러 가지 주제들이 한데 어우러지는 방식이다. 각기 다양한 수학적 지평을 바라보는 연구자들이 복도 커피자판기 옆에서 주제의 장벽 따위는 아랑곳하지 않고 대화를 나눈다. 탐색해볼 만한 새로운 길들이 얼마나 넘쳐나는지!

나는 에티엔이 그의 방대한 장서 중에서 나를 위한 참고 서적을 골라올 때까지 마냥 기다릴 수 없었다. 그래서 내 서가에 있는 자료를 찾았다. S. 알리낙과 P. 제라르가 내시-모저 방법Nash-Moser method을 다룬 책이었다.• 나는 이미 몇 년 전에 이 책을 열심히 읽어보았고 내시-모저 방법이 콜모고로프-아르놀드-모저 이론, 일명 K. A. M. 이론을 떠받치는 기둥들 중 하나라는 것을 알고 있었다. 또한 내시-모저 방법 뒤에는 뉴턴의 독특한 근사법이 있다는 것도 알았다. 상상할 수 없는 속도로—지수함수의 지수함수로서—수렴하는 이 도식을 콜모고로프는 참으로 창의적으로 활용했다!

솔직히 나는 이 모든 것과 내 관심을 끄는 란다우 감쇠 문제가 무슨 관련이 있는지 전혀 몰랐다. 하지만 에티엔의 직감이 맞을지도? 나는 몽상을 중단하고 이미 묵직한 가방에 그 책을 쑤셔넣은 후 학교로 아이들을 데리러갔다.

지하철에 타자마자 재킷 주머니에서 만화책을 꺼냈다. 짧지만 소중한 시간이다. 바깥세상은 사라지고 흉터가 가로지르는 얼굴과 초능력 빰치는 솜씨의 외과의사, 사슴 같은 눈망울의 소녀를 위하여 목숨을 거는 야쿠자, 돌연 비극적인 영웅으로 둔갑하는 잔인한 괴물, 그와 반대로 차츰 괴물로 변해가는 금발의 고수머리 소년의 세상이 나타났다. 회의적이지만 정감이 있고, 열정적이면서도 미망에서 깨어난 세상. 편견과 흑백논리가 없는, 감정이 뚝뚝 떨어지는 세상이 순진한 독자 역할을 맡을 준비가 되어 있는 이의 마음을 강타하고 눈물을 자아낸다.

나는 시청 앞 정류장에서 내려야 했다. 그곳까지 가는 동안 이야기가 종이와 잉크의 급류처럼 나의 뇌와 혈관을 타고 흘렀다. 내 속은 말끔해졌다.

• Serge Alinhac, Patrick Gérard, *Opérateurs pseudo-différentiels et théorème de Nash-Moser*, EDF.

수학적 사유도 모두 정지 상태로 들어갔다. 만화와 수학은 섞이지 않는다. 혹시 나중에 꿈에서나 섞일 수 있으려나? 란다우가 기어이 그의 목숨을 앗아간 끔찍한 교통사고 후에 블랙잭•에게 수술을 받았다면? 틀림없이 그 위험한 외과의사는 란다우를 멀쩡하게 되살려놓았을 것이고 란다우도 그의 초인적인 연구 작업을 계속할 수 있었을 것이다.

이런, 에티엔의 언급과 콜모고로프-아르놀드-모저 이론 이야기를 다시 생각해보지 않았다. 콜모고로프와 란다우…… 그 둘이 무슨 관계가 있담? 지하철 밖으로 발을 내딛자마자 수수께끼가 다시 머릿속에서 맴돌기 시작했다. 어떤 관계가 있다면 내가 찾아낼 테다.

사실, 그때까지만 해도 그 관계를 찾아내는 데 1년 넘게 걸릴 줄은 꿈에도 몰랐다. 게다가 그 기막힌 아이러니를 이해하지도 못했다. 에티엔이 반응을 보였던 그 그림, 에티엔에게 콜모고로프를 연상시킨 그 그림은 되레 콜모고로프와의 관계가 파기되는 상황을 설명해주고 있었으니까.

그날 에티엔의 직감은 옳았지만 그 직감의 이유는 잘못되었다. 마치 다윈이 박쥐와 익룡 사이에 밀접한 관계가 있으리라 잘못 확신하여 종의 진화를 제대로 예측한 것과 비슷하다고 할까.

클레망과의 논의가 예기치 못한 방향으로 흘러간 그날로부터 열흘 후, 절묘한 두 번째 우연이 내 앞에 돌연 나타났다.

그 우연 역시 이용해야만 했다.

• 데즈카 오사무의 만화 제목이자 동명의 주인공. 천재적인 수술 솜씨를 지녔지만 거액을 받고 불법 의료 행위를 일삼는가 하면 가난한 사람에게는 아무 대가 없이 수술을 해주는 무면허 의사다.

*

"그 러시아 물리학자, 그 사람 이름이 뭐더라? 그는 나처럼 교통사고로 죽었다 살아났다. 그는 의학적으로 사망 상태에 있었다. 나는 그 범상치 않은 사례를 다룬 글을 읽었다. 그 누구로도 대체 불가능한 연구자를 구하기 위해 소련 과학계가 총동원되었다고 한다. 심지어 외국 의사들까지 불러왔다나. 그들이 죽은 자를 소생시켰다. 세계 최고의 외과의들이 몇 주간 교대로 그의 병상을 지켰다. 그는 네 번이나 호흡이 정지했었다. 의료진은 네 번이나 그에게 인공의 생명을 불어넣었다. 자세한 내용은 잊어버렸지만 받아들일 수 없는 숙명과의 사투 이야기가 꽤나 매혹적이었던 것만은 기억난다. 그는 결국 모스크바 대학교의 자기 자리로 돌아갔다."

(폴 기마르, 『나의 인생살이*Les Choses de la vie*』)

*

뉴턴의 만유인력의 법칙은 두 물체가 각각 질량의 곱에 비례하고 두 물체 사이의 거리의 제곱에 반비례하는 힘으로 서로를 끌어당긴다고 본다.

$$F = \frac{\mathcal{G}\, M_1\, M_2}{r^2}$$

이 고전적인 중력 법칙은 은하 내 행성들의 운동을 잘 설명해주었다. 하지만 뉴턴의 법칙이 단순할지라도 하나의 은하에는 굉장히 많은 별들이 있기 때문에 이 이론은 결코 만만치 않다. 각 원자의 작용을 별개로 이해한다고 해서 인간 존재의 작용을 이해할 수 있는 것은 아니지 않은가……

뉴턴은 중력 법칙을 발표하고 나서 몇 년 후에 범상치 않은 또 하나의 발견을 이룩했다. 어떤 방정식 $F(x)=0$의 해를 구할 수 있게 해주는 뉴턴의 근사법이 바로 그것이다.

x_0에 근접한 x값에서 출발한 함수 F를 $(x_0, F(x_0))$에서의 접선 T_{x_0}로 대체하고(기술적으로 말하자면 x_0를 중심으로 방정식을 선형화하는 것이다) $T_{x_0}(x) = 0$의 근사 방정식을 푼다. 여기서 새로운 근사해 x_1이 나오고 다시 F를 x_1에서의 접선 T_{x_1}으로 대체하고 x_2를 $T_{x_1}(x_2) = 0$의 해로 정의하는 과정을 반복한다. 수학적 기호로 표시하자면, x_n을 x_{n+1}과 연결하는 관계는 아래와 같다.

$$x_{n+1} = x_n - \left[DF(x_n)\right]^{-1} F(x_n)$$

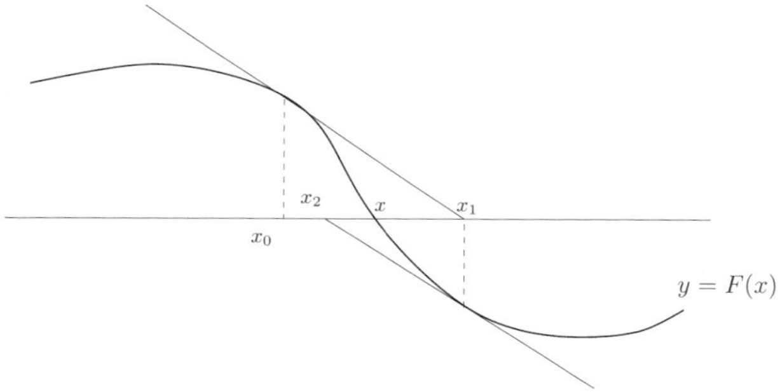

이런 식으로 얻어지는 x_1, x_2, x_3, ……의 연속적 근사해들은 놀랄 만큼 훌륭하다. 이 값들이 아주 빠르게 '진짜' 해와 가까워지는 것이다. 대개 4~5번만 시도해보면 오늘날의 어떤 계산기보다 정확도가 높은 답을 얻어낼 수 있다. 이미 4000년 전의 바빌로니아 사람들이

아이작 뉴턴

이 방법을 써서 제곱근을 구했을 거라는 얘기도 있다. 뉴턴은 이 방법이 제곱근의 계산뿐만 아니라 다른 방정식들에도 적용될 수 있다는 것을 알아냈다.

나중에 뉴턴 근사법의 초고속 수렴은 20세기의 가장 주목할 만한 이론적 성과들을 입증하는 데 곧잘 동원되었다. 콜모고로프의 안정성 정리, 내시의 등거리 끼워 넣기 정리isometric embedding theorem…… 이 악마의 도식은 순수수학과 응용수학의 인위적 경계를 저 혼자 초월했다.

*

러시아의 수학자 안드레이 콜모고로프는 20세기 과학사의 전설적 인물이다. 그는 1930년대에 현대적 확률이론을 세웠다. 1941년에는 유체의 난류 운동에 대한 이론을 발표했는데, 이 이론은 그의 동조자들에게나 의견을 달리하는 자들에게나 여전히 참고 기준이 되고 있다. 또한 콜모고로프의 복잡성 이론은 인공지능 개발을 예고했다고 할 수 있다.

안드레이 콜모고로프

1954년 세계수학자대회에서 콜모고로프는 깜짝 놀랄 만한 발표를 한다. 이미 70년 전에 앙리 푸앵카레는 태양계에 불안정성이 내재한다고 수학자들을 설득해놓은 판이었다. 행성들의 위치에 대한 불확실성은 아무리 미미할지라도 앞으로의 위치를 예측할 수 없게 만든다. 그런데 콜모고로프는 대담한 확률이론과 역학의 결정론적 방정식을 결합하여 태양계가 **확률적으로** 안정성을 띨 것이라고 주장했다. 푸앵카레가 주장한 대로 불안정할 수도 있지만 콜모고로프의 말대로라면 그러한 불안정성이 나타날 확률은 희박하다.

콜모고로프 정리는 우리가 정확히 해명할 수 있는 역학 체계에서 출발한다면—케플러가 생각한 태양계가 바로 그러한 체계였다. 그는 태양계 행성들이 변함없는 타원 궤도를 따라 얌전히 태양 주위를 돌 것이라고 상상했다—이 체계가(케플러가 무시했던 행성들 간의 인력을 고려하여) 아주 조금 흐트러지더라도 그렇게 얻어진 체계가 대부분의 초기 조건에 대해 안정적으로 유지될 것으로 보았다.

콜모고로프가 상세한 설명을 생략한데다가 그의 논증은 워낙 복잡하기 때문에 동세대 과학자들은 이 주장에 회의적이었다. 그러나 러시아의 블라디미르 아르놀드와 독일의 위르겐 모저가 콜모고로프와는 다른 접근 방법으로 완벽한 증명을 재구성하는 데 성공했다. 아르놀드는 콜모고로프의 원안을 증명했고, 모저는 좀 더 일반화된 이론을 증명했다. 이것이 바로 K. A. M. 이론의 탄생이다. K. A. M. 이론은 고전역학의 가장 강력하고 놀라운 성과들을 낳았다.

이 이론의 독보적인 아름다움은 과학자들의 마음을 하나로 모았다. 비록 콜모고로프 이론이 요구하는 기술적 조건들은 현실에서 완벽히 충족되지 않았지만 과학자들은 30여 년간 태양계의 안정성을 믿었다고 할 수 있겠다. 1980년대 말에 자크 라스카르의 연구가 발표된 후에야 대세가 뒤집혔다. 하지만 이건 또 다른 얘기다.

4장

2008년 4월 15일, 샤이욜.

청중은 숨을 죽였다. 선생이 손짓을 하자 아이들이 일제히 연주를 시작했다. 스즈키 교수법에서는 부모가 의무적으로 자녀의 단체 레슨에 참석해야 한다. 어쨌거나 음악 캠프가 이 거대한 산장 전체를 차지하고 이루어지는데 달리 무슨 일을 하겠는가?

날카롭게 신경을 긁는 음이 나올 때마다 부모들은 인상을 쓰지 않으려 애쓴다. 어제 아이들의 악기를 연주하면서 웃음거리가 되어보았기 때문에 저놈의 빌어먹을 악기에서 정확한 음을 뽑아내기가 얼마나 어려운지 잘 안다! 게다가 오늘은 정말로 기분 좋게 연습하는 분위기다. 아이들은 즐거워한다.

스즈키 교수법이든 다른 방법에서든, 가장 중요한 것은 선생의 자질이다. 우리 아들에게 첼로를 가르치는 이 사람은 한마디로 비범한 교사라고 말할 수 있다.

나는 맨 앞줄에 앉아 비니와 트리멘의 베스트셀러 『은하 역학 *Galactic Dynamics*』에 푹 빠졌다. 나는 신세계를 발견한 아이처럼 열광했다. 블라소프 방정식이 천체물리학에서 그렇게나 중요할 줄이야. 세상에서 가장 아름다운 방정식은 누가 뭐라 해도 볼츠만 방정식이지만 블라소프 방정식도 꽤 괜찮네!

블라소프 방정식이 내 머릿속에서 특별한 자리를 차지했을 뿐 아니라 별들도 한층 매력적으로 다가왔다. 나선은하, 구상성단, 그 모든 것이 내게 아름답게 느껴졌다. 그래, 그래…… 이제 내게 그 세계를 파고들 수학의 열쇠가 있다는 것이 정말로 짜릿했다.

클레망과의 미팅 이후로 나는 계산을 다시 해봤고 차츰 아이디어가 떠올랐다. 나는 중얼거렸다.

"이해가 안 돼. 다들 란다우 감쇠가 상혼합phase mixing과는 완전 다르다고 얘기하는데…… 내가 보기엔 마찬가지인 것 같단 말이야. 으으음."

귀여운 금발머리들을 흘끗 돌아본다. 다 잘 진행되고 있다.

"으음, 이 계산, 나쁘지 않아. 이 아래쪽 메모는 뭐더라…… 선형화된 방정식에서 중요한 것은 스펙트럼 분석이 아니라 코시 문제cauchy problem의 해야. 그래, 맞아. 상식적으로 그렇게 봐야지! 난 계속 그렇게 생각해왔어. 그럼, 그들은 어떻게 한 거지…… 으으음. 푸리에 변환. 그래, 이 오래된 푸리에 분석보다 나은 건 없었지. 라플라스 변환, 분산 관계dispersion relation……"

나는 금세 깨우쳤고 푹 빠져들었다. 아이가 외국어에 자연스럽게 젖어들 듯 그 세계에 동화되었다. 나는 물리학자들이 반세기 전부터 알고 있었던 기본 개념들을 잘난 척하지 않고 겸손하게 배웠다.

그날 밤에는 다락방에 양반다리로 앉아서 닐 게이먼의 최신 단편 소설집 『망가지기 쉬운 것들*Fragile Things*』을 탐독하며 기분 전환을 했다. 아직 프랑스어 번역판도 나오지 않은, 따끈따끈한 신간이었다.

작가는 서로에게 이야기를 들려주는 것이 우리의 의무라고 말한다. 닐 게이먼의 말이 옳다. 천재적인 콘트라베이스 즉흥 연주 이야기. 옛 사랑을 추억하는 아주 나이 많은 노파의 이야기. 항상 되살아나지만 늘 귀한 요리로 상에 오르고 마는 불사조 이야기.

잠자리에 들어가서도 한동안 정신이 말똥말똥했다. 불을 켤 수는 없었다. 가족이 모두 한방을 쓰기 때문이다. 내 머리는 하염없는 공상에 빠졌다. 망가지기 쉬운 아주 오래된 은하들이 닐 게이먼 스타일의 이야기를 즉흥적으로 만들어낸다. 수학적 문제는 항상 되살아나고 항상 연구자들의 요리 재료가 된다. 별들이 내 머릿속에서 쑥쑥 자라났다. 도대체 내가 증명하고 싶은 정리는 뭘까?

*

"크로크러슬, 까놓고 말해봐요. 얼마나 오랫동안 불사조를 먹었어요?" 재키 뉴하우스가 잔뜩 흥분해서 물었다.

"1만 년 조금 넘었나. 몇천 년 오차가 있겠지만 대충 그렇소. 방법을 터득하면 어려운 일도 아니에요. 하지만 이건 내가 준비한 최고의 불사조요. 아니, 내가 그동안 이 불사조를 요리한 것 중에서 최고라고 해야 하나?" 제베디아가 대답했다.

"그렇게 오랫동안! 그 불에 타겠어요!" 버지니아 부트가 말했다.

"그렇소. 어쨌든 불사조를 먹기 전에 그 열기에 익숙해져야 해요. 그렇잖으면 홀라당 타버릴걸." 제베디아가 인정했다.

"내가 왜 그 생각을 못 했지?" 어거스터스 투페더스 맥코이가 활활 타오르는 불길 너머로 그렇게 말했다. "왜 그 생각이 안 났지? 우리 아버지가 어떻게 돌아가셨는지, 아버지의 아버지가 어떻게 돌아

가셨는지, 불사조를 먹겠다고 헬리오폴리스로 떠났던 사람들이 다 어떻게 됐는지! 그리고 왜 이제야 그 생각이 나는 거야?"

"우리 모두 불타 없어지는 건가요?" 이제 버지니아는 하얗게 달구어져 빛을 뿜고 있었다. "아니면 불에 타 어린 시절로 돌아가나요? 천사나 유령이 됐다가 다시 태어나나요? 뭐, 그런 건 중요하지 않아요. 오, 크리스티, 진짜 재미있네요!"

(닐 게이먼, 『망가지기 쉬운 것들』 중 「태양새」에서)

*

푸리에 분석은 신호의 기본 진동에 대한 연구다. 우리가 어떤 신호를, 요컨대 시간의 흐름에 따라 변하는 어떤 양을 분석하려 한다고 치자. 예를 들어 소리는 가벼운 기압의 변화들로 이루어져 있다. 19세기 초의 과학자이자 정치가 조제프 푸리에는 이 신호의 복잡한 변화에 직접적으로 주목하는 대신, 소리를 기본이 되는 신호들의 조합으로 분석하기로 했다. 각각의 기본 신호들은 단순하면서도 반복적인 방식을 따라 변한다. 그러한 변화 방식을 곡선으로 나타낸 것이 사인 곡선이고, 그와 짝을 이루는 것이 코사인 곡선이다.

각각의 사인 곡선은 진폭과 진동수로 특징지어진다. 푸리에 분석에서 진폭은 해당 신호에 상응하는 진동수의 상대적 크기를 가르쳐준다.

우리를 둘러싼 소리들은 수많은 진동수들이 겹쳐서 이루어진 것이다. 1초에 440회 진동하는 소리는 '라' 음에 해당하며 진폭이 클수록 소리는 크게 들린다. 1초에 880회 진동하는 소리는 한 옥타브 위의 '라' 음에 해당할 것이다. 진동수를 세 배로 늘리면 5도 위의 음, 다

조제프 푸리에

시 말해 '미' 음이 날 것이다. 하지만 실제의 소리는 그렇게 순수하지 않으며 항상 다양한 진동수들이 병존함으로써 음색이 결정된다. 나는 석사과정에 있을 때 '수학과 음악'이라는 제목의 흥미로운 강의에서 이런 내용을 배웠다.

그리고 푸리에 분석이 이 모든 것에 이용된다. 소리를 분석하고 CD에 새길 때는 물론이요, 이미지를 분석하고 인터넷을 통하여 전달할 때에도. 또는 해수면의 변화를 분석하고 밀물과 썰물을 예측할 때에도……

빅토르 위고는 '일개' 이제르 지사에 불과했던 조제프 푸리에의 학자로서의 명예, 정치인으로서의 명예가 금세 퇴색하고 말 거라며 조롱했다. 그는 조제프 푸리에를 정치가 샤를 푸리에와 비교하면서 '위대한 푸리에'의 사회사상은 후세에 길이 남을 것이라 칭송했다.

샤를 푸리에가 이 찬사를 좋아했는지는 모르겠다. 사회주의자들은 위고를 경계했었으니까. 위고는 틀림없이 당대 최고의 문인이었지만 정치적으로는 '철새'의 무거운 과거를 떨치지 못하고 있었다.

왕당파, 보나파르트파, 오를레앙파, 정통왕조지지파를 거쳐 귀양살이를 통해 공화주의자로 돌아온 인물 아닌가.

현재 푸리에의 영향력이 위고 그 자신의 영향력보다 훨씬 크다는 것만은 확실하다. 나도 어려서부터 이 천재 작가의 작품들을 즐겨 읽었고 그를 존경해마지 않지만 어쩔 수 없다. 켈빈 경의 말마따나 푸리에의 "위대한 수학적 시"는 전 세계가 배우고 있고 그의 업적을 의식하지도 못하는 수십억 인구가 매일같이 활용하고 있다.

*

2008년 4월 19일의 연구 노트

공식을 구하기 위해 x, v, t라는 세 변수들에 대한 변환을 구해보자. 이를 위해

$$\widehat{g}(k) = \int e^{-2i\pi x\cdot k} g(x)\, dx \qquad (k \in \mathbb{Z}^d)$$

$$\tilde{g}(k,\eta) = \int e^{-2i\pi x\cdot k}\, e^{-2i\pi v\cdot \eta} g(x,v)\, dv\, dx \quad (k \in \mathbb{Z}^d, \eta \in \mathbb{R}^d)$$

라 하고, 또

$$(\mathcal{L}g)(\lambda) = \int_0^\infty e^{\lambda t} g(t)\, dt$$

하고 하자(라플라스 변환).

당분간 $\mathbb{Z}^d$의 원소 k를 고정하자.

블라소프 방정식의 x에 대해 푸리에 변환을 취하면

$$\frac{\partial \widehat{f}}{\partial t} + 2i\pi(v\cdot k)\widehat{f} = 2i\pi(k\widehat{W}\widehat{\rho})\cdot\nabla_v f_0(v)$$

을 얻는다.

뒤하멜 공식에 의해 우리는

$$\begin{aligned}\widehat{f}(t,k,v) = e^{-2i\pi(v\cdot k)t}\widehat{f}_i(k,v)\\ + \int_0^t e^{-2i\pi(v\cdot k)(t-\tau)}\, 2i\pi\widehat{W}(k)\widehat{\rho}(\tau,k)\, k\cdot\nabla_v f_0(v)\, dv\end{aligned}$$

임을 알 수 있다.

v로 적분하면 다음 식을 얻는다.

$$\begin{aligned}\widehat{\rho}(t,k) &= \int \widehat{f}(t,k,v)\, dv\\ &= \int e^{-2i\pi(v\cdot k)t}\widehat{f}_i(k,v)\, dv + \int_0^t 2i\pi\widehat{W}(k)\\ &\quad\times \left(\int e^{-2i\pi(v\cdot k)(t-\tau)}\, k\cdot\nabla_v f_0(v)\, dv\right)\widehat{\rho}(\tau,k)\, d\tau\end{aligned}$$

(v로 적분할 수 있음을 보여야 하지만 처음부터 주어진 함수가, 옹골찬 받침compact support 집합을 가진다고 가정할 수 있다. 그리고 근사를 시키든지 절단truncate을 하면……)

등식 오른쪽의 첫 번째 항은 바로 $\tilde{f}_i(k,kt)$다(자유수송의 균질화에 쓰인 것과 같은 방법에 의해……).

f_0에 대한 약한 가정을 더하면, 모든 $s\in\mathbb{R}$에 대해

$$\begin{aligned}\int e^{-2i\pi(v\cdot k)s}k\cdot\nabla f_0(v)\, dv &= +2i\pi|k|^2 s\int e^{-2i\pi(v\cdot k)s}\, f_0(v)\, dv\\ &= 2i\pi|k|^2 s\tilde{f}_0(ks)\end{aligned}$$

라고 쓸 수 있다. 따라서

$$\widehat{\rho}(t,k) = \tilde{f}_i(k,kt) - 4\pi^2 \widehat{W}(k) \int_0^t |k|^2 (t-\tau)\, \tilde{f}_0(k(t-\tau))\, \widehat{\rho}(\tau,k)\, d\tau$$

가 된다. 이제

$$p_0(\eta) = 4\pi^2 |\eta| \tilde{f}_0(\eta)$$

라고 하자.

(여기에 4π를 넣는 것이 좋은 생각인지 잘 모르겠다.) 어떤 경우들에게서는 (가령 f_0가 맥스웰이라면) p_0는 양함수이다. 하지만 일반적으로는 양일 이유가 없다. $f_0 \in W^{\infty,1}(\mathbb{R}^d)$이면 p_0가 빠르게 감소하고, f_0가 해석함수analytic function이면 p_0가 지수적으로 감소함을 알 수 있다. 결국 우리는

$$\widehat{\rho}(t,k) = \tilde{f}_i(k,kt) - \widehat{W}(k) \int_0^t p_0(k(t-\tau))\, \widehat{\rho}(\tau,k)\, |k|\, d\tau$$

을 얻는다.

모든 것이 잘 정의되어 있다는 가정하에 $\lambda \in \mathbb{R}$에 대해 라플라스 변환을 취하면, 우리는

$$(\mathcal{L}\widehat{\rho})(\lambda,k) = \int_0^\infty e^{\lambda t} \tilde{f}_i(k,kt)\, dt - \widehat{W}(k) \times \left(\int_0^\infty e^{\lambda t} p_0(kt) |k|\, dt \right) (\mathcal{L}\widehat{\rho})(\lambda,k)$$

을 얻고, 이로부터

$$
(\mathcal{L}\widehat{\rho})(\lambda, k) = \frac{\displaystyle\int_0^\infty e^{\lambda t}\, \tilde{f}_i(k, kt)\, dt}{1 + \widehat{W}(k)\, Z\left(\dfrac{\lambda}{|k|}\right)}
$$

을 얻을 수 있는데, 여기서

$$
Z(\lambda) = \int_0^\infty e^{\lambda t} p_0(te)\, dt, \qquad |e| = 1
$$

이다.

5장

2008년 8월 2일, 교토.

귀 따가울 정도의 매미소리는 그쳤지만 쇼가쿠인 국제학생숙사의 숨 막히는 무더위는 한밤중에도 가실 줄 몰랐다.

나는 낮에 학회에 참석한 약 15개국의 연구자와 학생 들을 위해 강연 시리즈를 마무리했다. 강연은 좋은 호응을 얻었다. 나는 정해진 시각에 시작해서—단 1분의 오차만 두고—정해진 시각에 마무리했다. 이 나라에서는 내 마음대로 일정에 융통성을 둘 수가 없다. 지난주에 홋카이도에서 나를 이곳까지 데려다준 페리처럼 나도 시간을 엄수해야만 한다.

저녁에 숙사로 돌아와서 아이들에게 코라코의 모험담을 이어서 들려줬다. 코라코는 일본 까마귀 새끼인데 어느 날 부모에게 버림받고 프랑스와 이집트까지 머나먼 여정을 떠난다. 코라코는 어린 주인 아르튀르와 함께 아랍의 시장과 서커스에서 암호를 찾는 모험을 펼친다. 즉흥적으로 꾸며내다 보니 자꾸만 길어지는 이런 이야기를 우리 딸은 "상상 이야기"라고 부른다. 딸내미는 이런 이야기를 제일 좋아하고 이야기하는 사람 입장에서도 흥미진진한 맛이 있다.

이제 아이들이 잠들었고 나도 이번만은 그 애들처럼 지체 없이 곯아떨어졌다. 이제 막 자라나는 새싹 연구자들에게 수학의 상상 이야기를 들려줬고, 우리 아이들에게는 까마귀가 등장하는 상상 이야기를 지어서 들려줬으니 나도 나만의 상상 이야기를 들을 자격이 있지 않나. 나의 뇌는 환상적인 꿈의 나라로 돌진했다.

이야기가 폭주하자 나는 몸서리를 치며 잠에서 깨었다. 새벽 5시 30분이 조금 지나 있었다. 찰나의 복된 순간, 내가 어느 대륙에 와 있나 했다가 정신을 차렸다. 나는 컴퓨터 앞에 앉아서 아직 기억에 남아 있는 꿈의 조각들을 마음의 아침 안개가 흩어버리기 전에 기록해두려 했다. 복잡하고 혼란스러운 꿈을 꾸고 나면 기분이 상쾌하다. 나는 그런 꿈이 내 뇌가 건강하다는 신호라고 생각한다. 나의 꿈은 다비드 베의 만화 속 꿈처럼 얽히고설켜 있지는 않았지만 그래도 내 마음이 편해지기에 충분한 만큼은 꼬여 있었다.

나는 몇 달째 란다우 감쇠를 유보 상태에 두었다. 어떤 쪽의 증명으로든 진전은 없었지만 그래도 어려운 국면은 넘어섰다. 이제 나는 내가 무엇을 증명하고 싶은지 알았으니까. '안정적 균형에 근접한, 공간적으로 주기적인 블라소프 비선형 방정식의 해가 자연스럽게 또 다른 균형으로 나아간다는 것을 입증할 것.' 추상적이지만 현실에 단단히 뿌리 내린, 이론적으로나 실용적으로나 상당히 중요한 주제에 속하는 조건이다. 말하기는 쉽지만 아마도 증명하기는 어려울 터였다. 이미 잘 알려진 모형에 대한 독창적 질문. 그게 아주 마음에 들었다. 나는 그 문제를 머릿속 한 구석에 간직해두었다가 9월 신학기에 다시 착수할 터였다.

나는 질문에 대한 답(맞느냐, 틀리느냐)을 떠나 그 증명에서 풍부한 가르침을 얻고 싶다! 수학은 추리소설이나 「형사 콜롬보」의 한 에피소드와 비슷하다. 탐정이 범인을 잘못 잡아내게 되는 추리도 최소한 미스터리의 진짜 답 못지않게 중요하다.

그 전까지 당분간은 다른 연애 상대들에 열중할 것이다. 2년 전에 작성한 연구서에 부록을 추가하고, 리만 기하학과 동역학 방정식을 함께 건드리는 연구도 진행해야 한다. 「준타원 방정식을 위한 국소적 양성local positivity의 추산」과 「리만 기하학에서의 동역학적 포커-플랑크 방정식」 사이를 오가며 나는 일본의 기나긴 밤들을 보낼 터였다.

OPTIMAL TRANSPORT AND GEOMETRY

Kyoto, 28 July - 1 August 2008

Cédric Villani

ENS Lyon
& Institut Universitaire de France
& JSPS

Plan of the course (5 chapters)

- Basic theory
- The Wasserstein space
- Isoperimetric/Sobolev inequalities
- Concentration of measure
- Stability of a 4th order curvature condition

Most of the time statements, sometimes elements of proof

Gromov–Hausdorff stability of dual Kantorovich pb

- $(\mathcal{X}_k, d_k) \xrightarrow[k\to\infty]{GH} (\mathcal{X}, d)$ via ε_k-isometries $f_k : \mathcal{X}_k \to \mathcal{X}$
- $c_k(x,y) = d_k(x,y)^2/2$ on $\mathcal{X}_k \times \mathcal{X}_k$
- $\mu_k, \nu_k \in P(\mathcal{X}_k) \quad (f_k)_\# \mu_k \xrightarrow[k\to\infty]{} \mu$, $(f_k)_\# \nu_k \xrightarrow[k\to\infty]{} \nu$
- $\psi_k : \mathcal{X}_k \to \mathbb{R}$ c_k-convex, $\psi_k^{c_k}(y) = \inf_x[\psi_k(x) + c_k(x,y)]$, achieving $\sup\left\{\int \psi_k^{c_k}\, d\nu_k - \int \psi_k\, d\mu_k\right\}$

Then up to extr. $\exists\, a_k \in \mathbb{R}$ s.t. $(\psi_k - a_k)\circ f_k' \xrightarrow[k\to\infty]{} \psi$,

$$\psi \text{ } c\text{-convex achieving } \sup\left\{\int \psi^c\, d\nu - \int \psi\, d\mu\right\}.$$

Moreover $\forall x \in \mathcal{X}$, $\limsup_{k\to\infty} f_k\Big(\partial_{c_k}\psi_k(f_k'(x))\Big) \subset \partial_c \psi(x)$.

*

코라코(나중에 요약한 시놉시스에서 발췌함)

코라코는 기회가 오자 냄새나는 공을 은신처에 투척했다. 이건 서커스에 있을 때 배운 수법이었다. 삽시간에 악취가 진동했고 경비원들은 괴로워했다. 하마드와 칫춘은 환기구를 죄다 모래로 막았다.

끝장이었다. 사내아이들을 구출하고 은신처는 파괴했다. 하마드는 닥치는 대로 때려눕혔다……(묵시록을 방불케 하는 장문의 묘사.) 아르튀르의 아버지와 그의 재수 나쁜 동료도 구출되었다. 그는 기밀문서에 대해서 알고 있었기 때문에 납치를 당했던 것이다. 문제의 고대 파피루스에는 미라를 소생시키는 비법이 감춰져 있었다. 그의 동료는 그와 마찬가지로 이집트학자이자 상형문자 전문가였다.

도적들은 모두 포로 신세가 되었다. 포로들을 르 푸의 집으로 끌고 가서 주모자가 누구인지 밝히지 않으면 고문하고 죽이겠다고 했다. 포로 심문은 계속되었다. 코라코는 아르튀르의 아버지가 이런 식으로 나오자 마음이 불편해졌다. 그가 르 푸의 집에서 마치 예전에도 그곳에 살았던 것처럼 편안해했기 때문에 더욱더 그랬다. 코라코는 몰래 숨어서 심문을 지켜보다가 놀라운 사실을 알아냈다. 르 푸와 아르튀르의 아버지는 원래 아는 사이였다. 다음날, 코라코는 아르튀르에게 가서 이 불길한 소식을 알렸다.

*

2008년 8월 2일의 꿈(메모)

내가 어떤 사극 영화 속에서 지배 왕조의 일원으로 등장한다. 역사의 일부이자 영화이기도 한 꿈 속에서 나는 서사의 여러 층위에서 동시에 이야기에 참여한다. 하지만 왕자는 정말 운이 없다. 그는 끊임없이 골치 아픈 일에 시달린다. 군중, 언론, 엄청난 압박. 왕=수상한 공주의 아버지, 돈 이야기, 숨겨놓은 아들. 자유는 제대로 보장되지 않는다. 나는 〈르 몽드〉 1면에 대한 논평을 실어 통렬한 비난을 퍼붓는다. 그들은 정치 쪽에서도 바보 같은 짓을 저질렀다. 그러나 국제사회의 우려는 원자재 가격 폭등과 북유럽 국가들의 위기에 쏠려 있다. 북유럽 국가들, 특히 아이슬란드와 그린란드에서는 소득의 상당 부분이 운송업에서 나오기 때문에 큰 골머리를 앓고 있다. 어쨌거나 타개책은 보이지 않는다. 나는 파리에 갈 가능성이라든가, 스포츠 스타들을 만날 가능성에 대해서 언급한다. 그들이야말로 진짜 유명 인사들이다. 나는 우리 아이들을 홀로그램으로 만나 등을 토닥토닥 두드려준다…… 하지만 집단 자살은 결정 났다. 때가 왔고, 나는 모두 다 있는지 생각해본다. 아이 역할을 연기했던 뱅상 베파라•는 없다. 하지만 이제 뱅상은 그 역할에 어울리지 않는다. 촬영이 너무 오래 걸려서 그 사이에 그 친구는 어른이 되고 말았다. 대신에 아역 한 명을 두 번 쓰기로 한다. 본래 역할 막바지에 가면 별

• 프랑스의 수학자.

로 할 말이 없으니 한 아이로도 충분하다. 나는 무척 감동한다. 곧 작전이 시작될 것이다. 나는 벽에 걸린 그림과 포스터 들을 바라본다. 아주 오래전, 어느 수녀회들의 박해를 다룬 작품들이다. 그 수녀들은 죽음을 맞으러 가기 전에 머리칼을 풀어헤쳤다. 서로 다른 두 수녀회에 속한 수녀들이 똑같이 그랬다. 하지만 죽어서도 자기 위치를 보전하려면 머리를 풀고 죽어야 한다는 믿음은 한쪽 수녀회에만 있었다. 「이단에 대한 찬가」인가, 그 비슷한 제목의 그림도 있다. 그 그림에서는 괴물인지 경찰인지 모를 존재들이 그리 반항적으로 보이지도 않는 시위자들을 덮치고 있다. 나는 클레르에게 마지막으로 뽀뽀를 한다. 우리 둘 다 감격에 젖었다. 새벽 5시가 되어가는데 온 가족이 모였다. 도로관리과나 뭐 그런 곳에 전화를 해야 할 것이다. 목소리를 변조해서 폭탄이 필요하니까 이쪽으로 보내달라고 해야겠다. 그들이 주의 사항이나 그 밖의 지침을 전달하면(영어로) 말을 할 테다. 고맙소, 난 정신병동에서 나온 사람이오(속뜻: 내가 폭탄으로 무슨 위험한 짓을 할지 몰라). 그쪽에서는 농담인 줄 알아듣고 폭탄을 보내줄 것이다. 그럼, 전부 펑 하고 터지는 거다. 거사는 5시 30분으로 예정되었다. 나는 이 또 다른 현실에서 계속 살아가며 또 다른 방향을 모색해볼 것인지, 아니면 아기로 환생하여 나의 의식이 다시 떠오를 때까지 오랜 세월을 연옥에서 기다릴 것인지 고민한다…… 나는 많이 불안하다. 5시 35분에 깼다(실제 시간이다!).

6장

2008년 가을, 리옹.

낮과 밤은
　　'문제'와 함께
　　　　흘러가네.

엘리베이터 없는 6층 연구실에서, 내 침대에서……

내 안락의자에서 하루 또 하루, 차 한 잔 또 한 잔, 실마리와 실마리의 실마리까지 탐색하면서, 모든 가능성을 꼼꼼히 메모하면서, 출구 없는 길들을 하나씩 제거하면서.

10월의 어느 날, 얀구오의 제자였던 한국인 여성 수학자가 란다우 감쇠에 대한 논문을 보내왔다. 내가 편집진으로 있는 학술지에 「비선형 란다우 감쇠에서 지수적으로 감소하는 해의 존재에 대하여」라는 제목의 그 논문을 게재할 수 있을지 알아보기 위해서였다.

순간적으로 그녀와 그녀의 동료가 내가 그토록 골몰했던 증명에 성공한 줄 알았다. 그들은 균형 상태로 차츰 완화되는 블라소프 방정식의 해들을 건설한 것이다! 나는 당장 편집장에게 메일을 보내어

나와 이해관계가 충돌하고 있어서 이 원고를 처리할 입장이 못 된다고 알렸다.

하지만 좀 더 자세히 살펴보고서 그들이 아직 기대에 미치지 못했음을 알았다. 그들은 다만 완화되는 일부의 해가 존재한다는 것만 증명했던 것이다. 그런데 모든 해가 그렇다는 것을 증명해야만 한다! 일부의 해가 완화된다는 것만 알아서는 그중 어느 해와 맞닥뜨릴지 모른다…… 그리고 이미 10년 전에 발표된 두 이탈리아 수학자의 논문이 이 논문과 상당히 비슷한 결론을 담고 있다. 그들은 그러한 연구 결과가 앞서 존재한다는 점을 모르고 있었던 것 같다.

아니, '문제'는 아직 건재하다. 그렇게 간단했으면 실망스러웠을 걸! 수준은 높지만 대단한 난이도는 아닌 30여 쪽의 논문으로는 어림없지. 나는 이 문제를 해결하려면 완전히 새로운 도구들이 필요할 거라고, 우리가 문제를 새로운 시선으로 봐야 할 거라고 마음속 깊이 확신하고 있었다.

"새로운 노름norm이 필요해."

노름은 수학계에서 자주 쓰는 말로 우리가 관심을 두는 양quantity의 크기를 재기 위해 부여하는 규칙이다. 브레스트와 보르도의 강우량을 비교하려면 1일 최대강우량을 비교해야 할까, 아니면 연간강우량을 비교해야 할까? 1일 최대강우량을 비교한다면 L^∞ 노름이라고 할 수 있는 상한노름supremum norm이다. 하지만 1년치 강우량을 모두 합하여 비교한다면 이 또 다른 노름은 L^1이라 한다. 그 밖에도 엄청나게 많은 노름들이 있다.

'노름'이라는 딱지를 붙이려면 몇 가지 특성들을 확인해야 한다. 일례로, 두 항의 합의 노름은 각 항의 노름들을 따로 취하여 합한 것보다 작거나 같아야 한다. 이런 특성을 만족하는 노름은 많고도 많다.

"좋은 노름이 필요해."

노름 개념이 형식화된 지는 1세기가 넘었고 그동안 수학자들은 많고도 많은 노름들을 만들어냈다. 내가 맡은 리옹 ENS 2학년 강의에도 노름들은 넘쳐난다. 르베그와 소볼레프, 힐베르트와 로렌츠, 베소프와 횔더, 마르친키에비츠와 리조르킨의 노름들. L^p, $W^{s,p}$, H^s, $L^{p,q}$, $B^{s,p,q}$, $\mathcal{H}^\alpha$, M^p, $F^{s,p,q}$와 그 밖에도 내가 아는 수많은 노름들!

하지만 이번에는 내가 아는 어떤 노름으로도 문제를 해결할 수 없을 듯했다. 새로운 노름을 찾아내야 할 것이다. 위대한 수학의 마술모자에서 짠, 하고 끄집어내야 할 것이다.

"내 꿈의 노름은 항등원에 가까울 때에는 결합연산에 대해 안정적이어야 할 거야…… 그러면서도 큰 시간에서의 블라소프 방정식 특유의 필라멘테이션filamentation에도 부합해야 할 테고. '하늘에 계신 신이시여', 그런 게 어떻게 가능할까요? 상한노름에 가중치를 두어 시도해봤지만 지연delay을 도입해야 할 텐데…… 클레망과도 흘러간 시간의 정보를 남겨서 자유수송의 해와 비교해봐야 한다고 얘기했지. 그래, 나도 그러고 싶어. 하지만 도대체 어떤 방향으로 비교를 해야 하는 거지?"

하루는 알리낙-제라르의 논문을 다시 읽다가 한 가지 연습문제에 주목했다. 노름 W가 대수 노름임을 증명할 것, 다시 말해 두 항의 곱의 노름 W가 이 항들을 따로 취했을 때의 노름들 W의 곱보다 같거나 작다는 것을 증명할 것. 이 연습문제는 오래전부터 알고 있었지만 새삼 이 연습문제가 나의 '문제'에도 유용할 수 있지 않을까라는 생각이 들었다.

"하지만 적분 아니면 상한을 넣어서 0에서의 값을 변형해야 할 것 같은데…… 그리고 이건 위치 변수에 대해서는 통하지 않을 거야. 또 다른 대수 노름이 필요할 테지…… 푸리에를 써볼까? 아니면……"

11월 19일, 소득 없는 시도를 숱하게 반복한 결과, 노름을 찾아냈다는 생각이 들었다. 그 무렵 나는 매일 저녁 연습장을 시커멓게 만들어가며 뭔가 결과가 나올 때마다 클레망에게 보냈다. 기계는 가동중이다. 세뒤락 고![•]

*

D를 $\mathbb{C}$의 단위 원판이라 하고, $W(D)$를 D 위에서 정의된 복소해석적holomorphic이고

• 저자의 설명에 따르면 '세뒤락 고Cédurak go'는 유럽에서 엄청난 인기를 끌었던 일본 만화영화 「골도락」에서 따 왔다. '골도락 고'는 주인공의 조종 장치 이름인데 저자는 자신의 이름을 넣어 '골도락'을 '세뒤락'으로 고쳤다. 이 만화영화는 우리나라에도 「그랜다이저」라는 제목으로 텔레비전에서 방영된 바 있다.

$$\|f\|_{W(D)} = \sum_{n=0}^{\infty} \frac{|f^{(n)}(0)|}{n!} < +\infty$$

를 만족하는 함수들의 공간이라 하자.

만약 $f \in W(D)$이고 f가 $\overline{D}$ 위에서 취하는 값 근처에서 g가 복소해석적이라면 $g \circ f \in W(D)$임을 보이시오. 힌트 : $\|h\|_{W(D)} \le C \sup_{z \in D}\big(|h(z)|+|h''(z)|\big)$이고 $W(D)$가 대수(집합대수)임을 상기하라. $f = f_1 + f_2$, $f_2(z) = \sum_{n>N} \frac{f^{(n)}(0)}{n!} z^n$이라 두되, N은 $\sum_{n=0}^{\infty} \frac{g^{(n)}(0)}{n!} f_2^n$가 $W(D)$에서 잘 정의되고 수렴하도록 충분히 크게 잡을 수 있다.

S. 알리낙 & P. 제라르,

의擬미분연산자pseudo-differential operator와 내시-모저 정리

(제3장, 연습 A. 1. a.)

*

날짜: 2008년 11월 18일 화요일, 10시 13분 41초 +0100

보낸사람: 클레망 무오 〈clement.mouhot@ceremade.dauphine.fr〉

받는사람: 세드릭 빌라니 〈Cedric.VILLANI@umpa.ens-lyon.fr〉

제목: RE: 일요일 IHP

최근에 보낸 메일들, 조금 전에 확인했는데 꼼꼼히 읽어볼게. 이것들을 해석적 섭동이 있는 수송 방정식의 해에 대한 안정성 정리에 포함시켜 봐야지! 그럼 다음에 또 얘기하자고!

클레망.

날짜: 2008년 11월 18일 화요일, 16시 23분 17초 +0100

보낸사람: 클레망 무오 〈clement.mouhot@ceremade.dauphine.fr〉

받는사람: 세드릭 빌라니 〈Cedric.VILLANI@umpa.ens-lyon.fr〉

제목: RE: 일요일 IHP

미약한 난류와 3차 2d 초점흐림defocusing 슈뢰딩거 방정식에 대한 타오Tao의 논문(사실은 그가 블로그에 올린 요약문)•을 보고 나서 간략하게 적어봐.

그는 미약한 난류를 진동수 변수에 의해 점근적으로 질량 유출이 일어나는 경우로 정의하지. 강한 난류는 유한한 시간에서 진동수 변수에 의한 질량 유출로 정의하고. 다음이 그가 자신의 방정식을 위하여 공식화한 추측이야.

추측.*(미약한 난류) (1)의 매끄러운 해 `u(t,x)`가 있어서 모든 `s > 1`에 대하여 `t`가 무한대로 발산할 때 `\|u(t)\|_{H^s({\Bbb T}^2)}`는 무한대로 발산한다.

우리가 건설하려는 해에 대해서도 이런 성질이 있다는 것을 보여줄 수 있을지 봐야 해(자유수송의 경우에는 `x`의 미분함수들이 실제로 잘 발산하거든). 우리의 경우와 마찬가지로, 그들의 문제에서도 실수 변수 `x`에서의 확산이 우세하지 않은 상태로 이 현상을 볼 수 있으려면 원환체로 갇혀 있어야 해. 그는 이 현상이 비선형적이고 선형의 경우에는 관찰되지 않는다고 주장하는데 나는 그 점이 이해가 안 가. 우리의 경우에는 이미 선형의 경우에서도 나타나는 것 같단 말야……

그럼 또.

날짜: 2008년 11월 19일 수요일, 00시 21분 40초 +0100

• 이 블로그 포스트 제목 원문은 다음과 같다. Weakly turbulant solutions for the cubic defocusing nonlinear Schrödinger equation.

보낸사람: 세드릭 빌라니 〈Cedric.VILLANI@umpa.ens-lyon.fr〉

받는사람: 클레망 무오 〈clement.mouhot@ceremade.dauphine.fr〉

제목: RE: 일요일 IHP

자, 이게 오늘 내가 한 거야. '추정' 파일에 몇 가지 생각을 더 적어 넣었고 쓸모없어진 첫 번째 섹션은 제거했어. 여러 파일들에 흩어져 있는 다양한 추정이 대충 전체적으로 한 파일로 묶인 것 같아.

우리가 어떤 노름을 통해서 작업할 것인지가 아직 분명하지 않다고 봐.

– 균질장의 경우, `\rho`에 대한 방정식이 시간 안에서만 적분식이기 때문에 고정된 노름을 통해서 작업할 수밖에 없지. 그 고정된 노름은 `\Om`의 합성composition에 대해 **안정적**이어야만 할 거야.

– 푸리에 변환이 해석적 정칙성을 지수적 감소로 바꿔주기 때문에 가장 적합해. 푸리에 변환 없이 직접적으로 지수적인 수렴을 어떻게 보이는지는 잘 모르겠어. 물론 가능하긴 하겠지.

– 변수 변환은 `(x,v)`에 대해서 해야 하고 `\rho`에 대한 푸리에 변환은 `\eta`에 대해서 디랙 함수이기 때문에 우리가 필요로 하는 것은 `k`에 대해서 `L^2`이고 `\eta`에 대해서 `L^1`인 해석적 노름일 것 같아.

– 하지만 합성을 하면 `L^1` 타입에서 분명히 연속적이지 않으니 이건 아니겠지. 좀 더 교묘한 방법이 필요한데 어쩌면 `\eta`를 '적분'하는 것부터 시작해야 할까 봐. 변수 `k`의 `L^2` 유형 노름은 남겠지.

결론. 우리가 좀 더 머리를 굴려야 할 것 같아.

그럼 다음에 또.

세드릭.

날짜: 2008년 11월 19일 수요일, 00시 38분 53초 +0100

보낸사람: 세드릭 빌라니 〈Cedric.VILLANI@umpa.ens-lyon.fr〉

받는사람: 클레망 무오 〈clement.mouhot@ceremade.dauphine.fr〉

제목: RE: 일요일 IHP

11월 18일 0시 21분에 세드릭 빌라니가 쓴 내용:

> 결론. 우리가 좀 더 머리를 굴려야 할 것 같아. 지금 내 느낌으로는 이 난관을 극복하기 위해 오메가Omega와의 합성의 푸리에 `L^2` 해석 노름에 대한 연속성 정리가 필요할 것 같아(가중치는 낮추지 않고……). `\eta`는 매개변수로 놓고. 그럼 내일 봐. :-)

날짜: 2008년 11월 19일 수요일, 10시 07분 14초 +0100

보낸사람: 세드릭 빌라니 〈Cedric.VILLANI@umpa.ens-lyon.fr〉

받는사람: 클레망 무오 〈clement.mouhot@ceremade.dauphine.fr〉

제목: RE: 일요일 IHP

하룻밤 자고 나니 '비현실적으로' 보이네. 오메가와의 합성은 '필연적으로' 람다에서의 손실을 다소 불러오지(`Omega = (1-epsilon) Id`)인 경우에 이미 그렇지. 그러니까 보기에는 그럴싸해도 나중에 조정을 해야 할 거야.

나중에 또……

세드릭.

날짜: 2008년 11월 19일 수요일, 13시 18분 40초 +0100

보낸사람: 세드릭 빌라니 〈Cedric.VILLANI@umpa.ens-lyon.fr〉

받는사람: 클레망 무오 〈clement.mouhot@ceremade.dauphine.fr〉

제목: 업데이트

업데이트한 파일을 첨부함.

3.2 하위섹션을 추가했음. 그 하위섹션에서는 전화로 얘기한 것, 즉 변수 변환 시의 함수 공간을 잃게 되는 문제와 관련하여 분명히 나올 만한 기본 반론을 검토했어. 결론적으로 그 공간은 잃지 않지만 그러자면 변수 변환 시 추정치를 정확히 계산해야 해.

세드릭.

날짜: 2008년 11월 19일 수요일, 14시 28분 46초 +0100

보낸사람: 세드릭 빌라니 〈Cedric.VILLANI@umpa.ens-lyon.fr〉

받는사람: 클레망 무오 〈clement.mouhot@ceremade.dauphine.fr〉

제목: 업데이트

3. 2 하위섹션에 새로운 사항들을 추가함. 이제 좀 더 읽을 만하게 된 것 같아.

날짜: 2008년 11월 19일 수요일, 18시 06분 37초 +0100

보낸사람: 세드릭 빌라니 〈Cedric.VILLANI@umpa.ens-lyon.fr〉

받는사람: 클레망 무오 〈clement.mouhot@ceremade.dauphine.fr〉

제목: Re: 업데이트

현재의 섹션 5는 거짓인 것 같아!! 문제는 자네가 "거듭제곱과 차례곱powers and factorials을 배분함으로써"라고 쓴 부분 다음에 있어. 다음 문장은 문제없어 보이지만 그 뒤 공식 속의 지표들은 더 이상 들어맞지 않아.

(`N_{k-i+1}/(k-i+1)!`는 `N_k/k!`가 되어야지 `N_k/(k+1)!`가 되면 안 된다고.)

사실 내가 보기엔 결과가 너무 강해서• 믿기 어려운 것 같아. 이 결과가 맞다면

항등원에 가까운 원소와 합성하면, 해석적 노름의 지표가 변하지 않는다는 뜻일 텐데 내 생각엔

```
\|f\circ G\|_\lambda \leq const.
                          \|f\|_{\lambda \|G\|} \|G\|
```

정도가 되어야 할 것 같거든.

나중에 또.

세드릭.

날짜: 2008년 11월 19일 수요일, 22시 26분 10초 +0100

보낸사람: 세드릭 빌라니 〈Cedric.VILLANI@umpa.ens-lyon.fr〉

받는사람: 클레망 무오 〈clement.mouhot@ceremade.dauphine.fr〉

제목: 굿 뉴스

작업하고 있는 버전에서는 버그가 있는 섹션 5를 제거했어(필요하다면 언제라도 되돌려놓으면 돼). 그 부분에 대신 합성에 대한 계산을 넣었어. 지난번과 같은 해석적 변수들을 사용했지만 이번엔 합성에 대한 식이 꿈이라도 꾸듯 잘 맞아떨어지는 것 같아(내가 넌지시 제안했던 공식은 맞지 않아. 사실은 그와 비슷하지만 훨씬 단순해).

나중에 봐. 세드릭.

날짜: 2008년 11월 19일 수요일, 23시 28분 56초 +0100

보낸사람: 세드릭 빌라니 〈Cedric.VILLANI@umpa.ens-lyon.fr〉

• 여기서 '결과가 강하다'는 것은 증명이 더 어렵다는 것을 뜻한다. 가령 정리 1에서 정리 2를 도출할 수 있으면 정리 1이 더 강한 것이다.

받는사람: 클레망 무오 〈clement.mouhot@ceremade.dauphine.fr〉

제목: 굿 뉴스

새로운 버전을 첨부해. 항상 하는 계산이 우리가 제시한 노름으로 이루어질 수 있다는 점은 합성 규칙을 써서 확인했어(섹션 5.1). 아주 조금 더 복잡하지만 비슷한 종류의 결과를 주는 것 같아. 오늘은 여기까지만.

세드릭.

7장

2008년 12월 4일, 부르고앵-잘리외.

주차장 입구에서 한밤중의 헤드라이트에 눈이 부셨다. 나는 그쪽으로 다가갔다. 이걸로 세 번째 시도다.

"죄송합니다만, 리옹으로 가십니까?"

"아…… 네."

"괜찮으시다면 저 좀 태워주시겠습니까? 이 시각엔 기차가 없어서요!"

여성 운전자는 잠깐 망설이더니 슬쩍 자기 동행들의 눈치를 보고는 나에게 뒤에 타라고 말한다. 나는 차에 올랐다.

"정말 감사합니다!"

"콘서트에 오셨던 모양이죠?"

"네, 네, 정말 근사했죠?"

"네, 참 좋았어요."

"테트 레드Têtes Raides의 20년 팬으로서 이 콘서트를 놓칠 수 없었으니까요! 하지만 전 운전을 싫어해요. 그래서 여기까지 기차로 왔어요. 돌아갈 때에는 어떻게든 리옹으로 가는 차를 얻어 탈 수 있을 거라 생각했죠."

"걱정 마세요, 기꺼이 태워드리죠. 전 아들을 데려다주러 왔어요. 그쪽 옆에 앉아 있는 사람은 우리 아들 친구고요."

모두 인사가 오가고……

"방방 뛰고 헤드뱅잉을 하기가 힘들진 않았어요. 공연장이 꽤 넓더군요. 서로 발을 밟을 걱정도 없고 편안했어요."

"맞아요, 여자들이 불평할 일은 없었어요."

"아, 어떤 여자들은 화끈한 걸 좋아하죠!"

피갈의 콘서트홀에서 모두가 미친 듯이 방방 뛰는 와중에서 팔팔하고 매력적인 펑크족 아가씨가 어쩌다 내 품에 안겼던 감미로운 추억.

"그 거미 예쁘네요."

"네, 전 항상 거미를 달고 다니죠. 제 스타일이에요. 리옹에서 주문 제작한 것들이에요. 리벨륄Libellule 공방에서 맞추죠."

"음악을 하는 분이신가요?"

"아뇨!"

"예술가?"

"수학잡니다!"

"네? 수학자라고요?"

"네, 네…… 그런 직업도 있답니다!"

"어느 쪽으로 일하시는데요?"

"음…… '정말로' 알고 싶으세요?"

"네, 그럼요."

"저기요, 놀리기 없습니다!"

한숨 한 번.

"저는 완전하고 국소적으로 옹골찬locally compact 측도 있는 거리공간metric measure space에서 아래경계를 이루는 리치 곡률 아래경계의 종합적 개념을 연구했습니다."

"뭐라고요!"

"장난친 거죠?"

"전혀요. 수학계에는 나름대로 괜찮은 반향을 일으킨 논문입니다."

"한 번 더 말씀해보실래요? 너무 엄청나네요!"

"그러죠, 저는 분리될 수 있는separable 완전히 측정되고 부분적으로 옹골찬 거리공간에서의 리치 곡률 아래경계에 대한 종합 이론을 연구했습니다."

"우와!"

"그런 걸 어디다 써요?"

얼음이 부서지듯 어색함이 사라졌다. 이제 시작이다. 나는 한참이나 설명하고, 말하고, 신비롭게 여겨지는 것들을 해명한다. 아인슈타인의 상대성이론, 광선을 빗나가게 하는 곡선. 곡선, 비유클리드 기하학의 주춧돌. 양의 곡률이면 광선들이 서로 가까워진다. 음의 곡률 공간에서는 광선들이 서로 멀어진다. 광학의 언어로 설명되는 곡선은 통계물리학의 언어로도 표현될 수 있다. 밀도, 엔트로피, 무질서, 운동에너지, 최소에너지…… 내가 몇몇 동료 연구자들과 일궈낸 발견이다. 고슴도치처럼 삐죽삐죽한 공간 속에서의 곡률은 어떻게 이야기할 수 있을까? 최적수송의 문제는 공학, 기상학, 정보과학, 기하학 쪽에서도 찾아볼 수 있다. 천 쪽에 달하는 내 책. 먼 거리를 가로지르는 동안 나는 말하고 또 말한다.

“자, 이제 리옹에 진입합니다. 어디에 내려드릴까요?”

“저는 1구에 삽니다. 먹물들이 사는 동네요! 하지만 편한 곳에 내려주셔도 돼요. 제가 알아서 가겠습니다.”

“걱정 마세요, 댁까지 모셔다드릴 테니까요. 길만 가르쳐주세요.”

“고마워서 어쩌죠. 너무 신세를 지네요. 제가 톨게이트 요금이라도 내면 안 될까요?”

“아뇨, 그러지 않으셔도 돼요.”

“고맙습니다. 정말 친절하시네요.”

“가시기 전에 수학 공식이나 하나 적어주시겠어요?”

두 개의 그림

(출처: Optimal transport, old and new, C. Villani, Springer−Verlag, 2008.)

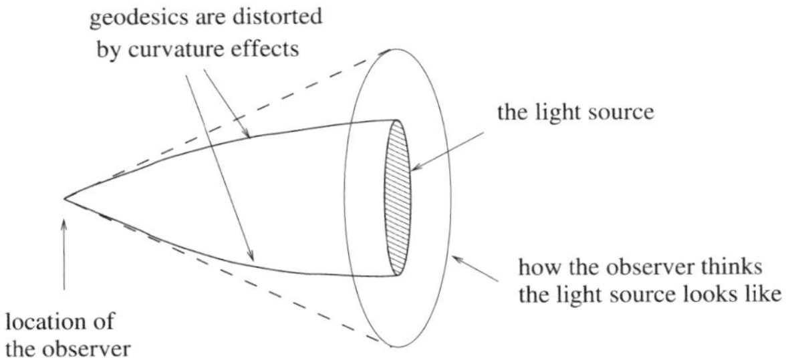

FIG. 7.1 – The meaning of distortion coefficients: Because of positive curvature effects, the observer overestimates the surface of the light source; in a negatively curved world this would be the contrary.

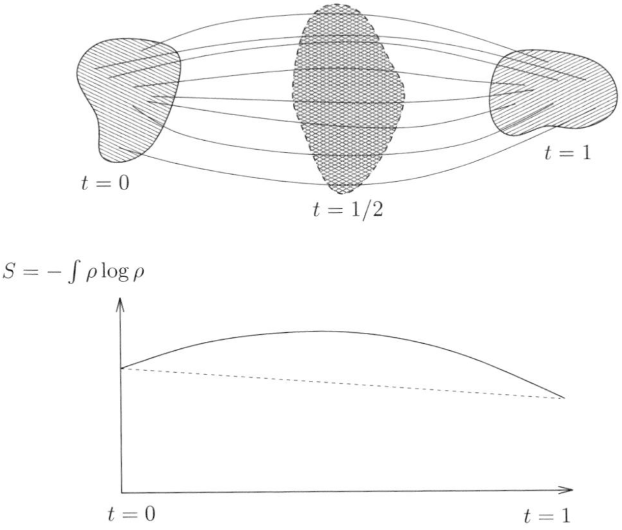

FIG. 7.2 – The lazy gas experiment: To go from state 0 to state 1, the lazy gas uses a path of least action. In a nonnegatively curved world, the trajectories of the particles first diverge, then converge, so that at intermediate times the gas can afford to have a lower density (higher entropy).

8장

2008년 12월 25일, 라 드롬의 어느 마을에서.

연말 연휴에 가족들과 지내면서 나는 꽤 진전을 보았다.

작업을 진행하면서 그때그때 업데이트하는 네 개의 파일에는 우리가 란다우 감쇠에 대해서 이해한 모든 내용이 들어 있다. 우리는 그 네 개의 파일을 서로 교환하고, 보완하고, 수정하고, 재작업하고, 이런저런 주석들을 달아놓았다. 클레망이 지적한 사항은 NdCM으로, 내가 지적한 사항은 NdCV로 표시했다.• 우리 모두의 스승인 커누스의 TEX•• 언어로 쓰인 이 파일들은 우리의 작업에 기막히게 잘 맞았다.

우리는 얼마 전에 리옹에서 다시 만났다. 클레망은 내가 파일 중 하나에 적어놓은 부등식을 두고 격렬하게 반론을 제기했다.

$$\|e^{if}\|_\lambda \leq e^{\|f\|'_\lambda}$$

• Note de Cédric Villani/Note de Clément Mouhot의 약자.

•• 미국의 수학자 도널드 커누스가 복잡한 수식 때문에 논문 작성에 애먹는 수학자들을 위해 개발한 프로그램.

클레망은 내가 어떻게 이런 주장을 할 수 있는지 정말로 이해가 안 간다고 단언했다. 나는 내가 써놓은 것이 내 생각을 벗어났다고 인정해야만 했다. 원고를 쓸 당시에는 이 부등식이 당연하게 보였다. 하지만 곰곰이 생각해보니 내가 도대체 왜 이런 걸 써놓았는지, 왜 이 부등식이 그렇게나 자명해 보였는지 이젠 그 이유조차 알 수 없었다.

지금도 내가 왜 이 부등식을 확신했는지는 기억이 안 나지만 어째서 이 부등식이 참인지는 알게 됐다! 파 디 브루노의 공식 덕분이다.

16년 전, 파리 고등사범학교에서 미분기하학을 강의하던 교수님이 합성된 함수들의 도함수들을 순차적으로 주는 이 공식을 가르쳐 주었다. 이 공식이 어찌나 복잡했는지 우리는 왁자하니 웃음을 터뜨렸고 교수님은 우리를 측은해하는 기색과 약간의 자조를 보이며 이렇게 말했다. "웃지들 마요! 아주 요긴한 공식이라고."

교수님 말씀이 옳았다. 실제로 파 디 브루노 공식은 요긴하다. 이 공식 덕분에 나의 수수께끼 같은 부등식은 참이다!

말은 이렇게 하지만, 인내심이 필요했다. 내가(볼츠만과 커누스와 란다우 앞에서) 맹세하건대, 지난 16년 동안 이 공식을 써먹을 기회는 전혀 없었다. 오죽하면 이 공식의 흔치 않은 이름마저 까먹고 있었을까.

그러나 그 공식은 내 머릿속 한구석에 남아 있었다. '합성함수들의 도함수를 구하는 공식이 있다……' 구글과 위키피디아를 잠깐 들여다보는 것만으로도 공식의 이름과 공식 그 자체를 기억해낼 수 있었다.

어쨌든 파 디 브루노 공식의 등장은 우리의 연구가 예기치 않은 방향으로 조합되리라는 징조였다. 나의 연구 노트는 평소 첼로 몸통에 뚫린 S자 형 기호들이 가득했지만(적분기호 $\int$ 말이다. 내가 평소 이걸 얼마나 많이 쓰는지 정신을 집중하면 자동으로 이 기호부터 떠오른다!) 이번에는 괄호 안에 들어간 지수들($f^{(4)} = f''''$ 같은 고계도함수)과 느낌표들($16! = 1 \times 2 \times 3 \times \ldots \times 16$ 같은 차례곱)로 뒤덮였다.

사실 나는 분위기를 타고 있었다. 아이들이 환호하며 크리스마스 선물을 뜯어보는 동안 나 또한 솔방울을 트리에 매달 듯 지수를 함수에 달아보고 거꾸로 놓여진 양초들처럼 느낌표들을 죽 늘어놓고 있었으니까.

*

도널드 커누스는 컴퓨터과학계의 살아 있는 신이다. 어떤 친구가 이런 말을 했었다. "그가 학회장에 등장한다면 참가자들이 모두 그 앞에서 무릎을 꿇을걸."

스탠퍼드 대학교 교수인 커누스는 퇴직을 앞당기고 이메일을 끊은 후 자신의 대작을 완성하는 데 온 시간을 쏟았다. 50년 전부터 시작된 『컴퓨터 프로그래밍의 기술*The Art of Computer Programming*』 가운데 일부 몇 권은 이미 출간되어 있다. 이 분야의 혁명을 일으킨 저작들이다.

커누스는 이 빼어난 저작들을 발표하면서 시중에 유통되는 소프트웨어로는 수학 공식들의 그래픽적 성격을 제대로 표현할 수 없다는 것을 깨달았다. 그는 이 병폐를 완전히 고치겠다고 마음먹었다. 프로그래밍 에디터와 폰트를 바꾸는 걸로는 만족할 수 없었던 커누스는 프로세스 전체를 뿌리부터 재고하기로 결심했다. 1989년에 $\TeX$ 소프트웨어의 안정화된 첫 번째 버전이 나왔다. 현재 수학자라면 누구나 논문을 쓰거나 연구를 교류하는 데 표준으로 삼고 있는 프로그램이다.

도널드 커누스

이 새로운 보편성의 층위는 21세기부터 수학자들의 교류가 대대적으로 인터넷을 이용하게 되면서부터 제 역할을 톡톡히 해냈다.

커누스의 프로그램 언어와 그 파생 언어들은 누구나 코드에 접근할 수 있는 무료 소프트웨어다. 수학자들은 소스 파일을 교환할 뿐이다. 소스 파일은 전 세계 모든 컴퓨터가 인식하는 *ASCII* 문자로만 이루어진 텍스트 파일이다. 이 파일은 텍스트와 공식을 세세한 부분까지 되살려내는 데 필요한 모든 명령들을 간결한 언어로 담고 있다.

커누스는 아마도 이 소프트웨어 덕분에 수학자들의 일상을 가장 크게 바꾸어놓은 현존 인물이 되었을 것이다.

커누스는 끊임없이 자신의 프로그램을 개선하여 파이(π) 근사값으로 새로운 버전의 번호를 매기고 있다. 3.14 버전 다음에는 3.141 버전, 그다음은 3.1415 버전, 이런 식으로 좀 더 완성도 높은 버전이 나올 때마다 파이 근사값의 정확도도 높아지는 것이다. 현재 3.1415926 버전까지 나왔다. 커누스의 유언에 따라 그의 사망일에 이 프로그램은 파이(π) 버전으로 넘어가게 될 것이고 그때부터 TEX은 영원히 변치 않을 것이다.

*

파 디 브루노 공식(아보가스트 1800, 파 디 브루노 1855)

$$(f\circ H)^{(n)} = \sum_{\sum_{j=1}^n j\,m_j = n} \frac{n!}{m_1!\ldots m_n!}\, \bigl(f^{(m_1 + \ldots + m_n)}\circ H\bigr)\, \prod_{j=1}^n\left(\frac{H^{(j)}}{j!}\right)^{m_j}$$

TEX 파일로는 다음과 같이 쓴다:

```
\[(f\circ H)^{(n)} = \sum_{\sum_{j=1}^n j\,m_j = n}
\frac{n!}{m_1!\ldots m_n!}\,
\bigl(f^{(m_1 + \ldots + m_n)}\circ H\bigr)\,
\prod_{j=1}^n\left(\frac{H^{(j)}}{j!}\right)^{m_j}\]
```

*

날짜: 2008년 12월 25일 목요일, 12시 27분 14초 +0100

보낸사람: 세드릭 빌라니 〈Cedric.VILLANI@umpa.ens–lyon.fr〉

받는사람: 클레망 무오 〈clement.mouhot@ceremade.dauphine.fr〉

제목: Re: 1부와 2부가 거의 끝나감

그래, 크리스마스니까 클레망 자네도 2부를 받아봐야지. 꽤 괜찮아 보여. 사실 대략적으로는 모든 것이 기대 이상으로 풀리고 있어(다만 지수 손실loss of exponent이 적어도 섭동의 크기의 세제곱근인 것 같지만 뉴턴식 반복법으로 손실을 다시 메꾸지 못할 이유는 없어). '해석'과 '산란scattering', 이 두 개의 파일을 돌려보내. 지금 당장은 그것들은 더 이상 건드리지 않으려고. 나중에 아주 세세한 부분까지 다시 읽어봐야 할 거야. 하지만 지금은 3부와 4부(pde와 내삽법[혹은 사이채움법]interpolation)를 말이 되도록 하는 것이 급선무라고 생각해. 아주 잘 다듬어지지 않았더라도 웬만큼 말이 된다 싶으면 곧바로 pde를 나한테 보내달라는 뜻이야. 그렇게 하면 pde

와 내삽법을 나란히 작업할 수 있을 거야(나는 영어로 고치고 논문 형식으로 다듬는 작업을 하고 있을게……).

메리 크리스마스!

세드릭.

날짜: 2008년 12월 25일 목요일, 16시 48분 04초 +0100

받는사람: 세드릭 빌라니 〈Cedric.VILLANI@umpa.ens-lyon.fr〉

보낸사람: 클레망 무오 〈clement.mouhot@ceremade.dauphine.fr〉

제목: Re: 1부와 2부가 거의 끝나감

메리 크리스마스, 선물 고마워 ;)!!

pde 파일을 손보고 있어. 상한노름과 혼합노름에 대한 완전한 정리 하나를 만들고 있지. 사실 혼합노름 쪽에도 꽤 희망을 걸고 있어(세드릭의 최종 파일에 의하면 산란의 경우에는 분명히 노름에 대해 맞기 때문에 말이야). 내삽법 파일에 대해서는 우리가 필요로 했던 정확한 내시 부등식이 내가 보냈던 버전에(프랑스어로) 들어가 있어. 그 버전에 뭘 더 추가해야 할 것 같으면 말해줄래? 나머지도 금방 보낼게! 우정을 담아, 클레망.

날짜: 2008년 12월 26일 금요일, 17시 10분 26초 +0100

받는사람: 세드릭 빌라니 〈Cedric.VILLANI@umpa.ens-lyon.fr〉

보낸사람: 클레망 무오 〈clement.mouhot@ceremade.dauphine.fr〉

제목: Re: 1부와 2부가 거의 끝나감

안녕.

세드릭의 혼합노름에서의 완전한 pde 정리의 영문판 예비 버전이야. 파일 15쪽에서부터 시작돼. 세부 계산과 지표 쪽에 확인해야 할 것들이 있지만, 그리고 한

정된 시간이란 조건을 주는 것이 지금으로서는 이상해 보이지만, 대략적 이해를 위해 미리 보내두는 거야. 어쨌든 혼합노름이 내가 푸리에 변환 없는 노름들로 도함수의 전달함수들에 대해서 세웠던 논증과 제법 잘 맞아떨어지는 것 같아. 섹션 4 첫 부분에 문제의 정리와 내가 그 정리가 맞다고 생각하는 이유를 주석으로 달아뒀어. 나는 계속 지표 네 개짜리 노름 쪽도 생각하고 있어(자네 정의에 따르자면 그것도 혼합노름이지만). 지금으로서는 사실 어떻게 지표 세 개만으로 넘어가는지 잘 모르겠어……

계속 생각해볼게.

우정을 담아,

클레망.

날짜: 2008년 12월 26일 금요일, 20시 24분 12초 +0100

받는사람: 세드릭 빌라니 〈Cedric.VILLANI@umpa.ens-lyon.fr〉

보낸사람: 클레망 무오 〈clement.mouhot@ceremade.dauphine.fr〉

제목: Re: 1부와 2부가 거의 끝나감

내가 "한정된 시간이란 조건"이라고 했던 것은 내가 가설에 쓴 대로 산란이 시간에 대해 선형이라는 것에서 기인한 지표 감소로부터, 시간이 한정되어야 어떤 상수 이상의 손실을 낳지 않는다는 뜻이었어. 하지만 세드릭의 '해석' 파일을 보니까, 이 가설이

$$
\varepsilon \, \min \{ 1, (t-s) \}
$$

와 같은 손실을 가질 만큼 강해질 수도 있겠어.

이로부터 t가 크고 s가 t로부터 멀리 떨어져 있다면 감소가 작게 유지되겠지.

나중에 보자고. 클레망.

9장

2009년 1월 1일, 프린스턴.

어두운 밤, 택시 운전수는 완전히 헤매고 있다. 그의 GPS 내비게이션은 말이 안 되게도 숲 속 직진 코스를 가리키고 있다.

그의 방향 감각에 호소해본다. 여기는 분명히 아까 지나갔던 데다. 내비게이션이 업데이트가 되어 있지 않은 게 틀림없다. 주위를 둘러봐야 한다. 아무래도 길을 잃은 것 같다. 저놈의 내비게이션이 시키는 대로 했다간 분명히 진창에 처박히고 말 거다!

뒷좌석에 앉은 아이들은 천하태평이다. 딸아이는 장시간 비행과 시차 때문에 잠이 들었다. 아들내미는 조용히 창밖만 보고 있다. 그 애는 고작 여덟 살이지만 타이완, 일본, 이탈리아, 오스트레일리아, 캘리포니아를 다 가봤다. 택시가 한밤중에 뉴저지의 숲 속을 헤맨다 한들 그 애가 동요할 일은 아니다. 그 애는 어차피 다 해결될 거라는 것을 안다.

같은 곳을 뱅뱅 돌다가 사람 사는 곳 같아 보이는 데가 나왔다. 버스 정류장에 서 있던 사람을 만나 길을 물었다. 내비게이션만이 지형학적 진실을 탐지할 수 있는 것은 아니다.

드디어 이쪽 사람들이 IAS Institute for Advanced Study, 프린스턴고등연구소라고 부르는 데가 우리 앞에 나타났다. 아름다운 숲 한복판의 연구소는 약간 성 같은 분위기를 풍겼다. 여기까지 오려고 광대한 골프장 하나를 빙 둘러야 했다.

아인슈타인이 바로 이곳에서 생애 마지막 20년을 보냈다. 물론 당시의 아인슈타인은 더 이상 물리학 혁명을 이끈 1905년의 팔팔한 청년이 아니었다. 하지만 그는 누구보다 이곳에 자신의 흔적을 확실히 남겼다. 그리고 존 폰 노이만, 쿠르트 괴델, 헤르만 바일, 로버트 오펜하이머, 에른스트 칸토로비츠, 존 내시에 이르기까지 한 사람 한 사람만으로도 전율을 자아낼 만한 위대한 사상가들이 모두 이곳을 거쳤다.

지금은 장 부르갱, 엔리코 봄비에리, 프리먼 다이슨, 에드워드 위튼, 블라디미르 보예보츠키 등등…… IAS는 하버드 대학교, 버클리 대학교, 뉴욕 대학교, 그 어느 기관보다도 수학과 이론물리학의 성소를 자처하기에 부족함이 없다. 물론 이곳에 수학계의 수도 파리만큼 수학자들이 많지는 않다. 하지만 IAS에서는 거르고 또 걸러진 최고의 정수淨水가 있다. IAS 종신회원은 세계에서 가장 명망 높은 직함일 것이다!

그리고 바로 옆에는 프린스턴 대학교와 그곳에 재직 중인 찰스 페퍼먼, 안드레이 오쿤코프 등의 인물들이 있다. 프린스턴에는 필즈상 수상자가 널렸다. 필즈상 수상자 서너 명과 함께 점심을 먹는 일쯤은 유도 아니다! 앤드류 와일즈는 말할 것도 없다. 와일즈는 필즈상을 받지는 못했으나 페르마의 수수께끼, 350년간 잘생긴 왕자님이 깨우러 오기를 기다린 이 문제를 해결함으로써 세계에서 가장 인기 있는 수학자가 되었다. 요컨대, 위대한 수학자들만 전담하는 파파라치들이 있다면 그들은 IAS 구내식당에 카메라를 설치해놓고 매일매일 유명인들의 따끈따끈한 사진을 건질 수 있을 것이다.

꿈을 꾸게 하는 것…… 하지만 그게 다가 아니다. 이제 집을 구해야 한다. 우리가 앞으로 여섯 달 동안 머물 곳을. 일단은 잠부터 자자!

여섯 달 동안 이 작은 마을 프린스턴에서 무엇을 할까?

할 일은 엄청 많다! 나는 집중이 필요하다. 이제 나의 수학 사랑에 전적으로 시간을 쏟을 수 있게 될 것이다!

우선 란다우 감쇠의 목을 완전히 꺾어버려야 한다. 이미 진전을 보았다. 함수해석적 틀도 제대로 잡았으니 자, 이제 2주 안에 끝을 보겠다! 그다음에는 다른 프로젝트, 알레시오와 루도빅과의 프로젝트를 끝낸다. 그 망할 놈의 반례는 찾아내고 말 테다. 3차원 혹은 그 이상의 차원에서 구球에 가까운 리만 거리 공간의 단사injectivity 영역들이 반드시 볼록형이 되지는 않는다는 것을 보여줄 반례를. 그 반례를 꼭 찾아서 비유클리드 최적수송의 정칙성 이론을 박살낼 테다!

그다음에는 다섯 달이 남는다. 그 기간은 나의 원대한 꿈, 볼츠만 방정식의 정칙성에 할애할 테다! 그래서 내가 10여 개 국가를 거치며 끼적거려온 연구 노트들을 몽땅 들고 왔다.

다섯 달로는 부족할지 모른다. 마음 같아서는 IUFInstitut universitaire de France, 프랑스우수교수회• 임기 2년을 꼬박 다 투자하고 싶었다. 이 기간 동안 나는 거대 연구 프로젝트에 매달릴 수 있도록 강의시간 축소 혜택을 받는다.

하지만 나는 이런저런 프로젝트에 매여 있었다. 최적수송에 대한 나의 두 번째 저서 집필은 2005년 1월에 시작되었다. 원래는 150매만 써서 2005년 7월에 초고를 넘기기로 되어 있었다. 결국 2008년 6월에 완성된 원고는 1000매에 달했다. 도중에 끝을 내버리고 볼츠만으로 넘어갈 생각은 몇 번이나 해봤다. 하지만 나는 계속 써나가는 편이 좋았다. 아니, 사실 내가 선택을 했다고 할 수 있는지 모르겠다. 결정은 그 책이 한 거다. 그 책은 다른 형태로는 나올 수 없었다.

'내가 정말 좋아하는 이야기들이 가끔 뒤로 미뤄지지…… 하지만 괜찮아.'••

하지만 이제 강의 축소 혜택이 18개월밖에 남지 않았는데 볼츠만 방정식에 대한 나의 '거대 프로젝트'가 될 그 작업에는 아직 손도 대지 못했다. 그러던 차에 프린스턴 초청 건이 때맞게 도착했다. 책 집필도, 행정 보직도, 강의도 신경 쓸 필요 없이 주구장창 수학만 파고들 수 있게 됐다! 프린스턴 측의 요구는 이따금 기하해석학 토론과 세미나에 참석해달라는 것뿐이었다. 기하해석학은 올해 IAS의 특별 주제다.

우리 연구소에서는 모두들 마뜩잖아했다. 그들은 모두 2009년 1월부터 내가 연구소장으로 취임할 거라 예상했는데 나는 딱 그때를

• 심사를 거쳐 선발된 연구 실적이 뛰어난 대학 교원들이 독자적 연구에 매진할 수 있도록 일정 기간 동안 강의 의무를 대폭 낮춰주고 재정을 지원하는 기관.

•• 윌리암 셸러의 노래 「오, 나 홀로 달리네Oh, J'cours tout seul」의 한 구절.

맞춰서 물러나버린 것이다. 안됐지만 할 수 없다. 나부터 챙겨야 하는 때도 있으니까. 나는 오랫동안 리옹 ENS 연구 팀을 위해서 열심히 일했다. 그리고 이렇게 한번 프린스턴에 틀어박혀주면 장차 모두에게 도움이 되는 행정적인 일들을 더 잘 수행할 수 있을 것이다.

게다가 상이 걸려 있다!

필즈상, 그 영예를 원하는 자들이 감히 입 밖으로 내지도 못하는 이름 FM Fields Medal. 한창 일할 나이의 수학자들에게 최고의 보상이라 할 수 있는 이 상은 4년에 한 번 열리는 세계수학자대회에서 40세 이하의 수학자 두 명, 혹은 서너 명에게만 수여된다.

물론 수학계에는 멋진 상들이 많이 있다! 아벨상, 울프상, 교토상도 어쩌면 필즈상 이상으로 받기 힘들 것이다. 하지만 이 상들은 필즈상만큼 반향을 일으키지 못하며 그만큼 조명되지도 않는다. 그리고 이 상들은 수학자로서의 이력이 어느 정도 완성된 때에 주어지기 때문에 필즈상처럼 도약의 발판 역할, 연구를 격려하는 역할을 하지 않는다. 필즈상의 파급력이 훨씬 더 크다고 할까.

상을 생각하는 건 아니다. 상을 보고 연구를 하진 않는다. 그랬다가는 불행해질 뿐이다.

심지어 필즈상이라는 말조차 꺼내지 않는다. 나는 그 상의 이름을 가급적 입 밖에 내지 않는다. 그냥 FM라고 쓰면 상대가 알아차린다.

작년에 나는 유럽수학회상 EMS prize을 받았다. 4년에 한 번씩 10명의 젊은 유럽인 수학자들에게 주는 상이다. 많은 동료들이 그 상을 내가 필즈상 레이스에 이미 뛰어들었다는 신호로 보았다. 나의 강점으로는 연구 스펙트럼이 매우 넓다는 것을—특히 내 세대에서는—꼽는다. 해석학, 기하학, 물리학, 편미분방정식…… 게다가 오스트

레일리아의 신동 테리 타오가 더 이상 경쟁자가 아니다. 그는 이미 지난번 세계수학자대회에서 고작 31세의 나이로 이 상을 받아갔다.

하지만 내가 달성한 작업들이 흠잡을 데 없는 것은 아니다. 내가 자부심을 갖고 있는 볼츠만 방정식의 조건부 수렴 정리는 정칙성을 전제한다. 이 정리가 완전해지려면 정칙성을 입증해야만 할 것이다. 약한 의미에서의 리치 곡률 경계Ricci bounds 이론은 이제 막 첫 발을 뗐다. 그리고 우리의 곡률–차원 일반 기준은 아직 만장일치를 보지 못했다. 내가 타고난 재능이 있음을 입증한 넓은 수학적 스펙트럼에는 좋은 점도 있지만 단점도 있다. 아마 그 어떤 전문가도 나의 연구를 총괄적으로 바라보지는 못할 것이다. 어쨌거나 기회를 잡기 위해서, 그리고 나 자신의 평안을 위해서도 이제 중대한 물리학적 문제에 대한 어려운 정리를 증명해야 한다.

연령 제한 40세라니, 얼마나 큰 압박인가! 나는 아직 35세이지만…… 2006년에 마드리드에서 열렸던 세계수학자대회부터 이 조건은 더욱 강화되었다. 이제 대회가 열리는 해 1월 1일을 기준으로 40세 이하라야만 수상 자격이 있다. 새로운 규정이 공식 발표된 그 순간, 나는 이게 무슨 뜻인가를 알았다. 2014년 대회에는 내가 석 달 차이로 40세를 넘어버리기 때문에 기회가 없다. FM을 2010년에 받지 못하면 나랑 그 상은 영원히 인연이 없는 거다.

그때부터 단 하루도 그 상을 머릿속에 떠올리지 않은 날이 없었다. 그리고 나는 매번 그 생각을 밀어냈다. 정치 공작 따윈 없다. 대놓고 필즈상을 두고 각축을 벌이는 것도 아니요, 어쨌든 심사위원단도 비밀에 부친다. 나도 그런 얘기는 아무에게도 하지 않는다. 상을 받을 확률을 높이고 싶다면 상을 생각하지 않아야 한다. FM을 생각하지 않고 오로지 나의 몸과 마음을 온통 사로잡을 수학적 문제만을 생각해야 한다. 이곳 IAS는 위대한 옛사람들의 자취를 따라 온 정신을 집중하기에 이상적인 장소다.

내가 폰 노이만 거리에 살게 될 거란 얘긴 해야겠다!

*

1929년 대공황이 터졌을 때 뱀버거 가문 사람들은 스스로 운이 좋다 여길 만했다. 뱀버거 가문은 뉴저지에서 유통 사업으로 떼돈을 벌다가 공교롭게도 대공황으로 모든 것이 무너지기 6주 전에 사업을 매각했다. 경제는 쑥대밭이 되었으나 그들은 엄청난 부자였다.

돈이 아무리 많아도 쓰지 않으면 무슨 소용이 있으랴. 그들은 숭고한 대의를 위해 돈을 쓰고 싶었고 사회를 변화시키고 싶었다. 원래 그들은 치과대학을 설립하려고 했지만 새로운 이론 과학 연구소를 세우는 것이 그들의 돈을 가장 효과적으로 쓰는 방법이라는 설득에 넘어갔다. 이론과학에는 돈이 그렇게까지 많이 들지 않으니 그들의 재력으로 세계 최고의 연구소인들 왜 못 세우겠는가. 바다와 대양 너머, 먼 곳까지 빛을 발할 그런 연구소를!

그리고 수학과 이론물리학 분야에서는 비록 모든 전문가가 모든 문제에 합의를 보지는 못할지언정 누구누구가 최고인지는 다들 알고 있었다. 최고들을 확실히 가려낼 수 있다면 그들을 불러 모을 수도 있으리라!

그렇게 새로운 뱀버거 연구소는 최고의 학자들을 불러들이고자 했다. 그리고 몇 년에 걸친 협상 끝에 하나둘 영입에 성공했다. 아인슈타인. 괴델. 바일. 폰 노이만. 그 외 여러 석학들…… 유대인 연구자들과 그 벗들은 변해가는 유럽의 분위기를 견딜 수 없었다. 그 덕분에 세계 과학의 중심지가 독일에서 미국으로 옮겨갔다. 1931년에 뱀버거의 꿈은 구체적 결실을 보았다. 200년에 가까운 전통을 자랑하는 명문 프린스턴 대학교 바로 옆에 고등 연구소IAS가 문을 연 것이다(프린스턴 대학교 자체는 전설적인 부호 록펠러 가문의 후원을 받았다). IAS에서 전임 연구자들은 상당히 높은 급여를 받지만 강의를 할 의무가 전혀 없다.

연구소는 그간 발전했다. 현재 자연과학부에는 모든 형태의 이론물리학(천체물리학, 입자물리학, 양자역학, 끈이론 등)뿐만 아니라 이론생물학도 들어와 있다. 사회과학부와 역사학부도 추가되었다. 탁월성의 전통만은 예나 지금이나 변함이 없다.

이 지식의 성소에 수학자들이 연달아 등장하여 자신들의 최신 발견을 이야기하고 더 많은 이들의 관심을 끌고자 애쓴다. 다만 몇 달이든 몇 년이든 이곳에 초청받아 지내는 학자들은 오로지 한 가지 생각밖에 할 수 없고, 그러라고 연구소가 그들을 위해 비용을 지불해주는 것이다. 그들은 청동상으로, 사진으로, 그림으로 사방에 존재하는 아인슈타인의 저 비웃는 듯한 시선 앞에 세계 최고의 정리를 내놓고야 말겠다는 생각밖에 할 수 없다.

연구소는 매사를 고려하여 수학자들이 수학 외의 것을 신경 쓰지 않아도 되게 해준다. 방문 연구자가 가족을 동반하는 경우, 연구소 측에서 충분히 시간 여유를 두고 미리 아이들의 학교 등록까지 해준다. 비서 군단이 이런저런 잡일들을 맡아줄 것이다. 거주지는 연구소에서 몇 분 이상 걸리지 않는 곳으로 확보된다. 훌륭한 구내식당은 음식점을 찾아 헤매는 수고를 덜어주며 산책하기 딱 좋은 숲도 있다. 옛날 방식의 수학전문도서관에 들어서자마자 조교가 달려와 책 찾는 것을 도와주거나 지금은 통용되지 않지만 능률적인 도서관 카드 색인 시스템을 설명해준다. 여기선 모든 것이 이렇게 말하는 듯하다. 어이, 잘 들어, 여기엔 너한테 필요한 모든 것이 있어. 그러니까 네 걱정은 다 잊어. 수학, 수학, 오직 수학만 생각해.

여름에 이 연구소를 방문하거든 연못을 사이에 두고 수학부와 반대편에 있는 인문학부 도서관을 꼭 가보라(밤에는 아무도 없다). 그러면 옛 시대의 보물로 가득 찬 동굴을 발견한 탐험가가 된 기분이 들 것이다. 1미터가 넘는 낡은 지도 모음집, 거대한 크기의 사전, 묵직한 백과사전 등이 가득한 동굴을.

그러고 나서 도서관을 나오면서 바로 그 옆 벤치에 잠시 쉬어보라. 밤에는 그 벤치가 세계에서 가장 아름다운 곳이 된다. 행여 운이 좋다면 사슴 우는 소리도 들을 수 있을 것이다. 환영처럼 빛나는 반딧불이들을 볼 수 있을 것이고, 검은 물에 아른대는 달그림자를 관조할 것이며, 20세기의 가장 힘 있는 정신의 소유자들의 망령이 연못 아래에 보이지 않는 안개를 이루는 성싶을 것이다.

10장

2009년 1월 12일, 프린스턴.

늦은 밤, 프린스턴 집 통유리창 앞에서 연구 노트들을 늘어놓고 방바닥에 퍼질러 앉았다. 낮이면 아이들이 그 통유리창 너머로 회색 다람쥐들을 구경한다. 나는 아무 말 없이 생각하고 끼적이기를 반복한다.

바로 옆 책상에서 클레르는 노트북으로 「데스노트」를 보고 있다. 프린스턴에는 극장이 없지만 저녁 시간은 잘 보내야 하는 법, 나는 클레르에게 이 마성의 애니메이션 시리즈를 강력 추천했고…… 이제 클레르도 푹 빠졌다. 일본어 청취 기회도 된다.

오늘 클레망과 통화를 했다. 요즘 들어 우리는 속도를 좀 더 냈다. 나는 프린스턴에서 강의를 하지 않는다. 클레망은 CNRSCentre national de la recherche scientifique(국립과학연구센터) 연구진이기 때문에 역시 강의 부담이 없다. 그래서 우리는 원하는 만큼 연구에 매달릴 수 있다.

프랑스와 미국의 시차도 우리의 공동 연구에 이롭게 작용한다. 일곱 시간 시차가 있으니 거의 연속적으로 일을 할 수 있다. 클레망이 파리에서 자정까지 일하고 잠들면 두 시간 뒤에 내가 프린스턴에서 책상에 앉아 배턴을 이어받을 채비를 한다.

우리는 어떤 계산에 매달렸다. 클레망은 방정식의 해가 존재하는 시간을 속이는 꽤 재기 넘치는 수법에 희망을 많이 걸었다. 나는 그의 아이디어가 중요한 역할을 할 것으로 인정하고 싶지만(실제로 내 생각 이상으로 그렇게 되었다!) 우리를 구하려면 그것만으로는 무리일 성싶다. 우리에게겐 또 다른 추정이 필요하다.

새로운 수법이.

*

날짜: 2009년 1월 12일 월요일, 17시 07분 07초 −0500

보낸사람: 세드릭 빌라니 〈Cedric.VILLANI@umpa.ens−lyon.fr〉

받는사람: 클레망 무오 〈clement.mouhot@ceremade.dauphine.fr〉

제목: 배드 뉴스

음, 나는 정칙성 이송transfer of regularity이 자네처럼 추정이 좋게 나오지 않아(지표 세 개의 공간으로 변환한 다음이 좀 이상해). 자네 계산을 내가 다시 살펴봤는데 두 군데가 안 맞아. (a) 39쪽 1.8에서 맨 마지막 지표("우리는 여기서 자명한 추정을 사용했다" 바로 앞부분)는 `\lambda+\eta`가 아니라 `\lambda+2\eta`라야 할 것 같아. (b) 가설 (5.12)에서 추정치가 `\kappa`에 따라 달라지지 않을 수는 없을 것 같아(`kappa`가 0이나 무한대로 갈 때의 극한들은 공간을 완전히 바꾸어버린다고). 결론. 문제가 있어 보임.

다음에 또.

세드릭.

날짜: 2009년 1월 12일 월요일, 23시 19분 27초 +0100

보낸사람: 클레망 무오 〈clement.mouhot@ceremade.dauphine.fr〉

받는사람: 세드릭 빌라니 〈Cedric.VILLANI@umpa.ens–lyon.fr〉

제목: Re: 배드 뉴스

내일 오후에 좀 더 자세히 살펴볼게. 하지만 (a)에는 나도 동의해. 틀림없이 다른 지표 관련 문제들이 더 있을 거야. (b)에 대해서는 (5.12)가 kappa(옹골찬 집합 안에서의 kappa)에 좌우되지 않는다고 말하기 위해 내가 활용하려고 생각했던 바가 있어. 그게 바로 산란의 장 $X^{scat}_{s,t}$에서 v에 대한 약한 의존성이야. $\Omega_{s,t}$가 항등원에 O(t-s)로 근접하므로 $X^{scat} _{s,t} = x + O(t-s)$가 되지. 그럼 v에 대한 미분은 O(t-s)에 깔려버리잖아?

또 봐, 클레망.

날짜: 2009년 1월 18일 일요일, 13시 12분 44초 +0100

보낸사람: 클레망 무오 〈clement.mouhot@ceremade.dauphine.fr〉

받는사람: 세드릭 빌라니 〈Cedric.VILLANI@umpa.ens–lyon.fr〉

제목: Re: 이송

안녕, 세드릭.

평균 보조정리에 대한 자뱅의 리뷰(포르토 에르콜레 강의록)를 참고하고서 우리의 계산들과의 관계를 보기 위해 몇 가지 계산을 해봤어. 선형 추정에서의 정칙성 이송이 평균 보조정리와 연관이 있는 듯하나 이게 L^1/L^\infty로 나타나는 건 보통 경우가 아닌 듯해. 예를 들어 우리가 x의 정칙성을 v로 옮기면서 x의 증가분이 (t-s)에 비례하지 않게 하려면, 시간에 대해 적분 가능하기 위해서는 1보다 작은 증가분으로 제한될 수밖에 없지. 그러면 L^2의 극한 1/2과 맞아떨어져. 이 계산에서 또 한 가지 새로운 점은, 증가분이 (t-s)에 비례할 때 극한 1

이 더 이상 존재하지 않는 것 같아…… (t-s)에 비례하는 증가분이 비선형 정칙성 이론(세드릭의 출발점)에도 유용할지 봐야겠어…… 세드릭은 뭐 새로운 것 좀 찾았어?

우정을 담아,

클레망.

11장

2009년 1월 15일, 프린스턴.

나는 매일 아침 차를 마시러 공동 휴게실에 간다. 이곳엔 순박한 아인슈타인이 아니라 꼬장꼬장한 앙드레 베유가 청동 흉상으로 버티고 있다.

공동 휴게실은 세간이나 집기가 많지 않다. 커다란 칠판은 당연히 있고 다과거리와 체스판, 체스 관련 잡지 뭉텅이가 준비되어 있다.

잡지 한 권이 내 시선을 끈다. 1년 전쯤에 사망한 역사상 가장 위대한 체스 기사, 그 유명한 보비 피셔가 표지에 등장해 있다. 그는 심각한 편집증에 시달리다가 결국 괴짜 인간 혐오자로서 생을 마감했다. 그러나 적수를 찾을 수 없었던 체스 기사의 명승부들은 그의 광기를 뛰어넘어 지금까지도 남아 있다.

수학계에도 그 비슷한 비극적 운명의 주인공들이 여럿 있었다.

1500편의 논문(세계기록)을 써낸 떠돌이 수학자 폴 에르되스는 수의 확률론을 세운 사람들 중 한 명으로서 낡아빠진 옷차림으로 세계를 누비고 다녔다. 그는 집도 없고 가족도 없고 직장도 없었다. 그가 가진 것이라고는 그저 가방, 트렁크, 수첩, 뛰어난 재능뿐이었다.

그리고리 페렐만은 홀로 비밀리에 7년간 그 유명한 푸앵카레 추측의 수수께끼에 매달렸고 모두가 불가능하다고 생각했던 답을 예기치 않게 제시함으로써 수학계를 커다란 충격에 빠뜨렸다. 그는 이 해법의 순수성을 망치고 싶지 않았기 때문에 미국인 후원자가 제안한 100만 달러의 상금도 거부하고 자신의 직위를 떠난 게 아닐까.

수학을 근본적으로 변혁시킨 살아 있는 전설 알렉산더 그로텐디크는 인류가 낳은 사상으로서는 가장 추상적인 사조를 만들었다. 그는 IHÉSInstitut des Hautes Études Scientifiques(고등 과학 연구소)를 사임하고 피레네 산맥의 작은 마을에 칩거했다. 은둔자로 돌아간 이 마성의 인물은 광기와 글쓰기 집착증에 사로잡혀 있다.

온 시대를 통틀어 가장 위대한 논리학자 쿠르트 괴델은 어떤 수학 이론도 완전하지 않고 항상 참도 아니고 거짓도 아닌 명제가 남는다는 것을 보여줌으로써 모두를 놀라게 했다. 괴델은 생애 말년에 심한 피해망상에 시달렸다. 그는 독살당할지 모른다는 두려움 때문에 음식을 거부하다 굶어죽고 말았다.

그리고 나의 수학 영웅 존 내시가 있다. 10여 년간 세 개의 정리를 통해 해석과 기하학의 혁명을 일으킨 그 또한 피해망상에 빠지고 만다.

흔히 천재와 광인은 종이 한 장 차이라고 한다. 하지만 천재성과 광기는 둘 다 명확히 규정되지 않은 개념들이다. 그리고 그로텐디크, 괴델, 내시의 경우를 보아 알 수 있듯이 그들이 광기를 드러낸 시기와 수학자로서 가장 생산적이었던 시기는 일치하지 않는다.

선천성과 후천성 또한 오래전부터 논쟁의 대상이 되었다. 피셔, 그로텐디크, 에르되스, 페렐만은 모두 유대계 혈통이다. 그중에서도 피셔와 에르되스는 헝가리 출신이다. 수학계에 몸담은 사람이라면 누구나 이 분야에 뛰어난 유대인들이 얼마나 많은지 잘 안다. 또한 각종 수상자 명부에 유난히 많은 헝가리 이름들에 놀라지 않을 수 없다. 1940년대 미국 과학계에 유행하던 농담이 있다. "화성인들은 엄연히 존재하지. 그들은 인간보다 우월한 지성을 지녔고 인간이 알아들을 수 없는 언어를 구사하는데 자기들이 헝가리에서 왔다고 주장해."

말은 이렇게 했지만 존 내시는 순수 미국인 혈통으로 조상들의 이력을 봐선 그의 특별한 운명을 짐작케 할 만한 요소가 전혀 없다. 어쨌거나 한 사람의 운명은 굉장히 많은 것들에 좌우된다! 유전자들의 혼합, 아이디어들의 혼합, 경험과 만남 들의 혼합, 이 모든 것이 경이롭고 극적인 운명의 뺑뺑이 돌리기에 개입한다. 유전자나 환경으로 모든 것을 설명할 수는 없으니, 정녕 그렇다.

*

세계 최고의 석학 200명을 모아서 숲 속에 고립시킨 후 대학 교수로서 신경 써야 할 온갖 자질구레한 문제들을 면해주고 연구에만 최선을 다하라고 하면 어떻게 될까? 대단한 일이 일어나진 않는다. 프린스턴 대학교에 접해 있는 이 유명한 고등연구소에서 첨단 연구들이 상당수 나온 것은 사실이다. 연구소 측의 살뜰한 배려 덕분에 학자로서 편안하게 사고에 전념하기에 이보다 더 좋은 곳은 없다. 하지만 많은 펠로들이 지적하는 바, 이 연구소에서 할 일이라곤 가만히 앉아 사고에 전념하는 것밖에 없다는 것이 문제다. IAS를 상아탑이라고 부른다면 그건 차라리 완곡한 표현이리라. 실제로 IAS보다 고고한 곳은 없다. 대부분의 세계적 수준의 학술기관들, 심지어 아

주 성실하다는 곳에도 피로에 찌든 책벌레가 맥주 한 잔 들이켜고 주크박스로 음악을 들을 수 있는 장소쯤은 있다. 그런데 IAS는 그렇지가 않다. 옛 회원들은 연구소 초창기, 이곳이 프린스턴 지식인 계층의 사랑방 역할을 하던 1940~1950년대를 회상한다. 존 폰 노이만은 현대 정보공학을 창시한 인물이지만 정신을 알딸딸하게 만드는 오만 가지 칵테일 제조에도 일가견이 있었다는 풍문이 전해져온다. 폰 노이만은 화끈한 파티에서 자기가 만든 칵테일을 마구 퍼주곤 했다나. 아인슈타인은 물리학을 완전히 뒤집어버린 석학이지만 그 또한 기회가 있으면 기꺼이 바이올린을 연주하곤 했다. 연구소의 원로들은 옛사람들에게서 힌트를 얻어 사람은 무엇보다 전인적이어야 한다고, 다양한 활동들을 통하여 고도로 복잡한 것과 단순한 것 사이의 중용을 꾀해야 한다고 믿었던 것이 분명하다. 그러나 현재의 IAS는 아폴론적인 것이 디오니소스적인 것을 압도한 나머지 잠시 좋은 시간을 보낸다는 생각조차도 막연하고 추상적으로만 다가올 지경이라고 많은 회원들이 말한다. 연구소 대지를 거닐다 보면 눈에 띄는 게 노벨상 수상자나 필즈상 수상자다. 연구소 측의 너그러운 호의를 입고 있는 입장이라면 당신도 그런 수상자가 될 만한 인물이리라. 하지만 당신이 그중 누군가와 한잔 하면서 호쾌하게 웃음을 터뜨릴 일은 없을 거라 거의 확신해도 좋다.

(마셜 포의 『기억의 백과사전』 중에서 "DNE, 미국 고등연구소에 존재했던 유일한 록그룹"이라는 항목에서 발췌. [DNE = Do Not Erase(지우지 마)].)

12장

2009년 1월 17일, 프린스턴.

토요일 저녁, 가족과의 식사.

낮에는 연구소 측에서 방문 회원들을 위해 마련한 일일여행을 다녀왔다. 생명의 역사를 사랑하는 사람들에게는 성지 중의 성지라고 할 만한 곳, 바로 뉴욕자연사박물관을 관람한 것이다.

딱 10년 전, 이 박물관을 처음 찾았던 때가 생생하게 기억난다. 세계에서 가장 유명한 화석들, 내가 청소년기에 환장하던 공룡대백과와 안내서에 사진이 실려 있던 그 화석들을 실제로 보고 얼마나 감격했던가.

오늘 나는 10년 전으로 돌아가 수학과 관련한 모든 고민들을 잊었다. 하지만 저녁 먹을 때가 되자 고민들이 되살아났다.

클레르가 당혹해하며 틱 경련을 일으키는 내 얼굴을 주시한다.

란다우 감쇠의 증명은 여전히 제대로 수립되지 않고 있다. 머릿속이 그것 때문에 시끄럽다.

어떡하라고, 젠장, 속도들을 합성한 상태에서 위치에 대한 정칙성 이송으로 감소를 얻어내려면 어떡해야 하는 건데⋯⋯ 그 합성이 속도에 대한 의존성을 끌어들이잖아, 하지만 난 그 속도가 필요 없다고!

이런 난장판이라니.

나는 대화도 나누지 않고 대꾸도 거의 하지 않는다. 기껏해야 몇 마디, 나쁘게는 끙끙대는 소리만 내고 만다.

"오늘은 참 추웠어! 썰매 타도 되겠더라…… 오늘 연못에 무슨 색 깃발이 걸렸는지 봤어?"

"으으음, 빨간색. 그랬던 것 같아."

빨간색 깃발은 연못이 얼어 있지만 빙판에 올라가면 위험하다는 표시다. 하얀색 깃발. 자, 연못이 꽝꽝 얼었으니 그 위에서 방방 뛰고 낄낄 웃고 원한다면 덩실덩실 춤을 춰도 끄떡없다는 뜻이다.

1월 15일 럿거스 대학교 통계물리학 세미나에서 내 연구 결과를 발표하려고 했었다는 말을 했던가? 어쩌자고 증거가 완전하게 나오지도 않았는데 덜컥 수락을 했었담? 그들에게 뭐라고 해야 하나?

그래, 하지만 1월 초에 여기 도착했을 때만 해도 2주라는 프로젝트 주파기록을 세울 수 있을 줄 알았다! 다행히 이 발표는 다시 2주 후로 연기되었다! 하지만 벌어놓은 시간 동안 준비를 마칠 수 있을까? 이제 날짜는 임박했다! 하지만 그렇게까지 어려울 줄 내가 어떻게 알았겠어, 이런 문제는 처음 봤다!

속도, 문제는 속도야! 속도에 의존성이 없을 때는 푸리에 변환 후에 변수들을 분리할 수 있었지. 하지만 속도가 끼어들면 어떻게 해야 하지? 비선형 방정식에서는 반드시 속도를 감안해야만 하는데!

"괜찮아? 암만 그래도 병은 나지 말아야지! 릴랙스! 마음을 편히 먹어."

"으음."

"당신 정말 맛이 간 사람 같다고."

"이봐, 지금 내가 맡은 임무가 있어. 그 임무의 이름은 비선형 란다우 감쇠야."

"볼츠만 방정식에 매달렸어야 하는 거 아냐? 그게 당신의 거대 프로젝트였잖아. 지금 중요한 걸 놓치고 있는 중이란 생각 안 들어?"

"관심 없어. 지금은 란다우 감쇠가 내 프로젝트야."

하지만 란다우 감쇠는 여전히 다가설 수 없는 미녀처럼 무정하게 굴고 있었다. 나는 란다우 감쇠에 접근할 수가 없다.

……그렇지만 박물관에서 오는 길에 잠깐 해봤던 계산이 희망을 주지 않을까? 하지만 그건 너무 복잡해! 노름에다가 파라미터를 두 개나 추가했잖아. 우리의 노름들은 다섯 개 지표가 좌우하는데 그 정도만 해도 세계신기록감이야. 그런데 지표 일곱 개를 가져가자고? 아냐, 안 될 게 뭐 있어. 두 개의 지표를 속도에 좌우되지 않는 함수에 적용하면 이전과 동일한 노름이 다시 나오니까 모순이 없지…… 그 계산, 다시 잘 확인해봐야겠군. 하지만 지금 그것만 들여다보면 오류를 범하게 될 거야. 그러니까 내일까지 기다리자! 젠장, 전부 다시 해야겠네. 그놈의 빌어먹을 일곱 개 지표 노름을 써서.

내가 어찌나 어두운 얼굴을 하고 있었는지 클레르가 측은한 마음이 들었나 보다. 그녀는 뭔가 내 기운을 북돋아줘야겠다고 생각한다.

"자, 내일은 일요일이지만 당신이 하루 종일 연구실에서 보낼 생각이면 꼬맹이들은 내가 볼게."

그 순간, 내게 세상에 그보다 더 기쁜 말은 없었다.

*

날짜: 2009년 1월 18일 일요일, 10시 28분 01초 −0500

보낸사람: 세드릭 빌라니 〈Cedric.VILLANI@umpa.ens−lyon.fr〉

받는사람: 클레망 무오 〈clement.mouhot@ceremade.dauphine.fr〉

제목: Re: 이송

01/18/09 13시 12분에 클레망 무오가 보낸 내용:

> 세드릭은 뭐 새로운 것 좀 찾았어?

진전이 있어…… 일단 왔다갔다 기복은 좀 있지만 클레망 자네 방법으로는 충분히 큰 시간에서 해결을 볼 수 없다는 확신을 드디어 얻었지. 시간 변수에 대해서 잘 들어맞는 또 다른 방법을 찾아냈어. 이 방법이 잘 통하는 것 같기는 한데 유일한 단점은 지표 두 개를 추가해서 더 복잡한 공간들을 끌어들인다는 거야. :−) 그렇지만 이 새로운 녀석들에 대해서는 모든 추정들도 마찬가지로 잘 들어맞는 것 같아. 하지만 물론 검증이 필요하겠지. 어쨌거나 굉장히 정밀한 방법들이고 난 문제의 핵심들 중 하나라고 봐. 별 문제 없으면 오늘 저녁에 새 버전을 보낼게. 채워야 할 공백들도 함께. 그럼 우리 둘이 나란히 작업에 다시 착수할 수 있겠지.

우정을 담아.

세드릭.

날짜: 2009년 1월 18일 일요일, 17시 28분 12초 −0500

보낸사람: 세드릭 빌라니 〈Cedric.VILLANI@umpa.ens−lyon.fr〉

받는사람: 클레망 무오 〈clement.mouhot@ceremade.dauphine.fr〉

제목: Re: 이송

파일 새 버전을 함께 보내. 이게 확실해지려면(아직 뉴턴 방법까진 얘기하지 않았어) (i) 내가 섹션 4 끝부분에 도입한 '이중하이브리드bihybrid' 노름들이 '단순'하이브리드 노름들과 똑같은 성질들을 가지는지, 그래서 결과적으로 그 노름들에 대한 특성들characteristics을 비슷하게 추정할 수 있는지 확인해봐야 함! (ii) 새로운 섹션 5에서 기술된 서로 다른 두 효과들을 결합할 수단을 찾아야 함. (iii) 이걸 다 섹션 7 끝부분에 넣고 완전 밀도에 대한 추정치까지 구해야 함. (iv) 전부 검증할 것!
할 일이 아주 많다는 얘기가 되겠어. 당분간 자네는 내가 써놓은 것들을 검증하고 뭔가 의심스러운 것이 보일 때마다 말해줬으면 해. 나중에 우리가 나란히 진행할 것들이 확실해지면 다시 연락할게……

세부 사항 몇 가지만 더:
자네의 정칙성 이송 추정치에는 오류가 있다고 봐. 결과가 너무 강해. 내가 보통의 노름으로 해봤을 때에는 그렇게 나오지 않더라고. 반면, 섹션 5에서 이송을 구할 때에는 자네의 전략을 사용했어. 하지만 그 전략을 큰 시간에서 쓸 때에는 (tau는 작게 유지되고 t가 무한대로 갈 때) 실패하는 것 같아. 허용된 지수들이 시간에서의 적분을 수렴시키지 못해. 내가 시간에서의 적분을 가능케 하는 방법을 짜봤는데(어떻게 했는지는 묻지 마) 그렇게 하니까 이번엔 정칙성에서 더 얻는 게 없어. 이 둘을 조합하는 게 숙제야.
그럼 또, 우정을 담아.
세드릭.

날짜: 2009년 1월 19일 월요일, 00시 50분 44초 −0500
보낸사람: 세드릭 빌라니 〈Cedric.VILLANI@umpa.ens-lyon.fr〉
받는사람: 클레망 무오 〈clement.mouhot@ceremade.dauphine.fr〉
제목: Re: 이송
파일을 다시 읽어보고 오류를 좀 잡아냈어. 그러니까 여기에 첨부한 파일이 맞는

거야. 지금 당장 다음 작업들을 분담했으면 해.

– 명제 4.17과 정리 6.3을 확실히 하는 작업은 자네가 해. 좀 거대한 작업이긴 하지만 그러면 자네는 섹션 4와 6에 포함된 내 추정들을 자세히 검토할 수밖에 없거든. :–) 이건 꼭 필요한 일이야. 지수들이 충족해야 하는 조건들에 대해서 계산 하나만 잘못되어도 망하는 거니까.

지금은 그 두 부분에 대충 아무 요건이나 두고 일단 되는 대로 추정치를 써봤어. 그게 맞을 수도 있겠지만 실제로는 훨씬 더 복잡할 수도 있어. 증명을 자세히 쓸 필요는 없지만 거기서 얻어내는 경계는 확실히 해둬야 해. 나머지가 다 거기 달렸으니까.

– 그동안 나는 섹션 5와 7을 맡을 거야(정리 6.3에서 오게 될 영향을 차치하고).

– 그리고 도입부의 물리학 부분은 내일 내가 트레멘하고 상의해볼 거야.

– 자네가 여기 첨부한 지적 사항들을 잘 표현할 수 있다면 섹션 5의 도입부 부분에 넣어도 돼. 거기서 내가 이미 평균 보조정리와의 관계를 언급했거든(주의해, 해석적 함수의 집합에서 작업했으니까 이게 꼭 L^1/L^\infty 현상이라고 확신할 순 없겠지??).

이상의 작업에 당장 착수할 시간이 있고 별다른 문제가 없다면 지금부터 2~3일 후에 끝내는 걸로 목표를 삼아보자. 그러고 나면 뉴턴/내시–모저를 제자리에 놓는 작업만 남겠지(하지만 내 생각에 확고한 토대 위에 집을 지으려면 4.17과 6.3 명제들을 바로잡는 것이 급선무야).

우정을 담아. 세드릭.

날짜: 2009년 1월 19일 월요일, 13시 42분 27초 +0100

보낸사람: 클레망 무오 〈clement.mouhot@ceremade.dauphine.fr〉

받는사람: 세드릭 빌라니 〈Cedric.VILLANI@umpa.ens–lyon.fr〉

제목: Re: 이송

안녕, 세드릭.

점점 더 무시무시해지는군 ;) !!

*

전체–3 파일 발췌(2009년 1월 18일)

4.7 Bihybrid norms

We shall be led to use the following more complicated norms :

Définition 4.15. We define the space $\mathcal{Z}^{(\lambda,\lambda'),\mu;p}_{(\tau,\tau')}$ by

$$\|f\|_{\mathcal{Z}^{(\lambda,\lambda'),\mu;p}_{(\tau,\tau')}} = \sum_n \sum_m \frac{1}{n!\,(n-m)!}$$

$$\times \left\| \big(\lambda(\nabla_v + 2i\pi\tau k)\big)^m \big(\lambda'(\nabla_v + 2i\pi\tau' k)\big)^{n-m} \widehat{g}(k,v) \right\|_{L^p(dv)}.$$

(...)

After trial and error, the best we could do was to recover this decay in the “bi-hybrid” norms described in Subsection 4.7 :

Proposition 5.6 **(regularity-to-decay estimate in hybrid spaces).** *Let* $f = f_t(x,v)$, $g = g_t(x,v)$, *and*

$$\sigma(t,x) = \int_0^t \int f_\tau(x - v(t-\tau), v)\, g_\tau(x - v(t-\tau), v)\, dv\, d\tau.$$

Then

$$\|\sigma(t)\|_{\mathcal{F}^{\lambda t+\mu}} \le \left(\frac{C}{\overline{\lambda} - \lambda}\right) \sup_{0\le\tau\le t} \|f_\tau\|_{\mathcal{Z}^{\overline{\lambda},\mu;1}_\tau} \sup_{0\le\tau\le t} \|g_\tau\|_{\mathcal{Z}^{(\lambda,\overline{\lambda}-\lambda),\mu}_{(\tau,0)}}.$$

13장

2009년 1월 21일, 프린스턴.

자연사박물관에 다녀온 날 저녁에 발견한 수법 덕분에 나는 다시 시작할 수 있었다. 그리고 오늘 내 가슴은 희망 반 두려움 반으로 터질 듯하다. 중대한 난관에 직면했지만 구체적인 계산 몇 가지를 해보았고 드디어 너무 큰 항을 어떻게 처리해야 할지 알았다. 그와 동시에 앞으로 해야 할 연구의 복잡함에 아찔한 현기증이 일어난다.

그렇다면 내가 이제 알겠구나 싶었던 그 용감무쌍한 블라소프 방정식이 간헐적으로 행동하나?• 종이 위의 계산상으로는 이 방정식이 자극stimuli에 지나치게 빨리 반응하는 특정 시간들이 있다. 이런 얘기는 금시초문이다. 논문이나 책에서 그런 말은 접해본 적이 없다. 뭐, 어쨌거나 우리는 앞으로 나아가고 있다.

*

• 다소 어색해 보이지만 방정식이나 수학적 개념을 곧잘 의인화하는 수학자들 특유의 표현이다.

날짜: 2009년 1월 21일 수요일, 23시 44분 49초 −0500

보낸사람: 세드릭 빌라니 ⟨Cedric.VILLANI@umpa.ens−lyon.fr⟩

받는사람: 클레망 무오 ⟨clement.mouhot@ceremade.dauphine.fr⟩

제목: !!

됐어, 오늘 전화로 투덜거렸던 O(t)의 무효화 말이야, 몇 시간을 측은할 정도로 고전하다 마침내 그걸 무효화하는 이유를 찾아낸 것 같아. **완전 무시무시해!**

그건 분명히 이중선형 추정치에 있는 것도 아니고 모저 도식에 있는 것도 아냐. '그뢴발Grönwall' 방정식 단계에서 우리는 \rho를 그 자신의 함수로 생각하지…… 핵심은 우리가

```
u(t) \leq  source  +  \int_0^t  a(s,t) u(s) ds
```

와 같은 식을 갖고 있다는 거야.

여기서 u(t)는 \|\rho(t)\|에 대한 경계야.

만약 \int_0^t a(s,t) ds = O(1)이라면 모든 것에 문제가 없어. 문제는 \int_0^t a(s,t) ds가 O(t)와 같을 수 있을 듯하다는 거야(정말로 안 될 이유가 아무것도 없어. 제일 완벽한 경우들에 대해 해봤는데 항상 그렇게 될 수 있더라고). 하지만 그렇게 되면 그 점은 [0,t] 내부의 점이어야 해. 예를 들면 중점 근처라든가(이 경우는 k와 \ell이 0 = (k+\ell)/2을 만족하는 경우에 해당돼) 아니면 2/3 지점(만약 0 = (2/3)k + \ell/3 라면) 등등. 하지만 그럼 u(s)에 대한 재귀 방정식은 다음과 흡사해지지.

```
u(t) \leq source + epsilon t u(t/2)
```

그리고 이 방정식의 해들은 한정되어 있을 이유는 없지만 실제로는 느리게 증가해! (준지수적으로) 하지만 \rho에 대한 노름이 지수적 감소를 포함하기 때문에 결국 이 감소가 얻어지는 거야……

이걸 형식적으로 제대로 쓰는 건 좀 무시무시해(공명들에 대한 표를 만들어야 하잖아). 내가 내일 그 작업을 할 거야. 아무튼 그렇게 해도 이중하이브리드 노름들의 성질을 확인하려는 우리의 계획 자체는 문제되지 않아.

우정을 담아,

세드릭.

날짜: 2009년 1월 21일 수요일, 9시 25분 21초 +0100

보낸사람: 클레망 무오 〈clement.mouhot@ceremade.dauphine.fr〉

받는사람: 세드릭 빌라니 〈Cedric.VILLANI@umpa.ens-lyon.fr〉

제목: Re: !!

진짜 무시무시한데?! 내 쪽에선 내시-모저 부분을 살펴봤는데 변수 t를 그 안에 흡수시킬 수 있는 가능성은 희박해 보여…… 반면 내가 u(t)의 한계에 대한 논증을 제대로 이해한 거라면 a(s,t)가 크게 되는 점 s는 반드시 항상 t로부터 균등하게uniformly 양의 실수인 거리에 있어야 해…… 또 다른 점은 비선형 문제를 풀어 그 해가 시간에 대해서 어떤 준지수적 경계를 갖게 될 거라는 거야. 이걸 \rho에 대한 노름 속으로 집어넣으려면 지표에서 좀 잃고 갈 생각을 해야겠지. 그런데 그건 내시-모저 부분에서 절대적으로 피해야 할 것 아닌가……?

잘 있어, 클레망.

14장

2009년 1월 28일, 프린스턴.

어둠! 어둠이 필요하다. 어둠 속에 홀로 있어야 한다. 아이들 방은 덧창이 잘 닫혀 있다. 정칙화. 뉴턴 방법. 지수적인 상수들. 모든 것이 머릿속에서 휘몰아친다.

아이들을 집에 데리고 오자마자 나는 그 애들 방으로 도피해서 이런저런 생각들을 털어본다. 내일 럿거스 대학교에서 발표가 있는데 아직도 증명이 확고하지 않다. 홀로 거닐며 생각을 정리할 필요가 있다. 긴급하다!

클레르는 여타의 힘든 일들을 내색도 않고 참아주었다. 하지만 클레르가 저녁을 차리는 동안 나는 혼자 컴컴한 방에 처박혀 왔다갔다 하고 있으니 이건 좀 아닌 것 같다.

"그래도 너무 이상해!!"

나는 대꾸하지 않았다. 나의 모든 정신 회로는 수학적 사고와 다급함으로 포화 상태다. 그래도 가족들과 식사를 하러 내려갔고 그 후엔 저녁 내내 일했다. 내가 확고한 것이라고 기대했던 계산 하나가 더 이상 들어맞지 않는다. 실수를 했던 게 틀림없다. 심각한 실수인가, 아닌가? 새벽 두 시쯤 작업을 중단한다. 이제 드디어 전부 다 잘 풀릴 수 있겠다는 감이 왔다.

*

날짜: 2009년 1월 29일 목요일, 02시 00분 55초 −0500

보낸사람: 세드릭 빌라니 〈Cedric.VILLANI@umpa.ens−lyon.fr〉

받는사람: 클레망 무오 〈clement.mouhot@ceremade.dauphine.fr〉

제목: 전체−10

!!!! 드디어 부족한 조각들을 찾았다고 생각해.

− 내가 드디어 (실수한 게 아니라면) 우리가 원하는 것만큼 작은 엡실론을 잃기 위해 어떻게 해야 하는지 알아냈어(아주 큰 상수, 1/엡실론에 대해 지수적이거나 지수의 제곱인 형태의 상수를 잃는 한에서 말야).

이 결과는 끝내주게 어려운 계산에서 나오는데 그 계산은 일단 섹션 6 끝부분에 대략 적어봤어. 기적이나 다름없는 것 같긴 하지만 너무 잘 맞아 떨어져서 설득력은 있어 보여.

− 그리고 특성과 산란에서 손실이 생기는 부분들을 확인한 것 같아. 이 섹션의 계산들은 전부 다 다시 해야 할 거야. 이것만으로도 엄청나긴 하지…… 이 섹션 끝부분 하위 섹션에 코멘트를 조금 달아놓았어.

이로써 우린 이제 내시−모저를 풍부하게 살릴 만한 요소들을 다 갖추었다고 생각해. 내일 목요일에는 내가 어딜 좀 가야 해. 이후의 작업 계획은 대충 이래. 나는 준지수 증가를 갖고 섹션 6을 다시 볼 거고 그동안 자네는 상황이 비교적 괜찮은 산란 추정치에 매달리는 거지. 다음 주 초까지는 마지막 섹션을 제외하고 모두 작성을 마치는 걸로 목표를 삼자고. 알았지?

잘 있어.

세드릭.

15장

2009년 1월 29일, 럿거스.

오늘이 그토록 두려워했던 바로 그날이다. 나는 프린스턴에서 약 30킬로미터 거리에 있는 럿거스 대학교의 통계물리학 세미나에 초청받았다. 프린스턴에 거주하며 럿거스에서 일하는 에릭 칼렌과 조엘 레보위츠가 차로 나를 데려다주었다.

럿거스에 오는 것도 이게 두 번째다. 첫 방문은 솔리톤의 창안자였던 위대한 정신의 소유자 크러스칼을 기념하는 자리였다. 연설자들이 전해준 유쾌한 일화들이 아직도 내 기억에 생생하다. 크러스칼이 엘리베이터 안에서 다른 두 명의 동료학자들과의 토론에 얼마나 빠져들었는지 세 사람 모두 계속 오르내리며 다른 사람들이 들어왔다 나갔다 하는 엘리베이터를 20분이나 타기도 했단다.

하지만 오늘은 그렇게 유쾌하지가 않다. 완전 긴장된다!

보통 연구 발표('세미나')에서는 꼼꼼하게 검증하고 반복했던 것을 얘기한다. 난 지금까지 항상 그렇게 해왔다. 하지만 오늘은 다르다. 내가 발표할 연구는 잘 다듬어져 있지 않다. 심지어 증명은 불완전하기까지 하다.

마이클 키슬링

물론 어제저녁에 나는 다 잘될 거라고, 끝내기에 충분하다고 확신했다. 그러나 오늘 아침 의혹들이 되살아났다. 그러다 다시 흩어졌다. 차 안에서 다시 그 의혹들이 떠올랐다.

발표를 하는 그 순간에는 진심으로 모든 것이 순조롭다고 믿어 의심치 않았다. 자기암시인가? 수학적으로 세세하게 파고들지 않되 문제의 의미와 그 물리학적 해석을 강조했다. 나는 예의 노름을 제시했고 세미나 참석자들은 그 노름의 복잡다단함에 혀를 내둘렀다. 지표 일곱 개가 아니라 다섯 개짜리 버전을 소개하는 정도에서 그쳤는데도……

발표 후에 10여 명이서 점심을 함께하는데 대화가 활기차게 오갔다. 아까 강의실에 눈을 반짝이며 좋아라 하는 장난꾸러기 꼬마 악마 같은 사람이 있었다. 마이클 키슬링이었다. 지금 그는 나에게 플라스마 물리학, 스크리닝screening, 플라스마 메아리plasma-wave echo, 준선형 이론 등에 대한 젊은 날의 애정을 열렬하게 토로하고 있다……

플라스마 메아리가 나의 주의를 확 사로잡았다. 얼마나 근사한 실험인가! 플라스마, 다시 말해 전자와 원자핵이 분리되어 있는 기체를 준비한다. 안정된 상태의 플라스마를 준비해서 실험을 시작할 때 전기장을 짧게 걸어서, 즉 '임펄스'를 가하여 이 안정된 상태를 깨뜨린다. 그 후 이렇게 발생된 전류가 희미해질 때까지 기다렸다가 다시 전기장을 가한다. 다시 전류가 사라지기를 기다리면 바로 이 시점에서 기적이 나타난다. 두 개의 임펄스가 잘 선택되었다면 어느 특정 순간에 자발적인 반응이 관찰되는데, 그 반응을 '메아리'라고 부른다.

희한하지 않은가? 플라스마 속에다 (전기) 외침을 보내고 (높이가 다른) 두 번째 외침을 보내면 조금 있다가 플라스마가 (또 다른 높이로!) 응답을 한다.

이 모든 것이 내가 며칠 전에 했던 계산을 연상시켰다. 시간 속에서의 공명…… 어느 특정 시점들에서 반응했던 나의 플라스마…… 난 내가 미쳤다고 생각했었는데, 어쩌면 플라스마 물리학에서 잘 알려져 있는, 이 메아리 현상과 같은 것일지도?

나중에 보자. 지금은 여기 계신 교수님들과 얘기를 나눠야겠다. 음, 지금 그쪽 팀에는 누가 들어가 있죠? 사람들은 잘 뽑았습니까? 네, 네, 잘 되고 있습니다. 모 씨와 모 씨가 있고요, 그리고 모 씨도……

그 이름들 중 하나에 화들짝 놀랐다.

"뭐라고? 블라디미르 섀퍼가 여기서 일해요?"

"그래요, 꽤 오래됐죠. 세드릭, 어떻게 그 친구의 연구 작업들을 아는 거죠?"

"알다마다요, 오일러 방정식의 역설적인 해paradoxical solution 존재에 대한 그의 유명한 정리를 가지고 부르바키 세미나•도 했는걸요…… 그 사람을 만나야 합니다!"

"실은 우리도 그 사람을 자주 못 봅니다. 얘기해본 지도 한참 됐군요. 식사 후에 세드릭이 그 사람을 만날 수 있도록 손을 써보지요."

조엘이 그와 연락이 닿았고 섀퍼가 조엘의 연구실로 우리를 만나러 왔다.

그 잠깐의 만남이 도무지 잊히지가 않는다.

섀퍼는 먼저 좀 더 일찍 오지 못해서 미안하다고 한참이나 사과를 했고, 대학 측을 향한 법적 위협들을 싹수부터 잘라버리는 일에 대해서 얘기했다. 성난 제자들이 대학에 불만을 제기하는 걸까?

그 후 우리는 작은 방에서 칠판을 둘러싸고 얼굴을 마주한 채 수학 얘기에 빠졌다.

"선생님 연구에 대해서 부르바키 세미나를 했었는데요. 선생님을 위해 세미나 원고를 출력해왔습니다! 프랑스어로 되어 있긴 하지만 활용할 수 있을 거예요. 선생님의 역설적인 해 존재 정리를 카밀로 데 렐리스와 라즐로 세케이히디가 어떻게 단순화하고 개선했는지 자세히 설명했습니다."

"아, 아주 흥미롭네요. 고맙습니다."

"궁금했어요. 어떻게 그런 생각을 했어요? 도대체 어떻게 그 믿기지 않는 해들을 만들 작정을 했죠?"

"설명하죠, 아주 간단해요. 나는 박사논문에서 불가능한 목적들,

• 부르바키 세미나Seminaire Nicolas Bourbaki에서는 보통의 세미나와는 달리 강연자가 다른 수학자의 최신 이론을 정리하여 설명한다.

뤽 타르타르

우리 세계에 있어서는 안 될 것들의 존재를 보여줬지요. 그 방법이 이겁니다."

그는 칠판에 몇 개의 혹과 네 갈래의 별 같은 것을 그렸다. 나는 그 그림을 알아보았다.

"아, 저도 압니다, 타르타르의 T_4 구조configuration잖아요."

"정말요? 음, 글쎄요, 난 모릅니다. 어쨌든 나는 일부 타원 방정식들의 불가능한 해들을 만들기 위해서 그렇게 했었지요. 그리고 어떤 일반적인 방법이 있다는 걸 알았습니다."

섀퍼는 그 방법을 설명했다.

"네, 그것도 알아요. 그로모프의 볼록적분이군요!"

"아, 그래요? 아니, 난 그렇게 생각 안 해요. 내 작업은 훨씬 단순합니다. 그냥 볼록한 엔벨로프enveloppe•에 있으니까 그 구성이 통하는 거고, 매번 근사해를 일종의 볼록결합으로 표현할 수 있지

• '포락면'이라고 할 수도 있으나 사실 어떤 차원도 되기 때문에 여기서는 '엔벨로프'라는 역어를 택했다.

요……"

나는 그의 말에서 볼록적분이라고 하는 이론의 모든 구성 요소들을 알아보았다. 섀퍼는 다른 사람들의 연구 결과들을 모른 채 혼자서 전부 찾아냈단 말인가? 이 사람은 화성에서 살다 왔나?

"그런데 유체역학은요?"

"아, 그렇죠! 만델브로트의 발표를 참관한 적이 있었거든요, 그때 나도 저렇게 하고 싶다는 생각을 했습니다. 그래서 프랙탈 관점에서 오일러 방정식을 연구하기 시작했고, 내 박사논문에서와 같은 종류의 작업을 다시 할 수 있다는 것을 알았습니다. 하지만 복잡했죠."

나는 주의를 바짝 곤두세우고 귀를 기울였다. 하지만 섀퍼는 일반적인 얘기를 두세 마디 하다가 갑자기 말을 중단했다.

"미안한데 이제 가봐야 합니다. 대중교통을 이용하는데 요즘은 눈이 많이 와서 길이 엄청 미끄러운데 나는 걸핏하면 넘어지는 사람이죠. 갈 길도 멀고, 또……"

그가 그만 돌아가야 할 이유들을 주워섬기는 가운데 우리의 만남은 끝났다. 수학적인 대화는 5분쯤 됐을까, 나는 그 시간 동안 아무것도 배우지 못했다. 바로 이 사람이 유체역학을 통틀어 가장 놀라운 정리를 내놓았다니! 정신적 차원이 높아도 소통에는 젬병일 수 있다는 산 증거랄까.

나는 조엘의 연구실에서 돌아오면서 이 만남이 5분밖에 이어지지 않았다고 아쉬움을 표했다.

"이봐요, 세드릭, 블라드와 5분이나 얘기했으면 우리가 지난 5년간 그 친구랑 나눈 대화 전부와 거의 맞먹는 겁니다."

이 만남을 흘려보낼 때다. 그래도 내 기억 속에는 각인될 테지만…… 이제 란다우 감쇠 건으로 돌아갈 테다.

프린스턴으로 돌아오면서 의혹들이 되살아났다.

잘 생각해보니 증명이 통하지 않겠다.

럿거스에서의 세미나는 나의 탐색에서 결정적 순간이었다. 아직 증명되지 않은 결과를 발표한 것은 중대한 과오, 발표자와 참석자들 사이의 신의의 약속을 깨뜨린 행위다. 이 과오가 너무 커져버리지 않도록 나는 배수진을 치고 무슨 수를 써서라도 내가 발표한 바를 증명해야 한다.

나의 수학 영웅 존 내시는 자신이 아직 증명할 수 없는 결과를 미리 발표해놓고 그 믿기 힘든 압박감 속에서 작업하는 습관이 있었다고 한다. 적어도 그의 등거리 끼워 넣기 정리의 경우에는 그랬다고 한다.

럿거스 세미나 이후로 나 역시 그러한 압박감을 느낀다. 앞으로 몇 달간 쫓기는 기분에서 벗어날 수 없으리라. 그 증명이 꼭 필요하다. 그게 없으면 내 명예가 땅에 떨어진다!!

*

상상해보라. 평화로운 여름날 오후, 숲 속을 산책하다가 어느 연못 근처에서 발길을 멈췄다. 사방은 고요하고 바람 한 점 없다.

갑자기 수면이 격동하기 시작하더니 거대한 소용돌이가 일어난다.

그렇게 1분쯤 지나고 다시 모든 것이 잠잠해진다. 여전히 바람 한 점 없고 연못 속에는 물고기 한 마리 없다. 도대체 무슨 일이 일어난 걸까?

섀퍼-슈니렐만 역설, 모든 유체역학에서 가장 놀라운 결과임에 분명한 이 역설은 이 같은 괴상망측한 일이 적어도 수학적 세계 내에서는 가능하다는 것을 증명한다.

이 역설은 생경한 모형exotic model, 양자 확률이나 암흑에너지, 그 밖의 어떤 낯선 모형에 근거한 것이 아니다. 비압축적 오일러 방정식, 모든 편도함수 방정식들의 최고 연장자요, 수학자와 물리학자를 막론하고 모두가 마찰 없는 비압축성 이상유체perfectly incompressible fluid를 기술하기 위해 받아들인 모형에 근거한 역설이다.

오일러 방정식이 탄생한 지는 250년이 넘었지만 우리는 아직도 이 방정식의 모든 신비를 꿰뚫어보지 못하고 있다. 더 나쁜 것은 오일러 방정식이 배신의 위험이 가장 농후한 방정식처럼 여겨지고 있다는 것이다. 클레이 수학 연구소는 7대 수학 난제를 제시하고 한 문제당 1백만 달러의 상금을 내걸면서 내비어-스톡스 방정식 해의 정칙성 문제를 집어넣었지만 그보다 더 괴상망측한 오일러 방정식 얘기는 교묘하게 쏙 빼놓았다.

하지만 오일러 방정식은 일견 매우 간단하고 아무 문제도 없어 보이기 때문에 너무 쉽게 유체역학을 맡겨도 좋을 선량한 방정식이겠거니 믿어버린다! 밀도 변동을 모형화하거나 수수께끼의 점성을 이해할 필요도 없이 보존법칙들을 기술하기만 하면 된다. 질량 보존법칙, 운동량 보존법칙, 에너지 보존법칙 말이다.

하지만…… 드디어 1994년에 섀퍼는 평면에서의 오일러 방정식이 에너지의 자발적 발생을 허용한다는 것을 보여주었다. 무에서 출발하는 에너지 발생! 자연계에서 유체가 이 괴상한 현상을 일으키는 광경은 관찰되지 않았다! 오일러 방정식은 아직도 우리에게 어마어마한 놀라움들을 남겨두고 있다고 할까.

샤퍼의 증명은 빼어난 수학적 능력을 대담하게 발휘한 묘기였고 난해한 만큼 불분명하기도 했다. 샤퍼 본인 외에는 그 증명을 꼼꼼하게 읽은 사람이 아무도 없지 않을까 의심된다. 또한 그 증명을 재구성할 수 있는 사람은 아무도 없으리라 확신한다.

독창적 연구로 평판 높은 러시아의 수학자 알렉산더 슈니렐만은 1997년에 이 놀라운 명제의 새로운 증명을 내놓았다. 그리고 얼마 지나지 않아 오일러 방정식의 해에 물리학적으로 사실적인 기준을 부과하여 이 해들의 비정상적인 행동을 막자고 제안했다.

하지만 말이다! 몇 년 전에 이탈리아의 데 렐리스와 헝가리의 세케이히디라는 젊고 명석한 두 수학자가 더욱더 충격적인 일반 정리를 증명해냈고 그 과정에서 슈니렐만 기준이 역설을 해결할 수 없다는 것까지 보여주었다. 크게 보아 그들은 볼록적분 기법에 힘입어 이 괴상한 해들을 낳는 새로운 방법을 제안했다. 블라디미르 스베락, 슈테판 뮐러, 베른트 키르슈하임 같은 수많은 연구자들이 그들보다 앞서 탐색했던 도정에 입각한 명쾌한 방법이었다. 이렇게 데 렐리스와 세케이히디 덕분에 우리가 오일러 방정식에 대해서 생각만큼 잘 알고 있지 않다는 것이 알려졌다.

하지만 그게 벌써 대단한 성과였다.

*

<u>부르바키 세미나에서의 내 원고 발췌본</u>

정리(샤퍼 1993, 슈니렐만 1997) 시공간 상에서 옹골찬 받침을 갖는 함수가 있어서 다음의 강제함수가 없는 ($f \equiv 0$) 2차원 비압축적 오일

러 방정식의 약한 해가 된다.

$$\frac{\partial v}{\partial t} + \nabla \cdot (v \otimes v) + \nabla p = f, \qquad \nabla \cdot v = 0$$

정리(데 렐리스, 세케이히디 2007, 2008) Ω를 $\mathbb{R}^n$의 열린 부분집합, $T > 0$, 그리고 $\overline{e}$를 $\overline{e} \in L^\infty(]0,T[; L^1(\Omega))$, $\Omega\times]0,T[\to]0,+\infty[$인 고른 연속함수라 하자. 그러면 모든 $\eta > 0$에 대해 강제함수가 없는 $(f \equiv 0)$ 오일러 방정식의 약한 해 (v,p)가 존재하여

(i) $v \in C(\mathbb{R}; L^2_w(\mathbb{R}^n))^n$이고,

(ii) 만약 $(x,t) \notin \Omega\times]0,T[$이면 $v(x,t) = 0$이며,
특히 $v(\,\cdot\,,0) = v(\,\cdot\,,T) \equiv 0$이다.

(iii) 모든 $t \in]0,T[$와 거의 모든 $x \in \Omega$에 대해

$\dfrac{|v(x,t)|^2}{2} = -\dfrac{n}{2}\,p(x,t) = \overline{e}(x,t)$를 만족하고,

(iv) $\sup\limits_{0\le t\le T} \|v(\,\cdot\,,t)\|_{H^{-1}(\mathbb{R}^n)} \le \eta$이다. 또한,

(v) $L^2(dx\,dt)$ 안에서 $(v,p) = \lim\limits_{k\to\infty}(v_k,p_k)$를 만족하는데, 여기서 각각의 (v_k,p_k)는 옹골찬 받침을 가지는 함수들로 적당한 강제함수 $f_k \in C^\infty_c(\mathbb{R}^n \times \mathbb{R}; \mathbb{R}^n)$에 대한 오일러 방정식의 고전적인 매끈한 C^∞ 해이며, f_k는 분포의 의미로 $f_k \longrightarrow 0$를 만족한다.

16장

2009년 2월 25일, 프린스턴.

프린스턴 생활은 평화롭다! 숲, 회색 다람쥐, 연못, 자전거.

그리고 맛있는 요리가 있다! 저번에 황새치 구이를 먹었는데 부드러우면서도 양념이 기가 막혔다. 집에서 만든 것 같은 호박 블루테, 입에서 살살 녹는 오디와 크림을 곁들인 디저트……

정오에 밥 먹고 돌아온 지 얼마 되지도 않았는데 오후 3시다. 이제 IAS 현관 쪽에 위치한 유서 깊은 펄드 홀에서 매일매일 바뀌는 홈메이드 케이크를 맛보며 차를 마실 시각이다. 난 특히 마들렌에 약하다. 여기 마들렌은 내가 15년 전에 손수 구워서 기숙사 친구들에게 맛보였던 마들렌에 결코 뒤지지 않는다.

사실, 빵은 좀 수준이 떨어진다. 껍질이 바삭한 바게트는 프린스턴에서 구할 수 없다. 하지만 생필품에서의 가장 큰 애로 사항, 가족 모두가 아쉬워하는 점은 치즈가 너무 형편없다는 거다! 과일향 나는 콩테 치즈, 은은한 맛의 로브 치즈, 향기로운 에슈르냑 치즈, 녹진한 브리야 사바랭 치즈는 어디 있담? 부드러운 나베트 치즈, 톡 쏘는 올리비아 치즈, 물러터지지 않은 미몰레트 치즈는 어디 가야 찾을 수 있을까?

이번 달에는 미국 서부 버클리에 잠시 다녀왔다. 각지의 수학자들을 맞이하고 만남의 장을 마련하는 전 세계 기관들의 리더 격인 MSRIMathematical Sciences Research Institute(수리과학 연구소)를 아주 잠깐 방문했다. 2004년에 5개월간 지냈던 도시를 다시 찾으니 감회가 남달랐다!

내가 버클리에서 가장 좋아하는 가게 '치즈보드'에 들렀다 오는 것도 물론 잊지 않았다. 이 가게는 사회주의 원칙에 기반한 치즈제조업 협동조합 매장인데, 어지간한 프랑스 치즈가게에 뒤지지 않을 만큼 다양한 치즈가 구비되어 있다.

치즈보드에서 비축량을 쟁였다. 로브 치즈를 살 수 있었다. 애들이 게걸스럽게 치즈에 덤벼들 것이 안 봐도 훤했다. 점원들을 붙잡고 뉴저지의 치즈 빈곤에 대해서 하소연했다. 뉴욕 머레이스에 가보라는 권유가 떨어졌다. 그대로 이루어지기를, 아멘!

프랑스에서 미국의 MSRI에 필적할 만한 기관으로는 앙리 푸앵카레 연구소Institut Henri Poincaré가 있다. 이쪽 사람들에게 IHP로 통하는 이 연구소는 록펠러와 로스차일드의 후원에 힘입어 1928년 설립됐다. IHP 이사회에서 나를 신임 연구소장으로 지명한 지도—만장일치로 결정 났다나—벌써 두 달이 됐다. 하지만 나는 아직 수락하지 않았다. 몇 가지 조건을 내걸었는데 그 부분이 분명해지려면 시간이 꽤 걸린다.

내가 푸앵카레 연구소장직의 물망에 오른 것은 넉 달 전 일이다. 처음에는 깜짝 놀랐지만 이내 흥미로운 경험이 될 것 같다는 생각이 들어서 입후보를 수락했다. 리옹 ENS의 동료들에겐 아직 말하지 않았다. 그들에게 안 좋게 보일까 봐 걱정이 돼서…… 리옹 연구소장직은 거절해놓고 왜 푸앵카레 연구소장직은 수락하는데? 리옹에서 학자로서 무르익어놓고 왜 파리로 떠나는 거야? 그리고 요즘 세상에 누가 과학 연구소 소장이 되고 싶어 하는데? 행정 업무에 치이고, 매년 점점 더 제약이 심해지는 규정들에 짓눌리는 거 몰라?

나의 입후보 건이 비밀로 유지될 거라 생각했다니 얼마나 순진했던가! 프랑스에 비밀은 없다…… 리옹의 동료들은 금세 그 소식을 접했고 대경실색했다. 내 나이의 연구자가 그토록 부담스럽기로 이름난 자리를 맡을 생각을 하다니, 정말 말도 안 됐다. 그들은 내가 뭔가를 감추었으려니, 이 입후보 이면에 개인적인 비밀이 있으려니 생각했다.

아니, 비밀 따위는 없다. 정말 한번 도전하고 싶다는 의욕이 있었을 뿐이다. 하지만 어디까지나 좋은 조건에서! 그런데 소식들은 그리 고무적이지 않다. 프랑스 쪽의 논의는 제자리걸음인 듯하다…… 그럼 파리에 상륙하는 건가, 리옹으로 돌아갈 건가?

어쩌면 그 둘 다 답이 아닐지도 모른다. 치즈가 있고 없고를 떠나서, 이곳 생활은 아주 마음에 든다. 프린스턴에서 물질적으로나 금전적으로 좋은 조건을 제시하면서 1년, 어쩌면 그 이상 더 있어 달라는 제안을 해왔다. 더군다나 클레르가 연구자로 복귀했다. 지금 프린스턴 대학교 지구과학부에서 박사과정을 잘 해내고 있다. 그녀는 이 학교에서 새롭고 특별한 발견에 대한 연구를 하는 팀에 들어갔다. 우리에게 알려진 가장 오래된 동물 화석들에 대한 연구가 될 텐데, 그럼 대단한 거 아닌가! 팀장은 박사후 과정도 들어오라고 권유하고 있다. 어쨌거나 클레르는 나와 함께 프린스턴으로 오느라 리옹에서의 교사 자리를 잃었고 다음번 교원 인사 이동에 합류하기엔 이미 늦었다. 이 모든 점을 고려하건대 정말 돌아갈 계제는 아니다. 클레르 입장에서는 미국에 남는 쪽이 훨씬 더 편하고 만족스러울 터였다.

이런 상황에서 고요한 프린스턴의 유혹에 버텨낼 도리가 없다. 물론 나는 이렇게 빵이 맛없는 나라에 완전히 정착할 마음이 없지만…… 몇 년 정도는 괜찮지 않을까? 어쨌든 파리 측에서 좋은 조건을 제시하지 않으면 나도 별 수 없다.

몇 주 전부터 이런 생각들로 머릿속이 복잡했고, 바로 어젯밤에 결심이 섰다. 프랑스에 메일을 보내어 IHP 연구소장직을 고사하겠노라고.

하지만 오늘 아침 이메일을 열어보니 상황은 극적으로 반전되었다. 됐다, 내가 건 조건들을 모두 수용하겠단다! 급여? 올려준단다. 강의? 안 해도 된단다. 나의 개인적인 연구지원금? 연장해준단다. 미국에서는 관례적인 조건들이 프랑스에선 다 특별한 '딜'이다. 클레르는 내 어깨 너머로 파리 측의 제안을 주의 깊게 읽어본다.

"저쪽에서 해줘야 할 것을 다 잘 해준다면 당신은 돌아가야 해."

내 생각도 같다. 그러니까 6월 말에 나는 프랑스로 돌아갈 것이다. 프린스턴에 작별을 고해야겠다!

미국의 새 동료들에게 내가 더 이상 여기 있을 수 없다고 알려야 할 것이다. 어떤 이는 순순히 받아들이고(잘해보게, 세드릭, 아주 흥미진진할 거야), 어떤 이는 나를 걱정할 것이며(세드릭, 잘 생각해보고 정한 일인가, 그렇게 까다로운 연구소장직을 맡으면 자네 연구는 끝장나는 거야), 또 어떤 이는 심히 불쾌해할 터였다(굉장히 유명한 프린스턴의 한 연구자는 그로부터 석 달간 나에게 말도 안 붙였다). 나의 대외관계는 프랑스에서나 미국에서나 더 복잡하게 꼬일 터였다.

혼란스러운 와중에도 한 가지만큼은 확실하다. 내게 일어나고 있는 모든 일 중에서 가장 중요한 일은 클레망과 진행 중인 연구다.

*

피에르 마리 퀴리 대학 교정에 위치한 '수학과 이론물리학의 집' 앙리 푸앵카레 연구소IHP는 1928년에 프랑스 수학을 당시의 고립에서 해방시키기 위해 설립되었다. IHP는 금세 프랑스 문화와 과학적 지식 양성의 명소가 되었다. 아인슈타인이 이곳에서 일반상대성이론을 가르쳤고 볼테라가 이곳에서 생물학에 대한 수학적 해석학을 처음으로 프랑스에 도입했다. 프랑스 최초의 통계 연구소와 프랑스 최초의 컴퓨터 프로젝트 또한 IHP의 산하에 있었다. 예술가들조차 이곳을 곧잘 찾곤 했다. 만 레이의 사진과 그림 들이 보여주듯 초현실주의자들은 이 연구소에서 즐겨 영감을 구했다.

IHP는 1950~1960년대에 파리 대학의 수학자 양성기관이었으나 1970년대에는 문을 닫았고 1990년대의 쇄신과 재설립을 거쳐 오늘날과 같은 형태가 되었다. IHP는 피에르 마리 퀴리 대학UPMC 산하 학교인 동시에 CNRS가 지원하는 국가과학정책기구이기도 하다. 근처에 위치한 매우 큰 대학에서 현장관리를 하기 때문에 IHP는 이런저런 부침 없이 연구소만의 규모로는 감당하기 어려운 대규모(기술 및 행정) 스탭들의 관리를 받는다. CNRS의 지원은 재정을 보완하고 프랑스 전국의 전문가 네트워크를 이용하게 해준다.

IHP는 다중적인 역할을 수행하고 있다. 국가적·국제적 학술 교류의 장으로서 테마프로그램, 수준 높은 박사과정 과목, 수많은 학회와 세미나가 이곳에서 이루어진다. 또한 프랑스 대학들을 연합하는 역할로서 사회에 대해 프랑스 수학자들의 대사大使 노릇도 하고 있다. 파리 학술계의 풍요로운 성취에는 국제 무대에서의 비길 데 없는 수학적 성과들이 한몫을 차지한다. IHP 이사회는 전국적 투표로 선출되는 일부 회원들과 프랑스 내 다양한 과학학술기관들의 대표들을 망라한다. 또한 IHP 학술위원회는 완전히 독립적인 단체로서 과학계에서 으뜸가는 인사들로 구성된다. 역사적인 연구 사옥, 참고 문헌 도서관, 해외인사 초청 수완, 학술 집단 및 여타의 수학 전문 기관단체들과의 긴밀한 파트너십 또한 이 연구소의 번창에 이바지한 요소들이다.

(앙리 푸앵카레 연구소에 대한 요약 노트에서 발췌
[C. 빌라니, 2010년 9월])

17장

2009년 2월 25일 오후, 프린스턴.

학교에서 돌아온 애들은 작은 집들을 지으며 잔디밭에서 노는 다람쥐들을 구경한다……

하지만 수화기 저편의 클레망은 그렇게 느긋하지 못하다.

"층화된 추정stratified estimates으로 내가 거론했던 문제들의 일부는 풀려…… 그래도 엄청 많은 문제들이 남는다고!"

"음, 어쨌든 진전을 보고 있잖아."

"알리낙-제라르를 열심히 연구해봤는데 추정에 중대한 문제가 있어. 어느 정도 정칙성의 여분margin이 있어야 정칙화 끝에서 0으로의 수렴을 얻을 수 있잖아. 게다가 더 중요하게는 정칙화가 도식의 이중지수적인 수렴을 망칠 수도 있다고."

"어, 그건 내가 신경을 못 썼어. 뉴턴 수렴률이 떨어지는 거 확실해? 그래, 찾아보자고."

"정칙화 상수들도 괴상해!"

"그래, 사실 그 지수적 상수들이 걱정되기는 해. 하지만 그 문제도 해결할 수 있을 거야. 그건 자신 있어."

"그리고 어찌 됐건 이 상수들은 뉴턴 방법의 수렴으로 소거되기엔 너무 빨리 증가해! 함수 b에서 발생한 오차를 해결하려면 백그라운드를 정칙화해야 하기 때문에 이 함수는 시간에 반비례하지. 하지만 하나의 상수가 있어서 이 상수가 산란에서 비롯된 노름들을 제어할 수 있어야 한다고…… 그런데 우리가 λ에 대해 급수가 수렴하는 감소를 원하는 한, 노름들이 도식 과정에서 증가한단 말이야!"

"그래, 우리가 어떻게 해야 할지 아직 잘 모른다는 점에 대해서는 나도 자네 생각과 같아. 하지만 자신 있다니까. 우린 해낼 거야!"

"잠깐만, 아직도 우리가 정말 정칙화로 이 문제를 타개할 수 있다고 생각해?"

"그렇고말고! 기술적인 세부 사항에 발목이 잡혀서 그렇지 전체적으로는 엄청난 진전을 봤어! 공명과 플라스마 메아리 작용을 이해했잖아. 시간 속임time cheating 원리를 이해했고, 산란 추정치를 잘 얻어냈고, 좋은 노름들도 확보했어. 이제 거의 다 왔어!"

그날 클레망은 나를 못 말리는 낙관주의자라고 생각했을 것이다. 미쳐도 단단히 미쳤다는 소리를 듣는 사람들, 출구가 전혀 안 보이는데도 예상 밖으로 희망을 놓지 않는 사람들이 있지 않는가. 새로운 장벽은 무시무시해 보였지만 나는 여전히 믿는다. 지난 3주간 이미 3번이나 장벽에 부딪혔지만 매번 빠져나갈 구멍을 찾았다는 얘기를 해야겠다. 사실, 무너뜨린 줄 알았던 장벽이 다른 모습으로 살아나 우리를 비웃기도 했다만…… 정말이지, 비선형 란다우 감쇠는 레르나 숲의 히드라•다! 하지만 난 그날 확신했다. 무슨 일이 있어도

• 머리 하나를 자르면 두 개가 생긴다는 그리스 헤라클레스 신화 속의 괴물.

우리는 멈추지 않을 거라고. '내 마음은 싸우지 않고도 이겨내리라.'•

*

날짜: 2009년 2월 2일 월요일, 12시 40분 04초 +0100

보낸사람: 클레망 무오 〈clement.mouhot@ceremade.dauphine.fr〉

받는사람: 세드릭 빌라니 〈Cedric.VILLANI@umpa.ens-lyon.fr〉

제목: Re: 전체-10

그냥 흘러가는 대로 몇 가지 지적하자면,

– 두 이동shift 노름들에 대해서는 지금으로선 자신 있어. 산란 파일을 자세히 검토하면서 산란을 두 이동 노름들로 넘기기에 내가 가진 추정치들이 충분한지 보는 중이야.

– 섹션 5는 오케이. 아주 깨끗하게 맞춰졌네. 정칙성 이송+감소 획득, 완전 근사한 방법이야! 내가 '감소 획득' 부분이 이바지하는 바를 제대로 이해했다면 그건 이동 위에서의 '큰' 편차를 하나의 함수로 가져오는 역할이야(두 이동 노름의 두 이동들 사이의 편차가 되겠지)? 밀도가 만들어낸 장에 이걸 적용해서 문제가 없기를 바라는 거지?

– 섹션 6도 전반적인 아이디어와 계산은 오케이야. 하지만 (1) 나라면 k와 l에 대한 급수들을 합하지 않겠어. 내겐 합할 수 있는 계수들로 보이지 않았거든(심각한 문제는 아니야). (2) 정리 6.3의 가설들에서 작은 엡실론을 택할 수 있으려면 c도 작게 가질 필요가 있어 보여. 이거 나중에 만족되는 조건이야? 그 밖의 지적들은 또 다음에……

잘 있어. 클레망.

• 기욤 아폴리네르의 시구.

날짜: 2009년 2월 8일 일요일, 23시 48분 32초 −0500

보낸사람: 세드릭 빌라니 〈Cedric.VILLANI@umpa.ens–lyon.fr〉

받는사람: 클레망 무오 〈clement.mouhot@ceremade.dauphine.fr〉

제목: 뉴스

음, 좋은 소식 두 가지.

– 플라스마 메아리에 대한 논문들을 읽어보고 이 현상이 섹션 6에서 많은 골칫거리를 안겨준 바로 그 '공명'에서 비롯된다는 걸 알았어. 사실 이 논문들이 `\tau`처럼 우리와 거의 동일한 기호 체계를 쓰고 있어서 더욱더 놀랐지…… 아무튼 섹션 6에서 확인된 위험이 물리학적으로 의미심장한 것이라는 확신은 더욱 굳어졌어. 요컨대 플라스마에서의 **자기정합적 메아리**self-consistant echo들이 축적되어 감쇠를 차츰 무너뜨리는지 알아야 해.

– 섹션 5에서 '임시로' 제쳐놓은 `\ell = 0` 항을 처리할 좋은 방법을 찾은 것 같아(정리 5.8의 `\sigma_0`에서. 이것도 나머지와 마찬가지로 추정하되 모든 항을 유지해. 그리고 큰 시간에서의 `\| \int f(t,x,v) dx \| = O(1)`의 결과를 쓰는 거야(아니면 `\|\int \nabla_v f(t,x,v) dx \| = O(1)`). 이건 미끄럼 노름gliding norm•에서 `f(t,x,v)`에 대한 추정치 결과가 **아니라** 별도로 추가된 추정치야. 자유수송의 해에 대해서 `\int f(t,x,v) dx`가 시간의 흐름 속에서 보존되니까 이건 완전 말이 돼. 산란을 추가하면 더 이상 `O(1)`이 아니라 `O(t-\tau)` 혹은 그 비슷한 뭔가가 될 텐데 이게 내가 정리 5.8 현재 버전에 유지해놓은 `t-\tau`에 대한 지수적 감소에 의해 소멸되어야만 해.

이번에 첨부하는 버전에서 내가 수정한 사항들은 다음과 같아.

• 빌라니가 만들어낸 용어.

* 플라스마 메아리에 대한 논문들을 고려하여 섹션 1과 2를 좀 수정했음.

(문제의 실험을 아주 잘 이해했었다고는 말 못해. 아마도 수학자들은 모두 이 중차대한 실험을 대수롭지 않게 넘겼나 봐. 바로 그래서 우리가 다른 사람들보다 훨씬 앞서가고 있다고 봐.)

* 우리가 사용할 시간에 대한 노름들이 무엇인지 명시하기 위해 섹션 4 끝에 하위 섹션을 추가했어. 거기서 공간 평균에 의한 정칙화 얘기를 언급했어. 게다가 그게 키슬링이 알려준indicated 자료 출처들에도 부합해.

* \ell=0 항 처리를 고려하여 섹션 5도 수정함.

* 플라스마 실험에 대한 레퍼런스 추가.

중요한 결과는 섹션 8에서 f에 대한 미끄러운 정칙성을 퍼뜨려야 할 뿐만 아니라 \int f dx (en v) 상의 t에 대한 고른 정칙성도 퍼뜨려야 한다는 거.

섹션 7은 전혀 수정하지 않았어. 하지만 자네도 이해했겠지만 내가 섹션 7.4 '개선'에 작성한 내용은 이제 유효하지 않아. (\lambda \tau + \mu) - (\lambda' \tau' + \mu') 혹은 그와 비슷한 것이 정말로 중요하다는 점을 깨닫기 전에 작성한 부분이거든.

섹션 8도 고치지 않았지만 거기에도 이제 f_\tau의 '제로 모드'에 대해서 맞지 않게 되어버린 것들이 무진장 많아.

그쪽 소식은 어때? 이제 모든 것이 섹션 7에 달렸군.

잘 있어.

세드릭.

날짜: 2009년 2월 14일 토요일, 17시 35분 28초 +0100

보낸사람: 클레망 무오 〈clement.mouhot@ceremade.dauphine.fr〉

받는사람: 세드릭 빌라니 〈Cedric.VILLANI@umpa.ens-lyon.fr〉

제목: Re: 전체-18 최종

버전 19야. 이동 한 개와 이동 두 개의 하이브리드 노름에서의 산란에 대한 정리 7.1과 7.3의 명제들을 완성한 버전이지. 다행히(휴!) 섹션 4의 이동 두 개 합성 정리는 증명에 충분할 거야. 잘 돌아가는 것처럼 보이지만 세드릭이 잘 확인해봐. 이동 두 개짜리 버전은 아직도 공포스럽군. 아직 소볼레프 수정을 합치지 않았지만 그쪽은 그렇게까지 걱정하지 않아도 될 듯. 그것 말고는 한 가지를 수정했어(이동 하나짜리 정리에 포함). 지표와 진폭 감소에 대한 추정치들은 이제 균일할 뿐만 아니라 섹션 8에서 요구하는 대로 `\tau \to +\infty`일 때에 0에 가까워지지. 그리고 이 감소는 `(t-\tau)`가 작을 때, `O(t-\tau)`가 돼. 내일은 소볼레프 수정을 추가하고 섹션 8을 섹션 7에 걸맞게 완성할까 해.

우정을 담아, 클레망.

날짜: 2009년 2월 20일 금요일, 18시 05분 36초 +0100

보낸사람: 클레망 무오 〈clement.mouhot@ceremade.dauphine.fr〉

받는사람: 세드릭 빌라니 〈Cedric.VILLANI@umpa.ens-lyon.fr〉

제목: Re: 버전 20 진행 중

이동 두 개짜리 층화된 정리 완성본을 가지고 버전 20을 계속 작업 중이야. 이제는 정리 5.9와 관련하여 근본적인 문제가 발생해. 이 결과에서는 내시-모저 도식 과정 속에서 `b`가 0에 가까워질 수 없어(정리 5.9에서 요구하는 바와 안 맞음). `b`는 산란 그 자체에서 기인하는 오류항을 수정하기 위해 동원된 건데 그 오류항은 장 field과 연관이 있다는 점을 감안하건대 0에 가까워지지 않아…… 이제 정리 5.9를 자세히 살펴보려고.

잘 있어.

클레망.

18장

2009년 2월 27일, 프린스턴.

오늘은 연구소 축제 비슷한 날이다. 기하적 편미분 방정식 학회가 있기 때문이다. 캐스팅이 빵빵해서 스타 학자들도 여럿 온다. 섭외 요청을 받은 강연자들은 모두 프린스턴의 연단에 오르는 명예를 기꺼이 수락했다.

강연장에서 나는 제일 뒤쪽, 경우에 따라 진행 요원들이 쓰는 커다란 책상 뒤에 섰다. 여기가 명당이다. 난 이 자리를 연구소 전임교수 피터 사르낙에게서 슬쩍 가로챘다. 여기선 졸지 않을 자신이 있고 책상에다가 연습장을 펼쳐놓을 수도 있다. 앉는 자리는 졸음을 참기도 어렵거니와 조그만 접는 책상으로 만족해야 한다.

나는 강연을 들으면서 기회가 닿는 대로 양말 바람으로 강연장 뒤쪽을 성큼성큼 걸어본다. 아이디어를 활성화시키는 최고의 방법이다.

쉬는 시간에도 양말 바람으로 후다닥 위층에 있는 내 연구실로 올라간다. 클레망에게 전화를 건다.

"클레망, 내가 어제 보낸 메시지랑 새 파일 봤어?"

“특성 방정식을 먼저 써서 얻어낸 새로운 증명 구조 말이야? 응, 봤어. 계산을 시작하긴 했는데 완전 무시무시하더라?”

정말이지, ‘무시무시하다’는 말은 우리 대화 속에 참 지치지도 않고 나온다……

“이제 수렴 문제들이 닥칠 것 같아.” 클레망이 다시 말한다. “뉴턴 방법이랑 선형화의 오류항들조차 걱정돼. 그리고 좀 더 기술적인 문제가 또 있어. 어떤 경우든 이전 단계의 산란이 작지가 않다고!”

나의 번득이는 아이디어가 클레망을 설득하지 못한 탓에 나는 심기가 상한다.

“두고 보자고. 만약 새로운 아이디어가 잘 안 되면 지금의 계획으로 계속 갈 거야.”

“아무튼 불안해. 이미 증명에 100페이지도 넘게 썼는데 끝이 안 나잖아!! 이거 정말 되기는 되는 거야?”

“조금만 더 참아, 참아보라고. 이제 거의 다 왔어……”

아래층에서 휴식 시간이 끝났다. 나는 다시 학회에 참석하러 서둘러 내려간다.

*

편미분 방정식은 다양한 매개변수들의 함수인 양量들의 변화율 사이의 관계다. 모든 통합의 시도에도 저항하는, 수리과학에서 가장 역동적이고 다채로운 분야 중 하나가 바로 이것이다. 편미분 방정식은 연속계에서의 모든 물리학적 현상에서 발견되며 기체, 유체, 고체, 플라스마 등 물질의 모든 상태에 관여한다. 또한 고전물리학이론, 상대성이론, 양자론 등 모든 물리학 이론들과도 상관이 있다.

그러나 수많은 기하학적 문제들 이면에도 편미분 방정식이 있다. 이들을 기하적 편미분 방정식이라고 한다. 이 방정식은 기하적 대상을 정해진 법칙에 따라 변형할 수 있게 해준다. 이 분야에서 수학자들은 기하학적 문제에 해석적 사고방식을 적용한다고 하겠다. 20세기가 진행되는 동안 장르 혼합은 점점 더 잦아졌다.

2009년 2월에 프린스턴에서 열린 학회는 3대 주제를 다루었다. 공형기하conformal geometry(기하적 변환이 거리를 변형하되 각도는 보존하는 경우), 최적수송(어떤 규정된 초기 상태에서의 질량을 역시 규정되어 있는 최종 상태로 가급적 에너지 손실을 줄이면서 수송하는 방법), 자유 경계 문제(여기서는 물질의 두 상태, 혹은 두 물질을 구분하는 경계의 모양을 연구한다)가 바로 그 주제들이다. 기하학, 해석학, 물리학을 모두 다 건드리는 주제들이다.

1950년대에 존 내시는 편미분 방정식을 면밀하게 분석하는 기법으로 등거리 끼워 넣기의 추상적 기하학 문제를 풀 수 있음을 알아냈고 그로써 당시의 기하와 해석 사이의 균형을 뒤집었다.

몇 년 전에도 그리고리 페렐만은 푸앵카레 추측을 해결하기 위해 리처드 해밀턴이 고안한 리치 흐름Ricci flow이라는 기하적 편미분 방정식을 활용했다. 기하학의 수수께끼 같은 난제를 해석적 방법으로 풀어냄으로써 다시 한 번 학제 간 균형은 무너지고 기하적 편미분 방정식은 전례 없는 도약의 기회를 얻었다. 페렐만의 폭탄이 마치 내시가 터뜨린 폭탄의 메아리처럼 50여 년의 간격을 두고 울려 퍼진 것이다.

19장

2009년 3월 1일, 프린스턴.

믿을 수가 없어서 방금 내 컴퓨터 모니터에 뜬 메시지를 읽고 또 읽었다.

클레망에게 새로운 계획이 있다고? 이제 시간차를 통해서 코드화된 정칙성 감소로 돌아가지 않겠다고?

어디서 이런 걸 찾았담? 우리는 몇 달 동안 내시-모저 도식에서처럼 정칙성 있는 뉴턴 방법을 작동시킬 생각만 했다. 그런데 클레망이 지금 하는 말로는 정칙성 없는 뉴턴 방법을 써야 한단다! 그리고 초기 시간과 최종 시간을 유지한 채 서로 다른 두 시간에서의 경로를 따라가면서 추정해야 한다고??

그래, 왜 아니겠어. 그래도 말이야! 세드릭, 정신 차려, 어린놈들은 무섭다고, 너 지금 추월당하고 있어!

그래, 피할 수 없는 일인걸. 어린 녀석들이 항상 결국은 이긴다니까…… 그래도 그렇지, 벌써 이러기야?

우는 소리는 나중에 하고, 일단 클레망이 하려고 했던 말을 이해해보자. 아니, 도대체 이 추정 얘기는 뭐야? 왜 초기 시간 정보를 유지해야 한다는 거야?

결국 클레망과 나는 이 프로젝트에 대한 성과들을 나눠 갖게 될 것이다. 노름, 굴절 추정, 큰 시간에서의 감소, 메아리가 내 공이라면 클레망의 공으로는 시간 속임, 오류 층화, 두 시간에서의 추정, 정칙화 없는 방법이 돌아갈 터였다. 그리고 공동연구 미팅에서 탄생한 미끄럼 노름 아이디어는 딱히 어느 한 사람에게서 나왔다고 보기 어렵다…… 그 밖의 오만 가지 자질구레한 것들도 마찬가지다.

다시금 돌아보니 프로젝트 중간쯤에서 서로 다른 노선을 탄 것이 나쁘지 않았다. 한두 달 정도 상대의 얘기에 귀 기울이지 않고 각자 자기 아이디어만 열심히 좇았다. 하지만 이제 그 두 관점을 합쳐야겠다는 생각이 들었다.

어쨌거나 클레망이 맞다면 마지막 개념적 빗장까지 드디어 벗겨졌다. 오늘, 3월 1일 일요일에 우리의 기획은 새로운 단계, 더욱더 자질구레하고 지루하지만 한결 확실한 단계로 접어들었다. 전체 도식이 제자리를 찾았으니 전방위 탐색은 이제 끝이다. 이제는 굳히고, 다지고, 검증하고, 검증, 또 검증…… 우리의 화력을 해석에 쏟아부을 때겠지!

나중에 클레망은 고백할 것이다. 사실은 그 주말에 전부 때려치울 작정을 했었다고. 토요일 아침에 그는 우울한 메일을 작성하기 시작했단다. "모든 희망이 날아갔어…… 우린 기술적인 암초를 넘어설 수 없을 거야…… 실마리가 도무지 안 보여…… 그만둘래." 하지만 그는 메일 발송을 연기했다. 그는 나를 설득하고 위로할 말을 좀 더 찾기 위해 일단 메일을 임시보관함에 넣어두었다. 그날 저녁 클레망은 종이와 연필을 들고 결실 없는 실마리들을 머릿속으로 정리하다가 깜짝 놀랐다. 불현듯 좋은 전략이 보였던 것이다. 이튿날, 뒤숭숭한 몇 시간의 잠자리를 떨치고 새벽 6시에 일어난 클레망은 우리를 수렁에서 건져내야 할 그 핵심 아이디어가 제대로 통하게끔 모든 것을 새로 작성했다.

그날 우리는 프로젝트를 포기할 찰나에 간발의 차이로 살았다. 몇 달에 걸친 작업이 날아갈 뻔했다. 냉장고에라도 처박아두면 다행이고, 최악의 경우에는 모두 연기로 사라졌을 것이다.

하지만 대서양 건너편의 나는 그런 참사가 있을 뻔했다는 것을 꿈에도 몰랐다. 클레망의 메시지에서 뿜어 나오는 흥분, 내겐 오직 그 흥분만 보였다.

내일은 내가 애들을 봐야 한다. 눈폭풍 때문에 휴교 조치가 떨어졌기 때문이다. 하지만 모레부터는 장난 아닐 거다. 잘 버티는 수밖에 없다. 어딜 가나 란다우를 끌고 갈 테다. 숲 속에도, 해변에도, 침대에도. 란다우는 뜨거운 맛을 보게 될 거다.

2009년 2월에 클레망과 주고받은 메일은 100여 통에 달한다. 3월에는 200통이 넘을 것이다.

*

날짜: 2009년 3월 1일 일요일, 19시 28분 25초 +0100

보낸사람: 클레망 무오 〈clement.mouhot@ceremade.dauphine.fr〉

받는사람: 세드릭 빌라니 〈Cedric.VILLANI@umpa.ens-lyon.fr〉

제목: Re: 전체-27

어쩌면 또 다른 길에 희망이 있을지 몰라. 도식의 각 단계에서 필요한 이동 하나짜리 노름을 정칙화하지 않고 확산시켜보자고. 하지만 이전 단계 특성을 쭉 따라가면서. 그러면 n번째 단계에서 다음과 같은 값들을 차례로 추정하게 돼(람다와 뮈에 대해 합산 가능한 손실은 생략할게).

1) lambda t + mu의 밀도 \rho_n 에 대한 노름 F

2) 지표 lambda, mu , t의 분포 h_n의 노름 Z

3) 지표 lambda의 공간 평균 <h_n>의 노름 C

4) 차수 n-1을 가지는, (완전한) 특성인 S_{t,tau}를 따라가는 이동 -bt/(1+b)와 시간 tau에 대한 노름 Z. tau에 대해 미분하면,

H_tau := h^n _tau \circ S_{t,tau} ^{n-1}에 대한

```
\partial_tau H = (F[h^n] \cdot \nabla f^{n-1})
\circ S_{t,tau} ^{n-1} + (F[h^{n-1}] \cdot \nabla h^{n-1})
\circ S_{t,tau} ^{n-1}
```

와 같은 타입의 방정식을 얻는다(마이너스 부호가 필요할 수도 있으나 생략).

고로 이 방정식에서 장은 더 이상 존재하지 않고 우리는 1)의 경계들을 밀도에 사용함으로써 직선의 모든 원소들을 소스 항source term으로 처리한다. 이동 b로 Z 노름을 추정하고 밀도에 대해서는 이 이동이 특성 때문에 (노름이 x에 투영됐기 때문에) 일으킨 오차를 처리한다. 그리고 다른 항들에 대해서는 현재 사용하는 노름들에 경계를 얻기 위해서 앞에서 말한 재귀 가설을 사용한다.

5) 이제 여기서 필요한 차수인 차수 n의 특성함수들과 함께 f^n \circ

S_{t,tau} ^n의 이동된 노름들에 대한 경계가 필요해진다. 이를 위해 f^{n-1}\circ S_{t,tau} ^{n-1}에 대해 (이동된 노름에 대한) 재귀 가설의 경계를 이용한다. 위의 4) 덕분에 우리는 덧셈을 통해서 f^n \circ S_{t,tau} ^{n-1}에 대한 경계도 얻지. 그다음에는 n이 무한으로 수렴할 때 적분할 수 있는 감소를 이용하여 f^n \circ S_{t,tau} ^n(n번째 단계의 특성)에 대하여 f^n \circ S_{t,tau} ^{n-1}(n−1번째 단계의 특성)의 경계를 구할 수 있다는 점을 활용한다.

전체적인 아이디어를 대충 요약하자면,

– 밀도 측정에는 선택의 여지없이 전 단계의 특성들에 대한 전 단계의 분포와 이동된 노름(오더 1의 이동)이 필요해.

– 하지만 일단 특성들의 경계를 얻고 나면, 특성함수들과 이동된 노름을 갖고 일할 수 있어. 두 현상이 밀도에 대해 투영되어 서로를 무효화하기 때문이야.

내가 방금 말한 내용에서 제쳐놓은 한 가지는 배경의 v에 대한 그래디언트 gradient야. 이건 특성들에 의한 합성과 교환법칙이 성립하지 않아. 하지만 (\nabla_v f^{n-1}) \circ S_{t,tau} ^{n-1}의 이동된 노름이 \nabla_v (f^{n-1} \circ S_{t,tau} ^{n-1})의 이동된 노름의 상수곱보다 작은 나머지를 얻을 수 있으리라 기대해.

지금 그쪽 사정 괜찮다면 난 앞으로 한 시간 정도 집에 있을 거니까 함께 논의해도 좋아. 근본적으로 두 단계를 구분해서 두 번째 시기에서의 특성들을 따라간다는 차이점이 있지만 대부분은 세드릭의 방법과 맞아 들어간다고 봐.

우정을 담아, 클레망.

날짜: 2009년 3월 2일 월요일, 12시 34분 51초 +0100

보낸사람: 클레망 무오 〈clement.mouhot@ceremade.dauphine.fr〉

받는사람: 세드릭 빌라니 〈Cedric.VILLANI@umpa.ens-lyon.fr〉

제목: 버전 29

버전 29를 보내. 여기에다가 세드릭이 어제 말한 전략을 도입하려고 노력해봤어. 선형 안정성에 대한 섹션 9는 완전히 새로 썼고, 뉴턴 방법을 다룬 섹션의 하위 섹션 11.5와 11.6에서 수렴 연구의 큰 가닥들을 잡아놨어. 큰 실수가 없다면 드디어 목표에 다다랐다는 감이 들어!!

20장

2009년 3월 11일, 프린스턴.

연구소 식당에서 맛난 밥을 먹고 왔다. 수학 얘기와 뒷담화가 활기차게 오갔다.

오늘은 피터 사르낙이 내 앞자리에 앉았다. 나는 그의 지도교수였던 폴 코헨에 대해서 이것저것 물어보았다. 코헨은 연속체 가설의 결정 불가능성을 증명했고 그 후 또 다른 수학적 지평들로 선회했다. 연구자로서의 전율을 찾던 젊은 날의 피터는 그에게 배우기 위해 고국 남아프리카공화국을 떠나왔다. 열정적인 성품으로 익히 알려진 사람답게, 피터는 다른 사람의 연구에 기대지 않고 '무에서부터' 문제를 해결하는 코헨의 수학적 취향을 얘기하며 아주 신이 났다.

"코헨은 조금씩 발전하는 수학을 믿지 않았지!"

"작은 발전들을 믿지 않았다고?"

"그래, 코헨은 수학이 급작스러운 도약을 통해 발전한다고 생각했지. 자네나 나는 여느 수학자들과 마찬가지로 주로 다른 사람의 연구를 개선하면서 진전을 보지만 코헨은 그렇지 않았어! 그분 앞에서 뭐를 개선하느니 그런 말은 금물이었지. 그랬다간 한 소리 듣거든.

피터 사르낙

코헨 선생은 혁명적인 변화만을 믿었다네."

피터와 함께 있으면 항상 즐겁다. 우리 테이블에 나의 연구실 이웃 이매뉴얼 밀먼도 함께했다. 이스라엘 출신의 이 창창한 젊은이는 볼록면 기하학 분야의 떠오르는 신성이다. 이매뉴얼은 아버지, 할아버지, 큰아버지가 다 수학자란다. 그도 얼마 전에 아빠가 되었다. 그 아기도 장차 수학자가 될까? 어쨌거나 이매뉴얼은 귀여운 아기 얘기를 할 때 못지않게 자신의 수학적 포부를 털어놓을 때에도 열을 올린다.

이매뉴얼 옆에는 1970년대에 루마니아 공산 정권에서 빠져나온 세르기우 클레너만이 앉아 있었다. 세르기우는 비상한 그리스 수학자 데메트리 크리스토둘루와 함께 500장짜리 대하 증명을 통해 일반상대성원리의 기본 결과 하나를 입증해 보여 세계적인 명성을 얻었다. 나는 세르기우와 수학, 정치, 생태학, 그 밖에도 온갖 주제로 대화하기를 좋아하는데 그러다 보면 우리의 성향 차이가 자주 드러난다.

게다가 우리 테이블에서 그렇게 활기찬 대화가 오간 데에는 팔순에도 항상 에너지가 넘치는 조엘 레보위츠가 한몫을 했다. 조엘은

조엘 레보위츠

뭐든지 관심을 두고 뭐든지 알고 싶어 한다. 특히 그가 가장 좋아하는 분야인 통계물리학 쪽으로 얘기가 흐르면 얘깃거리는 무궁무진하다.

나는 마침 조엘도 있겠다 싶어 그에게 단단한 구들의 기체 상변이 phase transition 문제를 이매뉴얼에게 설명해주라고 부탁했다. 문제 자체는 제기하기는 쉽지만 반세기 전부터 통계물리학계 전체의 상상력에 도전하는 근본적인 문제다.

어쨌든 2009년에도 상변이의 미스터리를 설명할 수 없다는 건 용납이 안 되지 않나? 왜 액체는 열을 가하면 기체가 되고 냉각시키면 고체가 될까? 혹시 또 모른다, 이매뉴얼 같은 젊은이가 새로운 아이디어를 내놓을지도……

식사를 마치고 나니 현재진행 중인 문제들이 죄다 머릿속에 되살아났다. 푸앵카레 연구소 쪽에 아직 해결해야 할 행정적인 문제가 있다. 아니, 연구소장직을 수행하면서 리옹 쪽에 계속 적을 두고자 하는 나의 바람이 문제라고 해야 하나. 리옹 연구소에서 나와 손발이 잘 맞는 알리스 기요네가 열심히 내 편을 들어주고는 있다만 모든 게 너무 복잡하다…… 준비해야 할 세미나도 줄줄이 있고, 무엇보다 말이다, 란다우 감쇠는 아직도 요원하다! 지난 열흘간 클레망과 나는 10번이나 우리 논문의 새 버전을 뽑았다. 가장 마지막으로 나온 36번 버전은 130쪽이었다. 수많은 오류를 찾아서 고치고, 반례들을 잘 보여주는 섹션을 추가했으며, 리옹 연구소의 프랑시스 필베가 컴퓨터로 란다우 감쇠 이미지 작업을 멋지게 해주었다. 하지만 아직도 갈 길이 멀다! 내 머릿속에서 소리 없이 정리가 착착 이루어진다. '특성에 대한 추정을 다듬을 것, 상한을 노름 안으로 돌릴 것, 쿨롱 상호작용 @!*#에 집중할 것, 소볼레프 정칙성의 수정 지표를 곳곳에 추가할 것(일곱 지표라니, 포르카 미제리아!•), 뉴턴 방법을 따라가는 내내 지수함수 속의 층화를 유지할 것, 거대한 재귀를 가동시킬 것……'

하지만 지칠 줄 모르는 조엘은 나를 다른 프랑스인 수학자와의 연구 미팅에 끌어들였다. 나는 몹시 낙심했다. 집중해야 할 것이 너무 많다 보니 며칠째 새벽 2시까지 일했다…… 식후의 노곤함이 밀려와 정신 차리기도 힘들었다. 조엘에게 안 되겠단 말은 할 수 없었다. 그러나 연구 미팅이 길어지자 나는 비겁한 수를 택했다. 애들을 데리러 가야 하니까 이만 빠지겠다고 한 것이다(사실 오늘은 애들 엄마가 데리러 가는 날이다). 나는 두 사람이 다른 방으로 자리를 옮기기를 기다렸다가 살그머니 내 연구실로 돌아왔다. 그러고는 그냥 바닥에 누워 어수선한 머릿속이 정리될 때까지 한참 잤다.

잠에서 깨자마자 다시 작업에 매달렸다.

• porca miseria, 직역하면 '지긋지긋한 가난' 정도의 의미이지만 보통 '저런, 안됐다' 정도의 뉘앙스로 쓰인다. 저자는 1997년에 이탈리아 파비아에서 지내는 동안 이 표현을 배웠다고 한다.

*

젊은 날의 폴 코헨은 프린스턴에서 내시의 동료이자 야심만만한 라이벌이었다. 코헨은 20세기의 가장 창의적인 인물 중 하나였다. 그의 가장 명예로운 업적은 연속체 가설Continuum hypothesis, 일명 중간 기수 문제를 해결한 것이다. 이 난제는 힐베르트가 1900년에 제시한 23개 문제 중 하나로서 당시 수학계에서 가장 중요한 문제로 여겨졌다. 이 문제를 해결한 코헨이 1966년 필즈상을 가져간 것은 당연한 일이었다.

연속체 가설을 설명하기 위해 몇 가지를 상기해보면 좋겠다. 정수(1, 2, 3, 4, ……)는 당연히 무한 개이다. 분수(1/2, 3/5, 4/27, 53417843/14366532, ……)도 마찬가지다. 얼핏 생각하면 분수들이 정수들보다 많을 것 같지만 그건 착각이다. 이를테면 우리는 분수를 이렇게 나열할 수 있다.

1, 1/2, 2/1(=2), 1/3, 3, 1/4, 2/3, 3/2, 4, 1/5, 5, 1/6, 2/5, 3/4, 4/3, 5/2, 6, ……

이런 식으로 합(분자+분모)을 차츰 늘려가는 과정을 반복할 수 있다. 이바르 에켈랜드가 그의 재미난 동화 『수세계의 고양이*Cat in Numberland*』에서 설명한 대로다. 그러니까 분수는 정수보다 더 많지 않고 딱 정수만큼 있다고 하겠다.

반면에 실수, 그러니까 무한소수로 나타낼 수 있는 수(또한 분수의 극한값이기도 한 수들)로 관심을 돌려본다면 칸토어의 훌륭한 논증은 실수가 정수보다 더 많다는 것을 보여주었고 그 실수들을 센다는 것은 불가능하다.•

따라서 정수도 무한히 많고 실수도 무한히 많지만 정수보다는 실수가 더 많다. 그렇다면 정수의 무한집합보다는 크고 실수의 무한집합보다는 작은 어떤 무한집합이 존재할까?

수세대의 논리학자들이 이 문제에 부딪쳤다가 실패했다. 어떤 이들은 그 중간의 무한집합이 존재한다고 했고 또 어떤 이들은 아니라고, 그런 집합은 없다고 했다.

폴 코헨은 논리학 전문가는 아니었지만 자기 두뇌의 능력을 믿었다. 어느 날 그는 이 문제에 매달리기 시작했고 답은 예스도 노도 아니라는 결과를 내놓아 모두를 놀라게 했다. 중간의 무한집합이 존재하는 수학적 세계가 있는가 하면, 그런 집합이 없는 수학적 세계도 있다는 것이다. 어느 세계를 원하고 선택하느냐는 우리에게 달렸다. 원한다면 어느 쪽이든 옳다고 할 수 있다.

*

조엘 레보위츠는 통계물리학계의 교황님이다. 통계물리학은 매우 많은 수의 입자로 이루어진 체계들의 속성을 연구하는 학문이다. 수조 개의 분자로 이루어진 기체, 수백만 개의 개체로 이루어진 생물학적 인구, 수천억 개의 별들로 이루어진 은하, 수조 개의 원자들이 형성하는 결정격자crystal lattice…… 통계물리학에 속하는 문제들은 굉장히 많다! 그리고 조엘은 60년 동안 그 마르지 않는 에너지를 자신의 관심 분야에 쏟아 수학자 및 물리학자 동료들과 쉬지 않고 작업해왔다. 반세기 전부터 그의 주도로 설립되어 매년 2회 열리는 학회

• 실수를 셀 수 있으려면 정수와 일대응 대응이 있어야 한다.

시리즈는 현역 연구자가 조직한 모든 학회 시리즈 가운데 가장 오래되고 가장 잘나간다고 할 만하다.

조엘은 체코슬로바키아 태생으로 이미 여든 살이 넘었고 좋은 추억도 나쁜 추억도 가득한 인생을 살았다. 그의 팔에는 어떤 번호가 문신으로 남아 있다. 그는 절대 그 얘기를 입에 올리지 않는다. 어느 자리에서나 조엘은 제일 먼저 웃음을 터뜨리고 술잔을 들이켜는 사람, 그리고 물론 온갖 분위기에서 온갖 방법으로 통계물리학 얘기를 할 수 있는 사람이다. 내 동료는 전에 사람의 에너지를 측정하는 단위로 밀리조엘milli-joel을 쓰자고, 다시 말해 조엘의 에너지의 1000분의 1을 기준단위로 삼자고 우스갯소리를 했었다. 1밀리조엘만 돼도 그 사람은 에너지가 괜찮은 거다. 잘 생각해보니 피코조엘(조엘의 1조 분의 1)을 단위로 써도 좋겠다.

*

날짜: 2009년 3월 9일 월요일, 21시 42분 10초 +0100

보낸사람: 프랑시스 필베 〈filbet@math.univ-lyon1.fr〉

받는사람: 세드릭 빌라니 〈Cedric.VILLANI@umpa.ens-lyon.fr〉

참조: 클레망 무오 〈cmouhot@ceremade.dauphine.fr〉

헬로.

주말 작업 결과물을 보내. 짤막한 동영상들은 별 거 아냐(데플레샹• 영화만은 못해). 전하를 띠는 입자들의 디지털 시뮬레이션 파트 안에 있어.

http://math.univ-lyon1.fr/~filbet/publication.html

• 영화감독 아르노 데플레샹Arnaud Desplechin을 가리킨다.

이건 플라스마 케이스야. 아직 중력 케이스의 기호를 바꾸진 않았지만 자네 말을 듣고 몹시 놀랐어. 나는 주기적 극한 조건을 가진다면 주기적 포텐셜, 즉 `\int_0^L E(t,x)dx= 0`을 유지하기 위해서 중립화하는 배경neutralizing background이 필요하다고 봐.

날짜: 2009년 3월 9일 월요일, 22시 11분 10초 +0100

보낸사람: 세드릭 빌라니 〈Cedric.VILLANI@umpa.ens-lyon.fr〉

받는사람: 프랑시스 필베 〈filbet@math.univ-lyon1.fr〉

참조: 세드릭 빌라니 〈Cedric.VILLANI@umpa.ens-lyon.fr〉, 클레망 무오 〈cmouhot@ceremade.dauphine.fr〉

이미지가 근사한데! '추상적으로만' 작업했던 방정식들의 결과를 '진짜로' 보니까 엄청 감동적이야……

세드릭.

21장

2009년 3월 13일, 프린스턴.

애들 방의 문을 닫는다. 딸내미는 오늘 상상 이야기 속의 주인공 구피의 모험을 생각하며 침대 속에서도 킥킥거린다. '귀여운 녀석들, 잘 자라, 내일도 날이다.'

클레르도 침대에서 내일 새벽 동료 지질학자들과 현장 조사를 떠나기 전에 마지막으로 일본어를 복습할 기회를 누리는 중이다. 나한테도 일을 하기 딱 좋은 때다. 차를 한 잔 준비하고 연구 노트들을 늘어놓는다. 우리 앞에 태산처럼 쌓여 있는 기술적인 문제들을 나와 클레망은 차차 넘어뜨리는 중이다.

증명에서 가장 큰 부분을 차지하는 섹션 10을 구성 중이다. 이놈의 제로 모드 제어 때문에 고생깨나 할 줄 알았다! 그리고 나는 결과를 열흘 후에 발표해야 한다! 이걸 다 제대로 완성하기에는 너무 짧은 열흘이다.

*

날짜: 2009년 3월 13일 금요일, 21시 18분 58초 –0500

보낸사람: 세드릭 빌라니 〈Cedric.VILLANI@umpa.ens-lyon.fr〉

받는사람: 클레망 무오 〈clement.mouhot@ceremade.dauphine.fr〉

제목: 38!

버전 38 첨부함. 수정 사항은 다음과 같아.

– 여기저기 오, 탈자를 두세 개 고쳤어. 필요하다면 diff로 문서비교를 해볼 수 있어.

– 섹션 9는 몇 개 공식들만 빼면 이제 완벽해. 이제 기운 내서 계산을 끝까지 밀어붙일 때라고! 모든 재료가 착착 맞물려 빚어내는 결과를 보는 건 참 근사해. 이 섹션의 구성이 이 논문 전체를 왜 이렇게 구성했는지 정당화해주지(특히 특성들을 맨 앞에 빼놓은 것을). 몇 번은 다시 보고 고쳐야 섹션이 제대로 나올 거고 그 후에 상수를 선택할 수 있을 만큼 잘 여물겠지(계산아, 어서 와라!).

– 옛날에 달았던 코멘트들은 왕창 쳐냈어. 특히 정칙화와 관련된 것들을.

– 그렇지만 공간 평균과 관련해서 아직도 두 개의 구멍이 있어!

* 첫 번째 구멍은 < \nabla h^k \circ \Om^n >(섹션 9.4)에 대한 추정을 층화해야 할 필요와 관련되어 있어. 파일 안에서 설명했듯이 이게 아주 까다롭단 말이야. 재귀에는 기댈 수는 없는데 \Om^n 가 별로 정칙적이지 않기 때문에 정칙성에도 기댈 수 없지. 내가 보기에 유일한 해결책은 특성의 부가적인 소볼레프 정칙성을 사용하는 거야. 이 정칙성은 n에 대하여 고르게 전파되거든. 주의해, 우리가 필요로 하는 건 속도에 대한 정칙성이야. 하지만 보통 힘의 소볼레프 정칙성은 모든 변수들에 대한 정칙성을 끌고 들어오니까 그걸로 오케이지. 도함수를 정확히 얻어내야 해. 그 말인즉슨, 여기서도 쿨롱이 결정적이라는 거야……

* 두 번째 구멍은 섹션 6의 추정에서 n차의 제로 모드를 처리하는 건데 지금 당장은 이게 맞지 않아(안정성 기준을 계속 만족하기에는 상수들이 너무 커). 난 그래도 낙관적으로 보고 있어. 산란의 변수 변환과 **직접적** 특성들에 대한 추정을 활용하

는 예전의 내 아이디어를 또 써먹을 수 있으리라 봐. 예전에 시도했을 때에는 내가 크기 순서를 잘 몰랐고 아직 층화도 시키지 않았었지. 요컨대, 그때는 아직 준비가 안 됐던 거야.

다음과 같이 일을 나누자고. 우선 자네는 위에서 말한 두 구멍을 잊고 섹션 9를 수렴시키는 작업을 해줘. 그다음에 첫 번째 구멍의 문제를 결판 지으라고. 그동안 나는 두 번째 구멍을 해결하겠어. 그러니까 앞으로 며칠 동안 나는 `tex` 파일에 손대지 않을 거야.

쿨롱 경우는 나중에 들여다보지. 지금은 구멍들을 막는 게 먼저라고 생각해……

이번 주는 나에게 좀 힘든 한 주가 될 것 같아. 나 혼자 애들을 봐야 하거든. 게다가 연구소에 손님들이 와. 그래도 이제 거의 마지막 전력질주 구간이야.

잘 있어.

세드릭.

22장

2009년 3월 15일에서 16일로 넘어가는 밤, 프린스턴.

융으로 마감한 바닥에 앉아 마구 휘갈겨 쓴 연구 노트들에 둘러싸여 미친 듯이 글을 쓰고 타이핑을 한다.

오늘은 일요일이었다. 낮에는 수학에 매달리지 않으려고 신경 썼다. 일단 애들을 데리고 앨리스 창의 집에 브런치를 하러 갔다. 그 집에서 이름난 수학자들과 교분을 많이 쌓았다. 프린스턴 대학교 교수이자 몇 년 전의 세계수학자대회 기조강연자였던 앨리스 창은 기하해석학 분야에서 이름난 전문가다. 나를 올해 IAS에 초청하여 자신이 주관하는 프로그램에 참여시킨 사람이 바로 앨리스 창이다.

오늘 오전에 브런치를 나누면서 별의별 얘기를 다했다. 특히 상하이에서 발표되는 화제의 세계 대학 순위가 도마에 올랐다. 프랑스 정치계와 언론계는 이 순위에 엄청 목을 맨다. 나는 앨리스 앞에서 이 화제를 꺼내며 그녀가 어떻게 반응할까 궁금했다. 그녀는 세계에서 수학과가 가장 유명한 대학 중 하나에 교수로 재직 중이면서 중국 출신이기도 하니까. 중국에서 매긴 순위가 이토록 중요하게 여겨지는 현실에 그녀는 자랑스러워하려나? 하지만 그녀의 반응은 당황

앨리스 창

스러웠다.

"세드릭, 상하이 순위가 뭔데?"

내가 뭐가 뭔지 설명을 해주자 그녀는 내가 엄청 분별없는 짓을 저지르기라도 한 것처럼 빤히 바라보았다. 세드릭, 난 이해가 안 돼. '중국의' 순위표에 올랐다는 게 '프랑스에서' 그렇게 명망 높은 일로 여겨진단 말이야?? (이봐, 앨리스, 우리 역할이 바뀐 것 같지 않아?) 아, 정말이지, 정치하는 프랑스 사람들에게 앨리스를 소개해주고 싶다.

어쨌든 저녁 늦게야 일단 애들을 재워놓고 겨우 일을 시작했다. 그리고 이게 웬 기적인지, 모든 것이 마법처럼 착착 풀리는 것 같다! 나는 전율하면서 마지막 6~7페이지를 작성한다. 이 부분이 증명을—최소한 쿨롱보다 정칙적인 상호작용들에 대해서만큼은—완결시키리라 믿어 의심치 않는다. 함정이 많기는 하다만, 모두 다 뛰어넘을 만해 보인다.

새벽 2시 30분, 자러 가야겠는데 머릿속이 너무 시끄러워서 한참이나 눈이 말똥말똥하다.

3시 30분, 잠에 빠져든다.

4시, 아들이 와서 깨운다. 애가 자다가 쉬야를 했다. 몇 년째 잠자리에 실례한 적이 없는데 오늘 밤에 이러려고 그랬나……

사는 게 이런 거지, 자, 해치우자, 침대시트 다 갈고 한바탕 난리를 피워야 한다.

모두 다 짜고 나를 못 자게 하려고 작정한 것 같은 때가 있다. 뭐, 괜찮다!

*

수학자라는 이름을 누리기에 합당한 사람은 누구나 비록 아주 가끔일지라도 하나의 생각이 기적처럼 다른 생각과 이어지는 명철한 흥분 상태를 경험하는데…… 성적 쾌락과 달리 그 감정은 몇 시간, 아니 며칠 동안도 지속될 수 있다.

앙드레 베유

23장

2009년 3월 22일, 프린스턴.

결국 내 해법은 또 틀렸다. 그걸 납득하느라 거의 일주일을 잡아먹었다. 증명의 대부분은 여전히 유효하지만 빌어먹을 제로 모드가 우리를 계속 우롱한다…… 그래도 말이다, 거의 증명 근처까지 갔었다!

클레망은 대만에서 우리의 연구 결과를 슬슬 공개하기 시작했다. 그는 그곳에서 나의 아이디어를 소화해서 자기 아이디어와 합치고 자기 식으로 요리했다. 그러고 나서 나는 모든 것을 내 식으로 다시 검토했다.

이제 나의 첫 번째 초안보다 많이 단순해졌다. 오늘로써 우리가 이 증명을 작업한 지 정확히 1년이 됐는데 처음으로 증명이 그럴싸하게 보인다!

때가 왔다. 이틀 후 프린스턴에서 결과를 발표할 거다……

*

날짜: 2009년 3월 22일 일요일, 12시 04분 36초 +0800

보낸사람: 클레망 무오 〈clement.mouhot@ceremade.dauphine.fr〉

받는사람: 세드릭 빌라니 〈Cedric.VILLANI@umpa.ens-lyon.fr〉

제목: Re: 마지막 손질

드디어 이해됐어. 세드릭이 공간 평균을 어떻게 하려고 하는지 알았다고!! 그걸 내가 전에 얘기했던 아이디어랑 합쳐야겠지(사실 그 두 아이디어는 상호보완적이라고). 계획은 다음과 같아.

(1) 세드릭이 백그라운드의 층화된 최선의 정칙성을 활용하기 위해서 염두에 두고 있는 계산은 섹션 6의 65~66쪽 계산일 거라고 봐. 이 경우(산란은 제외) 실제로 증가를 얻어내기 위해 백그라운드에 대한 정칙성의 여지를 '공짜로' 써먹을 수 있어(힘의 장에서의 정칙성 수준과는 별개).

(2) 그럼 내 아이디어대로 이 경우로 돌아오지(우리가 얘기했던 '나머지'는 쓸모없는 게 아냐. (1)로 이걸 처리해야 해).

a. `$F[h^{n+1}] \circ \Omega^n _{t,\tau} \circ S^0_{\tau, t}$`를 `$F[h^{n+1}] \circ S^0 _{\tau,t}$`로 대체하면, 나머지는 `$\Omega^n - Id$`에 대한 추정에 힘입어 시간에 대해 분명히 감소하지.

≫ 따라서 우리에게 남는 건,

```
\int_0 ^t \int_v F[h^{n+1}] \cdot < ( (\nabla_v f^n)
\circ \Omega^n ) > (x-v(t-\tau),v) \, d\tau \, dv
```

b. 이제 `\nabla_v f^n` 안에서 (1과 n 사이의 어떤 k에 대해서든) `\Omega^n`을 `\Omega^k`으로 대체하기 위해 변수를 변환시키는 아이디어를 실행하는 거야. 거기다가 이제 `\Lambda` 함수가 갖고 있던 문제가 없어져. 그 이유는 이제 `\Omega^n X`를 `(\Omega^n)^{-1} \Omega^k`와 합성하지 않고 이미 추

정치가 있는 (\Omega^n)^{-1} \Omega^k만 있으면 되기 때문이야.

c. a에서의 방법으로 우리는 다시 F[h^{n+1}]로 가져온 (\Omega^n)^{-1} \Omega^k 함수를 없앨 수 있는데, 이렇게 얻는 항은 착하게도 시간이 지남에 따라 잘 감소하지.

≫ 따라서 남는 것은 다음과 같아:

```
\sum_{k=1} ^n \int_0 ^t \int_v F[h^{n+1}] \cdot
  < ( (\nabla_v h^k) \circ \Omega^k ) (x-v(t-\tau),v) >
   \, d\tau \, dv
```

d. 이제 그냥 v에 대한 그래디언트를 산란과의 합성과 순서를 바꾼다 :

```
< (\nabla_v f^n) \circ \Omega^k > = \nabla_v ( < f^n
\circ \Omega^k > )
```

+ \tau에 대해 좋은 감소를 가지는 나머지

≫ 따라서 우리에게는

```
\sum_{k=1} ^n \int_0 ^t \int_v F[h^{n+1}] (x-v(t-\tau),v)
   \, \nabla_v U_k (v) \, d\tau \, dv
```

와 \lambda_k,\mu_k의 정칙성을 가지는 함수 U_k (v)만 남는다.

e. 이 수준에서 비로소 각각의 k에 대해 65~66쪽의 계산 (1)을 적용하면 균등하게 층화된 추정이 나와.

세드릭은 어떻게 생각하는지, 계산에 대한 이견은 없는지 말해줘……

우정을 담아, 클레망.

24장

2009년 3월 24일, 프린스턴.

프린스턴에서의 첫 세미나다. 엄정하고 탁월한 동료들, 특히 다정하지만 준엄하기 그지없는 엘리엇 립 앞에서의 세미나.

그동안 클레망은 대만의 타이페이에서 우리의 연구 결과를 발표한다. 12시간의 시차가 효율적인 작업에는 최적의 배치다! 우리는 세계를 나눠 맡고 있다. 그는 아시아에서, 나는 미국에서 복음을 전파한다.

이번에는 잘할 수 있다. 럿거스에서의 그 불안했던 세미나와는 완전히 다르다. 증명은 적어도 90퍼센트는 맞고 주요한 요소들은 모두 다 점검했다. 질문들을 받아내고 증명을 설명할 준비가 됐으니 이번 건은 자신 있다.

결과는 그럭저럭 괜찮은 인상을 주었지만, 엘리엇은 주기적 극한 조건을 다는 가정을 납득하지 못했다. 그는 이 가정이 상식적이지 않다고 보았다.

"전체 공간에서 참인 게 아니라면 의미가 없지!"

"엘리엇, 전체 공간에서는 반례들이 존재하니까 한계를 정한 겁니다!"

"그래, 하지만 결과는 한계들에 대해서 독립적이라야지. 그렇잖음 물리학이 아니야!"

"엘리엇, 란다우 본인도 한계 있는 조건들을 썼잖아요. 결과가 조건들에 크게 좌우된다는 것도 보여줬고요. 그럼 란다우도 물리학자가 아니라고 하실 겁니까?"

"하지만 이건 말이 안 돼!"

그날 엘리엇은 아주 발끈하고 나왔다. PPPLPrinceton Plasma Physics Laboratoty(프린스턴 플라스마 물리학 연구소)의 그렉 해미트도 플라스마 경우의 내 안정성 가설이 사실이라기에는 너무 강하다면서 난색을 표했다.

개선장군과 같은 환영을 기대했다면 실패한 셈이다!

*

엘리엇 립은 수리물리학계에서 가장 유명하고도 가장 두려운 전문가로 손꼽힌다. 프린스턴 대학교 연구소에서 수학과 물리학 모두를 다루고 있는 그는 특히 물질의 안정성 연구에 매진해왔다. 원자들이 가만히 따로따로 있지 않고 다시 결합하게 되는 이유는 무엇인가? 어째서 우리는 우리를 둘러싼 우주에 흩어져 있지 않고 응집력 있는 존재로 있는가? 20세기의 상징적 물리학자이자 현 IAS 명예교수인 프리먼 다이슨은 이 문제를 처음으로 수학적 용어로 제기하고 해명했다. 그리고 이 바이러스를 엘리엇처럼 젊은 후학들에게 전염시켰다.

엘리엇은 이 문제의 탐구에 온전히 매달렸고 물리학, 해석학, 에

엘리엇 립

너지 계산에서 답을 찾고자 했다. 그는 많은 연구자들을 끌고 다녔고 여러 학파들을 낳았다. 그 과정에서 그는 괄목할 만한 증거들을, 수학적 해석학의 모습을 바꾸어놓을 귀한 금덩어리들을 건졌다.

엘리엇은 어떤 문제를 이해함에 있어서 부등식만 한 것이 없다고 본다. 부등식은 한 방정식 안에서 어느 항이 다른 항보다, 어느 힘이 다른 힘보다, 어느 실체가 다른 실체보다 우위에 있음을 나타낸다. 엘리엇은 하디-리틀우드-소볼레프 부등식, 영의 부등식, 하우스도르프-영 부등식 등 다수의 유명한 부등식들을 근본적으로 개량했다. 또한 현재 전 세계 연구자들이 사용하고 있는 립-티링 부등식이나 브라스캄프-립 부등식처럼 기본적인 부등식들에 자신의 이름을 남기기도 했다.

엘리엇은 여든이 다 되어가지만 여전히 활발하게 연구하는 중이다. 군살 없는 체격은 엄격한 건강관리를 엿보게 하며 신랄한 코멘트는 모두를 벌벌 떨게 한다. 일본, 부등식, 고급 요리에 대해서 얘기를 할 때면 그의 얼굴이 환히 빛난다(게다가 일본어로는 그러한 요리가 수학에서의 해석학을 뜻하기도 한다•).

• 일본어에서 다도의 예에 따른 요리를 뜻하는 '懐石'과 수학의 한 분야를 가리키는 '解析'은 다같이 '가이세키'로 읽는다.

25장

2009년 4월 1일, 프린스턴.

만우절, 물고기와 바보 들의 날!

오늘은 온 가족이 함께 애니메이션 「베르사유의 장미」의 한 편을 시청했다. 마리 앙투아네트, 악셀 폰 페르젠, 오스카 드 자르제•가 벅찬 감정 속에서 어찌할 줄 모르는 가운데 프랑스 혁명이 점점 다가온다.

저녁에는 자기 전에 유튜브에서 그리부이유Gribouille의 「선원과 장미Le Marin et la Rose」를 들었다. 정말 훌륭했다! 인터넷은 참 편리하다.

지난 한 주 동안 란다우 감쇠에 대한 발표를 하면서 나는 많은 것을 이해하게 됐다.

나의 첫 번째 발표가 끝난 후, 엘리엇은 일단 노기가 가라앉자 주기적 쿨롱 모형과 관련된 개념적 어려움에 대해서 납득할 만한 코멘트를 해주었다.

두 번째 발표에서 나는 증명의 주요한 물리학적 아이디어들을 제

• 보통 국내 번역본에서는 '오스칼 프랑소와 드 자르제'로 표기.

시했다. 엘리엇은 수학과 물리학의 만남을 좋게 평가했고 상당한 호의와 관심을 보여주었다.

세 번째 발표에서는 해미트의 비판에 대응할 방법을 찾았고 안정성 조건과 섭동의 길이에 대해서 거의 최적이라 할 수 있는 가설들을 내놓을 수 있었다.

나는 갓 뽑은 따끈따끈한 결과, 조금 설익은 결과를 제시했지만 이 전략은 나름 생산적이었다. 나의 연구는 비판을 접했기에 엄청난 속도로 진전될 터였다! 이번에도 더욱더 강해지기 위해서는 공격받는 입장에 서야만 했다.

그리고…… 드디어 K. A. M.과의 관계를 이해했다!

연구자로서의 내 명성을 만들어준 것이 바로 수학의 여러 영역들 사이에 숨겨진 관계들이다. 그 관계들이 얼마나 귀한지! 그런 관계들은 관련 영역들을 탁구공 오가듯 하나하나 밝혀준다. 이쪽에서 뭔가를 발견하면 저쪽에서도 뭔가가 따라나오는 것이다.

스물세 살 때에는 이탈리아의 주세페 토스카니와 공동 연구를 했다. 내가 처음으로 얻은 중대한 성과, 그것은 볼츠만의 엔트로피 생성, 포커-플랑크 방정식, 그리고 플라스마 엔트로피 생성들 간의 관계였다.

그로부터 2년 후, 독일인 공동 연구자 펠릭스 오토와 손잡고 소볼레프 로그 부등식과 탈라그랑 집중 부등식의 숨겨진 관계를 연구했다. 그 후로 두 가지 증명이 더 제시되었다…… 그 연구가 바로 내가 최적수송 분야로 모험을 떠나게 되는 첫 걸음이었다. 또한 그 연구 덕분에 나는 애틀랜타에 초청교수로 체류하면서 나의 첫 번째 저서를 내놓을 수 있었다.

내가 박사논문 심사를 받을 때 이브 메예르에게 들은 말이 있다. "자네 논문에는 관계들이, 기적과도 같은 동일성들이 있네! 20년 전 같았으면 이런 연구를 비웃었을 거야, 당시에는 기적을 믿지 않았거든!" 하지만 나는 기적을 믿는다. 그리고 더 많은 기적들을 끄집어낼 테다.

나는 박사논문에서 네 명의 정신적 아버지들에게 감사를 표했다. 우선 나의 지도교수 피에르 루이 리옹스와 나의 은사 얀 브르니에가 있다. 그리고 내가 탐독했던 연구 저작들의 저자로서 내게 부등식의 세계를 활짝 열어주었던 에릭 칼렌과 미셸 르두가 있다. 나는 이 네 스승들의 영향을 종합하고 몇 가지 다른 요소들을 추가하여 나만의 수학적 스타일을 만들어냈다. 이 스타일은 그 후로도 여러 만남들을 거치며 변화해왔다.

박사논문을 제출하고 3년 후, 나는 충실한 공동연구자 로랑 데빌레트와 함께 탄성 이론에서의 콘 부등식과 볼츠만 엔트로피 생성 사이의 있을 법하지 않은 관계를 밝혀내게 된다.

그 여세를 몰아 정칙화 문제와 균형 수렴 문제 사이의 새로운 유사성에 기초하여 퇴화된 흩어짐dissipative 편미분 방정식에 대한 하위 보자도hypocoercivity 이론을 발전시켰다.

그 후 최적수송과 소볼레프 부등식 사이의 이 숨겨진 관계를 다리오 코르데로 에라우스킨, 브뤼노 나자레와 공동 연구했다. 이 부등식들을 잘 안다고 생각했던 여러 해석학자들이 이 관계에 커다란 놀라움을 표했다.

2004년에 버클리 밀러 연구소에 초청교수로 가 있으면서 공동 연구를 하게 될 미국인 존 로트를 만난다. 그는 당시 MSRI에 초청받아 와 있었다. 우리는 함께 경제학에서 끌어낸 최적수송 아이디어들을 활용하여 매끄럽지 않은 비유클리드 기하학의 문제들, 이른바 종합 리치 곡률synthetic Ricci curvature의 문제에 어떻게 접근할지를 보여주었다. 여기서 나온 이론은—더러는 로트-슈투룸-빌라니 이론이라고 부르기도 한다—해석학과 기하학 사이의 일부 장벽들을 무너뜨렸다.

2007년에 나는 어떤 조화 관계가 있지 않을까 마음에 두고 있었던, 접하여 단절되는 공간 궤적의 기하학과 최적수송의 정칙성에 필요한 곡률 조건 사이의 관계를 추측해냈다. 뚱딴지처럼 튀어나온 그 관계는 그레구아르 로에퍼와 함께 증명했다.

매번 어떤 만남이 모든 것을 촉발한다. 마치 내가 촉매인 것처럼! 그리고 이미 존재하는 조화들을 찾아낸다는 굳건한 믿음이 중요하다. 어쨌거나 뉴턴, 케플러, 그 밖의 많은 이들이 모범을 보여주지 않았는가. 세상은 그렇게나 우리가 짐작도 못했던 관계들로 가득 차 있다!

아무도 짐작 못하지,
대만의 선원과
더블린의 장미 사이에
무슨 관계가 있을 줄이야.

오직 한 손가락을 입술에 얹은……

란다우 감쇠와 콜모고로프 정리 사이에 무슨 관계가 있을 거라 짐

작한 사람 역시 아무도 없었다.

아니, 있기는 있었다. 에티엔 지스가 짐작을 했지만 실수를 한 건지 내가 모르는 뭔가에 씌었다. 우리의 대화로부터 1년이 지난 지금, 나는 모든 패를 손에 쥐었고 이제 그 관계를 알겠다!

"으음…… 섭동 맥락에서 공명 현상에서 기인하는 정칙성 감소라, 그건 우리가 교란perturb하는 체계의 완전히 적분 가능한 특성을 이용해서 뉴턴 방법으로 만회하면 되는 거야……"

이런, 난 항상 찾을 수 있었다! 이렇게 뒤틀린 방법을 누가 상상이나 하겠어? 일단, 란다우 감쇠가 본질적으로 정칙성 문제라고 믿을 사람이 어디 있을까!?

장미와 선원Le marin et la rose•

그 옛날, 장미 한 송이가 있었지.
장미와 선원이.
선원은 대만에 있었어.
장미는 더블린에 있었어.

그들은 결코 서로를 볼 수 없었지.
그들은 아주 멀리 있었으니까.
선원은 제 배를 떠나지 않았고
장미는 제 정원을 떠나지 않았지.

• 장 마리 위아르 작사.

얌전한 장미 위로
새들이 항상 지나갔지.
그리고 구름도,
태양도, 봄도 몇 번이나 지나갔지.

변덕스러운 선원이라도
꿈들은 늘 같았지.
봄, 구름,
새, 태양의 꿈.

선원은 9월에 죽었고
장미는 바로 그날
상사병 난 아가씨의 침실에서
말라죽을 운명을 맞았네.

아무도 짐작 못하지,
대만의 선원과
더블린의 장미 사이에
무슨 관계가 있을 줄이야.

오직 한 손가락을 입술에 얹은
아름다운 천사가 눈 깜짝할 사이에
해거름에 꽃잎을
바다에 뿌려주었네.

26장

2009년 4월 8일 밤, 프린스턴.

버전 55. 검토하고 다듬기를 반복하는 지루한 과정 중에 또 다른 구멍이 나타났다.

나는 폭발했다. 진짜 너무하잖아!

"지겹다, 지겨워, 이제 지긋지긋해! 전에는 비선형 파트가 말썽이더니 이제 선형 파트가 잘 제어되는 것 같다가 무너지기냐!"

우린 이미 우리의 성과를 여기저기 떠들고 다녔다. 나는 지난주에 뉴욕에서 발표를 했고 내일은 클레망이 니스에서 발표를 할 거다. 이제 우린 오류를 범할 권리도 없단 말이다! 무슨 일이 있어도 이 결과는 참이라야 한다!!

하지만 문제가 있는 걸 어쩌랴. 빌어먹을 정리 7.4를 다시 제대로 만들어야만 한다……

집에는 잠든 애들과 나만 있었다. 창밖은 온통 어두운 밤, 그 통유리창 앞에서 몇 시간을 보냈다. 소파에 앉았다가, 누웠다가, 소파 앞에 무릎을 꿇었다가 하면서 나의 모든 아이디어들을 총동원했고, 휘갈겨 쓰고 또 썼다. 소용없었다.

그날 밤 나는 새벽 4시에 거의 절망적인 상태에서 잠자리에 든다.

*

날짜: 2009년 4월 6일 월요일, 20시 03분 45초 +0200

보낸사람: 클레망 무오 〈clement.mouhot@ceremade.dauphine.fr〉

받는사람: 세드릭 빌라니 〈Cedric.VILLANI@umpa.ens-lyon.fr〉

제목: 란다우 버전 51

내가 한 데까지만 일단 보내. 120쪽이나 꼼꼼하게 검토했더니 더는 못하겠어. 오늘 저녁은 좀 쉬어야지. 이게 버전 51이야. 세드릭의 수정 사항과 이메일로 요청한 사항(그림, 지적, 상수들의 종속 등)을 아마도(메일 내용을 상세하게 검증한 후에) 모두 반영한 버전. 세드릭이 다시 쓴 섹션 10과 새로운 섹션 12도 들어 있어.

내 쪽에선 섹션 9 끝부분까지(118쪽까지) 전반적으로 다시 읽어봤어. 세드릭이 꼭 봐야 할 NdCM을 꽤 많이 달아놓았고 이론의 여지가 없는 세부 수정 사항들도 한 보따리 나왔어. NdCM 중에서 단 두 개지만 증명에 걸림돌이 있어(하지만 결과 전체를 뒤엎지는 않아). 섹션 7의 100쪽과 섹션 9의 116쪽을 볼 것.

이제 이런 식으로 작업하자. 세드릭은 이 버전 51을 가지고 섹션 1에서 9까지 내가 달아놓은 NdCM을 보면서 해결이 될 때마다 하나씩 지워나가는 거야. 그걸 버전 51-cv라고 해두자고. 나는 섹션 10-11-12-13-14를 자세히 검토하면 되겠지?(내일 저녁이나 수요일 아침까지 보내는 걸로 할까?)

잘 있어.

클레망.

27장

2009년 4월 9일 아침, 프린스턴.

으으으…… 일어나기가 너무 힘들다. 겨우겨우 몸을 일으켜 침대에 앉는다.

응?

머릿속에서 목소리가 들렸다. '두 번째 항을 다른 변으로 넘기고 푸리에 변환을 취해서 L^2으로 뒤집어야 해.'

말도 안 돼!

나는 종이 쪼가리에 한 줄을 확 휘갈겨 써놓고 애들에게 빨리 학교 갈 준비를 하라고 잔소리를 퍼부었다. 애들 아침을 차려주고, 애들을 끌고 이슬 젖은 풀밭을 종종걸음으로 지나 통학 버스 정류장까지 간다. 노란색과 검정색의 예쁜 버스는 딱 미국 영화에서 본 그대로다!

아이들은 리틀브룩 초등학교 스쿨버스에 모두 얌전하게 올라탔다. 정상급 과학자들의 아들딸들이 이 버스에 한데 모여 있다고 생각하니 기분이 좀 묘하다. 아, 저기 나처럼 프랑스 파리에서 온 응오바오 차우의 아이들도 보인다. 응오는 기본 보조정리Fundamental Lemma

라는 오래된 문제를 멋지게 해결하여 장안의 화제가 되었다. 그건 수학에서도 난해하기로 이름난 분야, 나한테는 완전히 낯선 분야다. 어쨌든 온 세상이 다음번 필즈상을 수상할 가장 유력한 후보로 응오를 꼽고 있다!

드디어 애들이 갔다. 리틀브룩에서 애들을 애지중지 보살펴주고 개인 맞춤형 영어 수업을 해줄 것이다. 애들이 자신감을 갖도록 잘 돌봐줄 것이다. 그 부분에서만큼은 미국 교사들을 믿어도 된다. 애들은 기분 좋게 낮 시간을 보내고 오늘 오후에 돌아올 것이요, 숙제를 하면서도 여전히 즐거울 것이다. 참으로 다행스럽게도 숙제하기 싫어하는 병이 아직 미국에는, 최소한 이곳 프린스턴에는 미치지 못했다.

재빨리 집으로 돌아와 안락의자에 앉았다. 오늘 아침 마법처럼 나타난 아이디어가 이 빌어먹을 구멍을 막아줄 수 있을지 테스트한다.

"마이클 시갈이 전에 제안한 것처럼 푸리에를 써야 해. 라플라스 변환으로 가서는 안 되지. 하지만 뒤집기 전에 먼저 이렇게 분리를 해놓고 그다음에 두 시간에 대해서……"

나는 일단 써놓고 가만히 들여다봤다. 잠시 생각해봤다.

된다! 되는 것 같아……

된다!!! 확실해!

그래, 당연히 이렇게 했어야 했어. 여기서 출발해서 발전을 시키고 구성요소들을 첨가할 수 있겠지. 하지만 벌써 짜임새는 나왔다.

이제는 인내심의 문제가 아니다. 이 아이디어를 전개하면 내가 익히 아는 도식들로 귀결된다는 걸 알겠다. 세부 사항을 길게 써내려간다. 18년간 갈고 닦은 수학적 경험을 발휘할 때다!

"으음, 이제 보니 영의 부등식하고 비슷하네…… 그다음은 민코프스키 부등식의 증명 같고…… 변수들을 변환하고 적분들을 분리하면……"

나는 거의 반半자동 모드에 들어갔다. 이제 나의 모든 경험을 활용할 수 있다…… 하지만 여기 오기까지는 잠깐 직통전화를 받아야 했다. 그 이름 높은 직통전화, 바로 수학의 신께서 걸어주시는 전화, 머릿속에 불현듯 울려 퍼지는 목소리. 그래, 솔직히 엄청 드문 일이긴 하다! 그 직통전화를 또 한 번 경험했던 때가 기억난다. 2001년 겨울이었다. 나는 리옹에서 교수로 재직하면서 한동안 매주 수요일에 푸앵카레 연구소에서 강의를 했다. 나는 체르치냐니 가설의 준準해법을 발표했는데, 어느 수요일에 티에리 보디노가 나를 부르더니 내 명제의 어느 부분을 개선할 수 없겠느냐고 질문했다. 돌아오는 TGV 열차에서 그 문제를 생각하다가 문득 계시라도 받은 듯 훨씬 더 강력한 증명 도식을 단박에 알아맞혔다. 실제로 그 덕분에 나는 가설 증명을 완결할 수 있었다. 그 후 며칠에 걸쳐 좀 더 일반적인 경우를 다루는 논증, 그러니까 어떤 의미에서는 추정의 확장을 완성했다. 그렇게 그다음 주 수요일에 새로운 두 개의 결과를 발표할 준비를 했다.

그러나 화요일에 두 번째 정리 증명에서 치명적인 오류를 발견했다! 저녁 내내 그 오류를 바로잡으려고 끙끙댔지만 결국 성공 못한 채 새벽 3시인가 4시인가에 잠이 들었다.

다음날, 겨우겨우 일어나 머릿속으로 문제를 돌려봤다. 결과 발표를 포기하는 사태는 도무지 받아들일 수 없었다. 답 안 나오는 실마리들만 가득 안고 기차역으로 갔다. 하지만 TGV에 오르자 계시가 떨어졌고 나는 증명을 어떻게 고쳐야 하는지 이미 알고 있었다.

열차를 타고 가는 내내 결과를 바로 수립하는 데 매달렸고 그 결과를 상상할 수 있는 최대한의 자부심으로 발표했다. 그로부터 얼마 지나지 않아 출간된 이 '메이드 인 TGV' 증명은 내가 쓴 가장 좋은 논문들 중 하나의 내용이 되었다.

그리고 2009년 4월 9일의 이 아침에 또 다른 작은 계시가 모든 것을 밝혀주고자 내 두뇌의 문을 두드렸다. 안타깝다, 논문을 읽은 사람들은 이 충만한 행복감을 모를 터이니, 계시는 기술적 방법 속에 묻히고 말 터이니……

*

To state the main result of this section we shall write $\mathbb{Z}^d_* = \mathbb{Z}^d \setminus \{0\}$; and if a sequence of functions $\Phi(k,t)$ ($k \in \mathbb{Z}^d_*$, $t \in \mathbb{R}$) is given, then $\|\Phi(t)\|_\lambda = \sum_k e^{2\pi\lambda|k|}\,|\Phi(k,t)|$. We shall use $K(s)\,\Phi(t)$ as a shorthand for $(K(k,s)\,\Phi(k,t))_{k\in\mathbb{Z}^d_*}$, etc.

Theorem 7.7 *(Growth control via integral inequalities). Let* $f^0 = f^0(v)$ *and* $W = W(x)$ *satisfy condition* **(L)** *from Subsection 2.2 with constants* C_0, λ_0, κ *; in particular* $|\tilde{f}^0(\eta)| \le C_0\, e^{-2\pi\lambda_0|\eta|}$. *Let further*

$$C_W = \max\left\{\sum_{k\in\mathbb{Z}^d_*} |\widehat{W}(k)|,\ \ \sup_{k\in\mathbb{Z}^d_*} |k|\,|\widehat{W}(k)|\right\}.$$

Let $A \ge 0$, $\mu \ge 0$, $\lambda \in (0,\lambda^*]$ *with* $0 < \lambda^* < \lambda_0$. *Let* $(\Phi(k,t))_{k\in\mathbb{Z}^d_*,\ t\ge 0}$ *be a continuous function of* $t \ge 0$, *valued in* $\mathbb{C}^{\mathbb{Z}^d_*}$, *such that*

$$\forall\, t \geq 0, \qquad \left\| \Phi(t) - \int_0^t K^0(t-\tau)\, \Phi(\tau)\, d\tau \right\|_{\lambda t + \mu}$$

$$\leq A + \int_0^t \left[K_0(t,\tau) + K_1(t,\tau) + \frac{c_0}{(1+\tau)^m} \right] \|\Phi(\tau)\|_{\lambda\tau+\mu}\, d\tau, \tag{7.22}$$

where $c_0 \geq 0$*,* $m > 1$ *and* $K_0(t,\tau)$*,* $K_1(t,\tau)$ *are nonnegative kernels. Let* $\varphi(t) = \|\Phi(t)\|_{\lambda t+\mu}$*. Then*

(i) Assume $\gamma > 1$ *and* $K_1 = c\, K^{(\alpha),\gamma}$ *for some* $c > 0$*,* $\alpha \in (0, \overline{\alpha}(\gamma))$*, where* $K^{(\alpha),\gamma}$ *is defined by*

$$K^{(\alpha),\gamma}(t,\tau) = (1+\tau)\, d \sup_{k\neq 0,\ \ell\neq 0} \frac{e^{-\alpha|\ell|}\, e^{-\alpha\left(\frac{t-\tau}{t}\right)|k-\ell|}\, e^{-\alpha|k(t-\tau)+\ell\tau|}}{1+|k-\ell|^\gamma},$$

and $\overline{\alpha}(\gamma)$ *appears in Proposition 7.1. Then there are positive constants* C *and* χ*, depending only on* $\gamma, \lambda^*, \lambda_0, \kappa, c_0, C_W, m$*, uniform as* $\gamma \to 1$*, such that if*

$$\sup_{t\geq 0} \int_0^t K_0(t,\tau)\, d\tau \leq \chi \tag{7.23}$$

and

$$\sup_{t\geq 0} \left(\int_0^t K_0(t,\tau)^2\, d\tau \right)^{1/2} + \sup_{\tau\geq 0} \int_\tau^\infty K_0(t,\tau)\, dt \leq 1, \tag{7.24}$$

then for any $\varepsilon \in (0,\alpha)$*,*

$$\forall\, t \geq 0, \qquad \varphi(t) \leq C\, A\, \frac{(1+c_0^2)}{\sqrt{\varepsilon}}\, e^{C\, c_0} \left(1 + \frac{c}{\alpha\, \varepsilon}\right) \times e^{CT}\, e^{C\, c\,(1+T^2)}\, e^{\varepsilon t}, \tag{7.25}$$

where

$$T = C \max\left\{ \left(\frac{c^2}{\alpha^5\,\varepsilon^{2+\gamma}}\right)^{\frac{1}{\gamma-1}} ; \left(\frac{c}{\alpha^2\,\varepsilon^{\gamma+\frac{1}{2}}}\right)^{\frac{1}{\gamma-1}} ; \left(\frac{c_0^2}{\varepsilon}\right)^{\frac{1}{2m-1}} \right\}. \tag{7.26}$$

(ii) Assume $K_1 = \sum_{1\le i\le N} c_i\, K^{(\alpha_i),1}$ *for some* $\alpha_i \in (0,\overline{\alpha}(1))$, *where* $\overline{\alpha}(1)$ *appears in Proposition 7.1; then there is a numeric constant* $\Gamma > 0$ *such that whenever*

$$1 \ge \varepsilon \ge \Gamma \sum_{i=1}^{N} \frac{c_i}{\alpha_i^3},$$

one has, with the same notation as in (i),

$$\forall t \ge 0, \qquad \varphi(t) \le C\,A\, \frac{(1+c_0^2)\,e^{C\,c_0}}{\sqrt{\varepsilon}}\, e^{CT}\, e^{C\,c\,(1+T^2)}\, e^{\varepsilon t}, \tag{7.27}$$

where

$$c = \sum_{i=1}^{N} c_i, \qquad T = C \max\left\{ \frac{1}{\varepsilon^2}\left(\sum_{i=1}^{N}\frac{c_i}{\alpha_i^3}\right) ; \left(\frac{c_0^2}{\varepsilon}\right)^{\frac{1}{2m-1}} \right\}.$$

Proof of Theorem 7.7. We only treat (i), since the reasoning for (ii) is rather similar; and we only establish the conclusion as an *a priori* estimate, skipping the continuity/approximation argument needed to turn it into a rigorous estimate. Then the proof is done in three steps.

Step 1 : *Crude pointwise bounds.* From (7.22) we have

$$\begin{aligned}
\varphi(t) &= \sum_{k\in\mathbb{Z}^d_*} |\Phi(k,t)|\, e^{2\pi(\lambda t+\mu)|k|} \qquad (7.28)\\
&\le A + \sum_k \int_0^t \left|K^0(k,t-\tau)\right| e^{2\pi(\lambda t+\mu)|k|}\, |\Phi(t,\tau)|\, d\tau\\
&\quad + \int_0^t \left[K_0(t,\tau) + K_1(t,\tau) + \frac{c_0}{(1+\tau)^m}\right] \varphi(\tau)\, d\tau\\
&\le A + \int_0^t \Bigg[\left(\sup_k \left|K^0(k,t-\tau)\right| e^{2\pi\lambda(t-\tau)|k|}\right)\\
&\qquad\qquad + K_1(t,\tau) + K_0(t,\tau) + \frac{c_0}{(1+\tau)^m}\Bigg] \varphi(\tau)\, d\tau.
\end{aligned}$$

We note that for any $k \in \mathbb{Z}^d_*$ and $t \ge 0$,

$$\begin{aligned}
\left|K^0(k,t-\tau)\right| e^{2\pi\lambda|k|(t-\tau)} &\le 4\pi^2\, |\widehat{W}(k)|\, C_0\, e^{-2\pi(\lambda_0-\lambda)|k|t}\, |k|^2\, t\\
&\le \frac{C\,C_0}{\lambda_0-\lambda}\left(\sup_{k\neq 0}\, |k|\, |\widehat{W}(k)|\right) \le \frac{C\,C_0\,C_W}{\lambda_0-\lambda},
\end{aligned}$$

where (here as below) C stands for a numeric constant which may change from line to line. Assuming $\int K_0(t,\tau)\, d\tau \le 1/2$, we deduce from (7.28)

$$\begin{aligned}
\varphi(t) &\le A + \frac{1}{2}\left(\sup_{0\le\tau\le t} \varphi(\tau)\right)\\
&\quad + C \int_0^t \left(\frac{C_0\,C_W}{\lambda_0-\lambda} + c\,(1+t) + \frac{c_0}{(1+\tau)^m}\right) \varphi(\tau)\, d\tau,
\end{aligned}$$

and by Gronwall's lemma

$$\varphi(t) \le 2A\, e^{C\left(\frac{C_0\,C_W}{\lambda_0-\lambda}\, t + c(t+t^2) + c_0\, C_m\right)}, \qquad (7.29)$$

where $C_m = \int_0^\infty (1+\tau)^{-m}\, d\tau$.

Step 2 : L^2 *bound.* This is the step where the smallness assumption (7.23) will be most important. For all $k \in \mathbb{Z}^d_*$, $t \geq 0$, we define

$$\Psi_k(t) = e^{-\varepsilon t}\, \Phi(k,t)\, e^{2\pi(\lambda t+\mu)|k|}, \tag{7.30}$$

$$\mathcal{K}^0_k(t) = e^{-\varepsilon t}\, K^0(k,t)\, e^{2\pi(\lambda t+\mu)|k|}, \tag{7.31}$$

$$\begin{aligned} R_k(t) &= e^{-\varepsilon t} \left(\Phi(k,t) - \int_0^t K^0(k,t-\tau)\, \Phi(k,\tau)\, d\tau \right) \\ &\quad \times e^{2\pi(\lambda t+\mu)|k|} \\ &= \big(\Psi_k - \Psi_k * \mathcal{K}^0_k\big)(t), \end{aligned} \tag{7.32}$$

and we extend all these functions by 0 for negative values of t. Taking Fourier transform in the time variable yields $\widehat{R}_k = (1 - \widehat{\mathcal{K}}^0_k)\, \widehat{\Psi}_k$; since condition **(L)** implies $|1 - \widehat{\mathcal{K}}^0_k| \geq \kappa$, we deduce $\|\widehat{\Psi}_k\|_{L^2} \leq \kappa^{-1}\, \|\widehat{R}_k\|_{L^2}$, *i.e.*,

$$\|\Psi_k\|_{L^2(dt)} \leq \frac{\|R_k\|_{L^2(dt)}}{\kappa}. \tag{7.33}$$

Plugging (7.33) into (7.32), we deduce

$$\forall\, k \in \mathbb{Z}^d_*, \qquad \big\|\Psi_k - R_k\big\|_{L^2(dt)} \leq \frac{\|\mathcal{K}^0_k\|_{L^1(dt)}}{\kappa}\, \|R_k\|_{L^2(dt)}. \tag{7.34}$$

Then

$$\begin{aligned} \big\|\varphi(t)\, e^{-\varepsilon t}\big\|_{L^2(dt)} &= \left\| \sum_k |\Psi_k| \right\|_{L^2(dt)} \qquad (7.35) \\ &\leq \left\| \sum_k |R_k| \right\|_{L^2(dt)} + \sum_k \|R_k - \Psi_k\|_{L^2(dt)} \\ &\leq \left\| \sum_k |R_k| \right\|_{L^2(dt)} \left(1 + \frac{1}{\kappa} \sum_{\ell \in \mathbb{Z}^d_*} \|\mathcal{K}^0_\ell\|_{L^1(dt)} \right). \end{aligned}$$

(Note : We bounded $\|R_\ell\|$ by $\|\sum_k |R_k|\|$, which seems very crude; but the decay of $\mathcal{K}_k^0$ as a function of k will save us.) Next, we note that

$$\begin{aligned}\|\mathcal{K}_k^0\|_{L^1(dt)} &\le 4\pi^2\,|\widehat{W}(k)| \int_0^\infty C_0\, e^{-2\pi(\lambda_0-\lambda)|k|t}\,|k|^2\,t\,dt\\ &\le 4\pi^2\,|\widehat{W}(k)|\,\frac{C_0}{(\lambda_0-\lambda)^2},\end{aligned}$$

so

$$\sum_k \|\mathcal{K}_k^0\|_{L^1(dt)} \le 4\pi^2 \left(\sum_k |\widehat{W}(k)|\right) \frac{C_0}{(\lambda_0-\lambda)^2}.$$

Plugging this in (7.35) and using (7.22) again, we obtain

$$\begin{aligned}\big\|\varphi(t)\,e^{-\varepsilon t}\big\|_{L^2(dt)} &\le \left(1+\frac{C\,C_0\,C_W}{\kappa\,(\lambda_0-\lambda)^2}\right)\left\|\sum_k |R_k|\right\|_{L^2(dt)}\\ &\le \left(1+\frac{C\,C_0\,C_W}{\kappa\,(\lambda_0-\lambda)^2}\right)\left\{\int_0^\infty e^{-2\varepsilon t}\left(A+\int_0^t\left[K_1+K_0\right.\right.\right.\\ &\qquad \left.\left.\left.+\frac{c_0}{(1+\tau)^m}\right]\varphi(\tau)\,d\tau\right)^2 dt\right\}^{\frac{1}{2}}. \qquad (7.36)\end{aligned}$$

We separate this (by Minkowski's inequality) into various contributions which we estimate separately. First, of course

$$\left(\int_0^\infty e^{-2\varepsilon t}\,A^2\,dt\right)^{\frac{1}{2}} = \frac{A}{\sqrt{2\varepsilon}}. \qquad (7.37)$$

Next, for any $T \ge 1$, by Step 1 and $\int_0^t K_1(t,\tau)\,d\tau \le Cc(1+t)/\alpha$,

$$\left\{\int_0^T e^{-2\varepsilon t}\left(\int_0^t K_1(t,\tau)\,\varphi(\tau)\,d\tau\right)^2 dt\right\}^{\frac{1}{2}} \tag{7.38}$$

$$\leq \left[\sup_{0\leq t\leq T}\varphi(t)\right]\left(\int_0^T e^{-2\varepsilon t}\left(\int_0^t K_1(t,\tau)\,d\tau\right)^2 dt\right)^{\frac{1}{2}}$$

$$\leq C\,A\,e^{C\left[\frac{C_0\,C_W}{\lambda_0-\lambda}\,T+c\,(T+T^2)\right]}\,\frac{c}{\alpha}\left(\int_0^\infty e^{-2\varepsilon t}(1+t)^2\,dt\right)^{\frac{1}{2}}$$

$$\leq C\,A\,\frac{c}{\alpha\,\varepsilon^{3/2}}\,e^{C\left[\frac{C_0\,C_W}{\lambda_0-\lambda}\,T+c\,(T+T^2)\right]}.$$

Invoking Jensen and Fubini, we also have

$$\left\{\int_T^\infty e^{-2\varepsilon t}\left(\int_0^t K_1(t,\tau)\,\varphi(\tau)\,d\tau\right)^2 dt\right\}^{\frac{1}{2}} \tag{7.39}$$

$$=\left\{\int_T^\infty\left(\int_0^t K_1(t,\tau)\,e^{-\varepsilon(t-\tau)}\,e^{-\varepsilon\tau}\,\varphi(\tau)\,d\tau\right)^2 dt\right\}^{\frac{1}{2}}$$

$$\leq\left\{\int_T^\infty\left(\int_0^t K_1(t,\tau)\,e^{-\varepsilon(t-\tau)}\,d\tau\right)\right.$$

$$\left.\times\left(\int_0^t K_1(t,\tau)\,e^{-\varepsilon(t-\tau)}\,e^{-2\varepsilon\tau}\varphi(\tau)^2\,d\tau\right)dt\right\}^{\frac{1}{2}}$$

$$\leq\left(\sup_{t\geq T}\int_0^t e^{-\varepsilon t}\,K_1(t,\tau)\,e^{\varepsilon\tau}\,d\tau\right)^{\frac{1}{2}}$$

$$\times\left(\int_T^\infty\int_0^t K_1(t,\tau)\,e^{-\varepsilon(t-\tau)}\,e^{-2\varepsilon\tau}\varphi(\tau)^2\,d\tau\,dt\right)^{\frac{1}{2}}$$

$$= \left(\sup_{t \geq T} \int_0^t e^{-\varepsilon t} \, K_1(t,\tau) \, e^{\varepsilon \tau} \, d\tau \right)^{\frac{1}{2}}$$

$$\times \left(\int_0^\infty \int_{\max\{\tau\,;\,T\}}^{+\infty} K_1(t,\tau) \, e^{-\varepsilon(t-\tau)} \, e^{-2\varepsilon\tau} \, \varphi(\tau)^2 \, dt \, d\tau \right)^{\frac{1}{2}}$$

$$\leq \left(\sup_{t \geq T} \int_0^t e^{-\varepsilon t} \, K_1(t,\tau) \, e^{\varepsilon \tau} \, d\tau \right)^{\frac{1}{2}}$$

$$\times \left(\sup_{\tau \geq 0} \int_\tau^\infty e^{\varepsilon \tau} \, K_1(t,\tau) \, e^{-\varepsilon t} \, dt \right)^{\frac{1}{2}}$$

$$\times \left(\int_0^\infty e^{-2\varepsilon\tau} \, \varphi(\tau)^2 \, d\tau \right)^{\frac{1}{2}}.$$

(Basically we copied the proof of Young's inequality.) Similarly,

$$\left\{ \int_0^\infty e^{-2\varepsilon t} \left(\int_0^t K_0(t,\tau) \, \varphi(\tau) \, d\tau \right)^2 dt \right\}^{\frac{1}{2}} \tag{7.40}$$

$$\leq \left(\sup_{t \geq 0} \int_0^t e^{-\varepsilon t} \, K_0(t,\tau) \, e^{\varepsilon \tau} \, d\tau \right)^{\frac{1}{2}}$$

$$\times \left(\sup_{\tau \geq 0} \int_\tau^\infty e^{\varepsilon \tau} \, K_0(t,\tau) \, e^{-\varepsilon t} \, dt \right)^{\frac{1}{2}}$$

$$\times \left(\int_0^\infty e^{-2\varepsilon\tau} \, \varphi(\tau)^2 \, d\tau \right)^{\frac{1}{2}}$$

$$\leq \left(\sup_{t \geq 0} \int_0^t K_0(t,\tau) \, d\tau \right)^{\frac{1}{2}} \left(\sup_{\tau \geq 0} \int_\tau^\infty K_0(t,\tau) \, dt \right)^{\frac{1}{2}}$$

$$\times \left(\int_0^\infty e^{-2\varepsilon\tau}\, \varphi(\tau)^2\, d\tau \right)^{\frac{1}{2}}.$$

The last term is also split, this time according to $\tau \leq T$ or $\tau > T$:

$$\left\{ \int_0^\infty e^{-2\varepsilon t} \left(\int_0^T \frac{c_0\, \varphi(\tau)}{(1+\tau)^m}\, d\tau \right)^2 dt \right\}^{\frac{1}{2}} \tag{7.41}$$

$$\leq c_0 \left(\sup_{0 \leq \tau \leq T} \varphi(\tau) \right)$$

$$\times \left\{ \int_0^\infty e^{-2\varepsilon t} \left(\int_0^T \frac{d\tau}{(1+\tau)^m} \right)^2 dt \right\}^{\frac{1}{2}}$$

$$\leq c_0\, \frac{C\, A}{\sqrt{\varepsilon}}\, e^{C\left[\left(\frac{C_0\, C_W}{\lambda_0 - \lambda} \right) T + c\,(T+T^2) \right]}\, C_m,$$

and

$$\left\{ \int_0^\infty e^{-2\varepsilon t} \left(\int_T^t \frac{c_0\, \varphi(\tau)\, d\tau}{(1+\tau)^m} \right)^2 dt \right\}^{\frac{1}{2}} \tag{7.42}$$

$$= c_0 \left\{ \int_0^\infty \left(\int_T^t e^{-\varepsilon(t-\tau)}\, \frac{e^{-\varepsilon\tau}\, \varphi(\tau)}{(1+\tau)^m}\, d\tau \right)^2 dt \right\}^{\frac{1}{2}}$$

$$\leq c_0 \left\{ \int_0^\infty \left(\int_T^t \frac{e^{-2\varepsilon(t-\tau)}}{(1+\tau)^{2m}}\, d\tau \right) \left(\int_T^t e^{-2\varepsilon\tau}\, \varphi(\tau)^2\, d\tau \right) dt \right\}^{\frac{1}{2}}$$

$$\leq c_0 \left(\int_0^\infty e^{-2\varepsilon t}\, \varphi(t)^2\, dt \right)^{\frac{1}{2}} \left(\int_0^\infty \int_T^t \frac{e^{-2\varepsilon(t-\tau)}}{(1+\tau)^{2m}}\, d\tau\, dt \right)^{\frac{1}{2}}$$

$$= c_0 \left(\int_0^\infty e^{-2\varepsilon t}\, \varphi(t)^2\, dt \right)^{\frac{1}{2}}$$

$$\times \left(\int_T^\infty \frac{1}{(1+\tau)^{2m}} \left(\int_\tau^\infty e^{-2\varepsilon(t-\tau)}\, dt \right) d\tau \right)^{\frac{1}{2}}$$

$$
\begin{aligned}
&= c_0 \left(\int_0^\infty e^{-2\varepsilon t}\, \varphi(t)^2\, dt \right)^{\frac{1}{2}} \left(\int_T^\infty \frac{d\tau}{(1+\tau)^{2m}} \right)^{\frac{1}{2}} \\
&\quad \times \left(\int_0^\infty e^{-2\varepsilon s}\, ds \right)^{\frac{1}{2}} \\
&= \frac{C_{2m}^{1/2}\, c_0}{\sqrt{\varepsilon}\, T^{m-1/2}} \left(\int_0^\infty e^{-2\varepsilon t}\, \varphi(t)^2\, dt \right)^{\frac{1}{2}} .
\end{aligned}
$$

Gathering estimates (7.37) to (7.42), we deduce from (7.36)

$$
\begin{aligned}
\left\| \varphi(t)\, e^{-\varepsilon t} \right\|_{L^2(dt)} &\leq \left(1 + \frac{C\, C_0\, C_W}{\kappa\, (\lambda_0 - \lambda)^2} \right) \frac{C\, A}{\sqrt{\varepsilon}} \left[1 + \left(\frac{c}{\alpha\, \varepsilon} + c_0\, C_m \right) \right] \\
&\quad \times e^{C \left[\frac{C_0\, C_W}{\lambda_0 - \lambda}\, T + c\, (T + T^2) \right]} + a \left\| \varphi(t)\, e^{-\varepsilon t} \right\|_{L^2(dt)}, \qquad (7.43)
\end{aligned}
$$

where

$$
\begin{aligned}
a = \left(1 + \frac{C\, C_0\, C_W}{\kappa\, (\lambda_0 - \lambda)^2} \right) &\left[\left(\sup_{t \geq T} \int_0^t e^{-\varepsilon t}\, K_1(t,\tau)\, e^{\varepsilon \tau}\, d\tau \right)^{\frac{1}{2}} \right. \\
&\quad \times \left(\sup_{\tau \geq 0} \int_T^\infty e^{\varepsilon \tau}\, K_1(t,\tau)\, e^{-\varepsilon t}\, dt \right)^{\frac{1}{2}} \\
&+ \left. \left(\sup_{t \geq 0} \int_0^t K_0(t,\tau)\, d\tau \right)^{\frac{1}{2}} \left(\sup_{\tau \geq 0} \int_\tau^\infty K_0(t,\tau)\, dt \right)^{\frac{1}{2}} + \frac{C_{2m}^{1/2}\, c_0}{\sqrt{\varepsilon}\, T^{m-1/2}} \right]
\end{aligned}
$$

Using Propositions 7.1 (case $\gamma > 1$) and 7.5, as well as assumptions (7.23) and (7.24), we see that $a \leq 1/2$ for χ small enough and T satisfying (7.26). Then from (7.43) follows

$$
\begin{aligned}
\left\| \varphi(t)\, e^{-\varepsilon t} \right\|_{L^2(dt)} &\leq \left(1 + \frac{C\, C_0\, C_W}{\kappa\, (\lambda_0 - \lambda)^2} \right) \frac{C\, A}{\sqrt{\varepsilon}} \\
&\quad \times \left[1 + \left(\frac{c}{\alpha\, \varepsilon} + c_0\, C_m \right) \right] e^{C \left[\frac{C_0\, C_W}{\lambda_0 - \lambda}\, T + c\, (T + T^2) \right]} .
\end{aligned}
$$

Step 3 : *Refined pointwise bounds.* Let us use (7.22) a third time, now for $t \geq T$:

$$
e^{-\varepsilon t}\, \varphi(t) \leq A\, e^{-\varepsilon t} \qquad (7.44)
$$

$$
\begin{aligned}
&+ \int_0^t \left(\sup_k |K^0(k,t-\tau)|\, e^{2\pi\lambda(t-\tau)|k|} \right) \varphi(\tau)\, e^{-\varepsilon\tau}\, d\tau \\
&+ \int_0^t \left[K_0(t,\tau) + \frac{c_0}{(1+\tau)^m} \right] \varphi(\tau)\, e^{-\varepsilon\tau}\, d\tau \\
&+ \int_0^t \left(e^{-\varepsilon t}\, K_1(t,\tau)\, e^{\varepsilon\tau} \right) \varphi(\tau)\, e^{-\varepsilon\tau}\, d\tau \\
\le{}& A\, e^{-\varepsilon t} + \left[\left(\int_0^t \left(\sup_{k\in\mathbb{Z}^d_*} |K^0(k,t-\tau)|\, e^{2\pi\lambda(t-\tau)|k|} \right)^2 d\tau \right)^{\frac12} \right. \\
&+ \left(\int_0^t K_0(t,\tau)^2\, d\tau \right)^{\frac12} + \left(\int_0^\infty \frac{c_0^2}{(1+\tau)^{2m}}\, d\tau \right)^{\frac12} \\
&+ \left. \left(\int_0^t e^{-2\varepsilon t}\, K_1(t,\tau)^2\, e^{2\varepsilon\tau}\, d\tau \right)^{\frac12} \right] \left(\int_0^\infty \varphi(\tau)^2\, e^{-2\varepsilon\tau}\, d\tau \right)^{\frac12}.
\end{aligned}
$$

We note that, for any $k \in \mathbb{Z}^d_*$,

$$
\begin{aligned}
\left(|K^0(k,t)|\, e^{2\pi\lambda|k|t} \right)^2 &\le 16\,\pi^4\, |\widehat{W}(k)|^2\, \left|\tilde{f}^0(kt)\right|^2 |k|^4\, t^2\, e^{4\pi\lambda|k|t} \\
&\le C\, C_0^2\, |\widehat{W}(k)|^2\, e^{-4\pi(\lambda_0-\lambda)|k|t}\, |k|^4\, t^2 \\
&\le \frac{C\, C_0^2}{(\lambda_0-\lambda)^2}\, |\widehat{W}(k)|^2\, e^{-2\pi(\lambda_0-\lambda)|k|t}\, |k|^2 \\
&\le \frac{C\, C_0^2}{(\lambda_0-\lambda)^2}\, C_W^2\, e^{-2\pi(\lambda_0-\lambda)|k|t} \\
&\le \frac{C\, C_0^2}{(\lambda_0-\lambda)^2}\, C_W^2\, e^{-2\pi(\lambda_0-\lambda)t};
\end{aligned}
$$

so

$$
\int_0^t \left(\sup_{k\in\mathbb{Z}^d_*} \left|K^0(k,t-\tau)\right| e^{2\pi\lambda(t-\tau)|k|} \right)^2 d\tau \le \frac{C\, C_0^2\, C_W^2}{(\lambda_0-\lambda)^3}.
$$

Then the conclusion follows from (7.44), Corollary 7.4, conditions (7.26) and (7.24), and Step 2. □

28장

2009년 4월 14일, 프린스턴.

오늘 공식적으로 IHP 연구소장직을 수락했다.

그리고 우리의 정리는 궤도에 탄탄하게 올랐다. 나는 지난 며칠간 두 번이나 새벽 4시까지 일했지만 변함없이 의욕에 불타고 있다.

오늘 저녁도 '문제'와의 장시간 대면토론을 준비했다. 그 첫 단계로, 물부터 끓인다.

하지만 집에 차가 다 떨어졌다는 것을 알고는 패닉에 빠졌다! '카멜리아 시넨시스', 일명 차나무 이파리의 도움 없이는 몇 시간이고 이어지는 계산에 뛰어들 엄두조차 나지 않는단 말이다.

이미 어두운 밤이다. 프린스턴에 지금껏 문을 안 닫은 가게가 있을 성싶지 않다. 내 용기만 믿기로 작정한 나는 자전거를 타고 수학과 공동 휴게실에 티백 몇 개를 챙기러 갔다.

연구소 문에다가 비밀번호를 누르고 이층으로 올라갔다. 온통 어두컴컴한데 장 부르갱의 문 밑에서만 가느다란 불빛이 새어나온다. 장은 이미 최고의 영예들을 얻었고 지난 수십 년 동안 등장한 최고의 해석학자 중 한 사람으로 손꼽히는데도 그런 건 아랑곳하지 않고 지금도 야심만만한 청년처럼 무지막지하게 일한다. 게다가 그는 자기가 자주 가는 미국 서부의 시간대로 살기를 좋아한다. 장도 한밤중까지 일할 거라는 건 안 봐도 확실하다.

나는 공동 휴게실로 들어가 앙드레 베유 흉상의 책망하는 듯한 눈초리를 받으며 내가 노리던 티백들을 슬쩍한다.

하지만 나오는 길에 톰 스펜서와 마주쳤다. 톰은 통계물리학 분야의 전문가이자 이 연구소에서 내가 가장 친하게 지내는 사람 중 하나다. 나는 내 죄를 고백하지 않을 수 없었다.

"아, 차! 자넨 차로 버티는구먼?"

집에 돌아왔다. 이제 귀중한 티백이 여기 바로 내 앞에 있다. 의식을 시작할 수 있겠다.

그리고 부디 음악도. 음악 없이는 못 산다.

요즘은 샹송을 많이 듣는다. 카트린 리베이로. 리베이로가 반복 재생된다. 버림받은 듯한 비장미의 다니엘 메시아. 여성 혁명가 카트린 리베이로. 날카로운 소리가 일품인 예민한 여가수 마마 베아 테키엘스키. 리베이로, 리베이로, 리베이로. 음악은 내 고독한 연구 시간에 빠질 수 없는 동반자다.

잊었던 상황으로 돌아가는 데 음악만큼 효과가 좋은 것은 별로 없다. 지금도 우리 할아버지가 내가 연주한 프랑시스 풀랑크의 곡을 처음 들었을 때의 그 충격적인 표정이 기억난다. 할아버지는 한순간에 60년 전으로 돌아갔다. 방음이 잘 안 되는 보잘것없는 아파트에서 클래식 작곡가와 같은 층에 살았던 그 시절로, 풀랑크와 심미적 취향이 비슷했던 그 작곡가의 작품들이 허구한 날 울려 퍼지던 그때로.

내 경우에는 군둘라 야노비츠가 부르는 「실 잣는 그레첸」을 들으면 기흉으로 입원해서 코생 병원 회복실에 누워 있던 그때로 돌아간다. 입원해 있는 동안 주로 만화책 「카르멘 크뤼」에 빠져 시간을 보냈고, 밤에는 인턴들하고 음악 얘기를 하다가 어떤 여자애가 빌려준 아일랜드 곰인형이랑 잠이 들었다.

톰 웨이츠의 「세미터리 폴카」를 들으면 기흉으로 두 번째 입원했을 때가 떠오른다. 리옹의 대형 병원에 입원했는데 같은 병실을 쓰던 사람이 야한 농담을 잘해서 간호사들을 엄청 웃겼다.

모스 부호로 변한 존 레논의 음성(「월러스」)은 나를 에콜 폴리테크니크 교실에 앉아 있던 열아홉 살 시절로 데려간다. 두 번의 구술면접고사를 치르는 동안 미래는 물음표를 그렸다.

3년 후, 브람스 피아노 협주곡 1번의 극적인 도입부가 고등사범학교 기숙사의 작고 누추한 방에서 울려 퍼진 순간, 한 소녀가 설명할 수 없는 벅찬 감동에 젖어 내 방문을 노크했다.

어린 시절로 돌아가고 싶을 때는 자네트에게 영광을 안겨준 골치아픈 그 노래 「포르케 테 바스」, 스티브 워링의 「청고래」, 신랄한 타샹의 「크고 못된 늑대」가 최고다. 그리고 왠지 모르지만 어머니가 곧잘 흥얼거리던 베토벤 바이올린 협주곡의 테마가 있다.

내가 열두 살 때 우리 부모님이 좋아했던 곡들이 있다. 아라공과 페라의 「시인들」, 막심 르 포레스티에의 「감정교육」, 레너드 코헨의 「낸시」, 보 도마주의 「바다표범」, 앙팡 테리블의 「물속의 벽시계」와 「하얀 실」, 장 미셸 자르의 「산소」, 그리고 그레엄 올라이트의 노래에서 「허리까지」 물이 차는데도 고집스럽게 앞으로 걸어간 '늙은 바보'가 있었다.

청소년기로 돌아가고 싶다면 당시 TV 6에서 보았던 뮤직비디오들과 여기저기서 재녹음한 카세트테이프들 사이에 뒤죽박죽된 이런 곡들이 있다. 「에어포트」, 「앙볼 무아」, 「통베 뒤 시엘」, 「닭장의 노래」, 「저크」, 「킹콩 5」, 「마르시아 바일라」, 「래티시아」, 「바르바라」, 「검은 매」, 「밤새」, 「태양 없는 밤」, 「마담 레브」, 「스위트 드림즈」, 「우울한 말」, 「사운즈 오브 사일런스」, 「더 복서」, 「스틸 러빙 유」, 「이상한 코미디」, 「상 콩트르파송」, 「말돈」, 「샹제 라 비」, 「르 바그다드 드 란 비우에」, 「오 송브르 에로 드 라메르」, 「라 리뉴 홀워스」, 「암스트롱」, 「미시시피 리버」, 「르 콘마라」, 「시디 히비비」, 「블러디 선데이」, 「윈드 오브 체인지」, 「먼지의 벽」, 「내 친구 비스마르크」, 「엑사곤」, 「르 프랑스」, 「러시안」, 「나는 보았지」, 「아르시발드 삼촌」, 「상티망탈 부로」……

클래식, 팝, 록을 막론하고 첫눈에 반해버린 음악들이 얼마나 많았던가. 그런 곡은 듣고 또 듣고, 족히 백 번은 들으면서 그 곡들의 창작 행위를 지배했을 축복된 영감에 감탄했다. 드보르작의 신세계 교향곡은 실제로 내가 클래식 음악이라는 신세계에 발을 들여놓게 된 계기였다. 그다음으로는 바흐의 브란덴부르크 협주곡 5번, 베토벤 교향곡 7번, 라흐마니노프 피아노협주곡 3번, 말러 교향곡 2번, 브람스 교향곡 4번, 프로코피예프 소나타 6번, 베르크 소나타 1번……• 리스트의 소나타, 리게티의 피아노 연습곡, 쇼스타코비치의

• 저자는 이 곡 번호들이 하나의 순열을 이루고 있음을 주목해달라고 한다(5, 7, 3, 2, 4, 6, 1……).

모호한 교향곡 5번, 슈베르트 소나타 D784, 쇼팽 전주곡 16번(부디그에 걸맞은 드라마틱한 해석의 연주로). 보엘만의 토카타, 브리튼의 전쟁 레퀴엠, 존 애덤스의 놀라운 「닉슨 인 차이나」. 비틀즈의 「어 데이 인 더 라이프」, 좀비즈의 「부처스 테일」, 비치 보이즈의 「히어 투데이」, 디바인 코미디의 「스리 시스터즈」. 테트 레드의 「지노」, 안 실베스트르의 「리자 라 고엘레트」, 윌리암 셸러의 「엑스칼리버」, 토마 페르장의 「무슈」. 로다 길이 짐짓 경박한 척 부르는 「아무것도 아냐」와 짐짓 진지한 척하며 부르는 「마크노브치나」, 그리고 북쪽 혹은 남쪽의 7월의 주석 기둥 궁전.• 프랑수아 하지 라자로와 댐, 짐배, 파리 폭동. 브루클린 해안에 열광하는 모트 슈만과 물에 잠기는 베네치아를 노래한 파가니. 레오 페레가 재편곡한 신비로운 분위기의 「처음 보는 런던 여자」와 「이젠 아무것도」 남지 않을 때에도 단 하나 남을 만한 성난 「개」. 자신의 감시대에서 존 브라운의 얄궂은 운명을 환기하는 밥 딜런, 예전의 푸른 풀밭을 그리워하는 플로이드, 0시의 부에노스아이레스를 노래한 피아졸라. 프로코피예프의 「로망스」와 모리코네의 「로만자」. 아다모의 감동적인 「마뉘엘」은 아직 인터넷으로 노랫말을 찾아볼 수 없었던 시절에 모스크바에서 음악과 프랑스어를 좋아하는 손님들을 위해 내가 가사를 받아 적어주기도 했던 곡이다. 금줄에 목매달려 죽은 조르디를 애통해하는 파브리지오 데 안드레, 자기가 신인 줄 아는 조르조 가베르, 연인에게 자신을 따르라고 권하는 파올로 콘테. 맑디맑은 「새」, 숨을 죽이게 하는 「울지

• 이 문장은 에티엔 로다 길의 또 다른 노래 「궁의 주인」과 「스케이터」의 가사에서 따온 것이다.

말아요(미도리 이로 노야네)」로 퀘벡 어머니들과 일본 소녀들을 눈물 쏟게 했던 르네 시마르. 프랑시스 블랑슈에게 별 다섯 개짜리 장군님을 사는 레 프레르 자크•, 암여우들에게 사랑을 쏟는 위퍼스 서커스, 산산조각 난 마음과 유리창을 고치는 올리비아 루이즈, 타락한 '사기꾼'들과 '마약'을 거래하는 나의 조상님들.•• 보리스 비앙은 폭발하는 자바로 떠나고, 베코는 악랄한 경매에 참여하러 가고, 르노가 제라르 랑베르의 영웅담을 노래하는가 하면 코르비에는 저주받은 코끼리 애호가의 영웅담을 노래한다. 티에펜과 약 파는 여자들, 바퀴 달린 관, 핵 악어가 들끓는 그의 세상. 나의 스무 살 시절의 파티에서 청년들과 아가씨들을 춤추게 했던 끈적끈적한 디오게네스. 큰곰자리에 못 박힌 채 절규하는 브렐, 드브롱카르의 금지곡「1917년의 반란자들」을 리바이벌한 위트제 로요, 일어나는 아이에게 인사를 보내고 끝내 쓰러짐으로써 마리아를 불행하게 한 자들을 위해 눈물 흘리는 페라, 애를 갖고 싶지 않다고 소리 지르는 타샹, 그들의 극적으로 떨리는 음성이란! 그리고 사람을 당황스럽게 하는 요정들이 있다. 케이트 부시의「아미 드리머」, 프랑스 갈의「프티 솔다」, 로리나 맥케니트의「방디 드 그랑 슈맹」,「행복한 유령」이기를 꿈꾸는 토리 에이모스,「이젠 다 글렀어」에서 조용조용히 불경한 소리를 뱉는 아멜리 모랭. 그리고 내가 제일 좋아하는, 암호랑이처럼 으르렁대며 사람을 닭살 돋게 만드는 여가수들이 있다. 멜라니는 자기 주

• 레 프레르 자크가 부르고 프랑시스 블랑슈가 가사를 쓴「장군님 팝니다Général à vendre」라는 곡을 암시한다.

•• 아티스트 이름 메자이외는 주로 '정말!' 정도의 감탄사로 쓰이지만 직역하면 '나의 조상님들'이라는 뜻이다.

변 사람들에게 한 방 먹이고, 다니엘 메시아는 버림받았다고 통곡하며, 패티 스미스는 「왜냐하면 밤은」을 노래한다. 우테 렘퍼는 마리 샌더스의 운명에 연민하고, 프란체스카 솔레빌은 코뮌을 부활시키고, 쥘리에트는 「사내가 되다 만 계집아이」를 연기한다. 쿠르트 바일의 노래를 포효하듯 부르는 니나 하겐, 「까마귀」를 부르는 그리부이유, 평화, 죽음, 문 앞의 새를 노래하는 물레와 리베이로의 멋진 듀오!

새로운 음악을 건지려면 어떤 경로도 무시해선 안 된다. 콘서트, 인터넷 게시판, 무료음악 사이트…… '비드 에 뮈지크'처럼 전형적인 웹라디오도 빼놓을 수 없다. 이 방송을 통해서 에바리스트, 아도니스, 마리, 아멜리 모랭, 베르나르 브라방, 베르나르 이셰르, '샹젤리제를 떠나는 비행기'와 러시아의 영광을 기리는 디스코 찬가들을 발견했다.

연구도 마찬가지다. 모든 방향을 탐색하며 기회를 노리고 뭐든지 귀 기울여 듣는다. 그러다 이따금 뭐에 확 꽂혀서 어떤 프로젝트에 몸과 마음을 다 바치는 거다. 이걸 백 번 천 번 반복한다. 나머지는 하나도, 거의 전부, 중요하지 않다.

이따금 두 세계는 소통한다. 일하는 동안 나를 지탱해준 어떤 음악들은 내 연구의 중대한 순간들과 영원히 연결된다.

쥘리에트가 부르짖는 「무슈 베뉘스」를 들을 때면 2006년의 리옹, 벨룩스 천창 밑에서 세계수학자대회 보고서를 작성하는 내 모습이 보이는 것 같다.

장난기 어린 아멜리 모랭의 「예전처럼」이나 좀비즈의 「헝 업 온 어 드림」은 나를 2007년 여름, 오스트레일리아의 어느 아파트로 데려간다. 나는 그곳에서 그 분야 최고 전문가들과 접촉하며 최적수송 정칙성 이론을 배웠다(그곳에서 「데스노트」의 L, M, N의 모험에 열광하기도 했다만, 그건 또 다른 얘기니까).

마리 라포레가 「어째서 저 구름은」을 누구와도 비교할 수 없는 가냘프면서도 힘 있는 목소리로 부를 때면 하위보자도의 미스터리를 파헤치던 2003년 겨울의 리딩으로 돌아간다.

혈기 넘치는 잔 세랄의 제목 없는 노래는 나를 2005년도 생 플루르의 확률 여름학교로 데려간다. 그때 탁구시합에서 이겨서 사람들의 박수갈채를 받았다.

프로코피에프 협주곡 2번 4악장을 들을 때면 눈물이 난다. 1999년 애틀랜타에 체류하며 최적수송에 대한 첫 번째 책을 쓰는 동안 거의 매일같이 그 곡을 들었다.

모차르트의 레퀴엠은 1994년 교원자격시험•을 치를 때 매일 아침 나를 깨워줬다.

페르 린드 프로젝트의 「바로크 인상」은 아이슬란드의 겨울밤을 배경으로 영원히 울려 퍼진다. 2005년 학회에서 발표를 성공적으로 마치고 난 저녁의 일이다.

발견에 대한 희망과 부족함에 대한 좌절이 동시에 깃든 경험들. 덧없이 도망가는 증명에 대한 경험들. 연구 속에 한데 뒤엉킨 행복과 고통, 생생한 전율을 느끼는 기쁨, 그런 것들에 열정 넘치는 음악은 너무나 잘 어우러진다.

• agrégation, 고등학교 이상의 교육기관에서 교사로 일할 수 있는 자격을 부여하는 시험.

이 밤, 나는 다른 곳에 있지 않다. 나는 분명히 이곳 프린스턴에 있고, 리베이로가 나의 수고에 함께할 것이다. 상점에서 리베이로 음반을 살 순 없지만 다행히도 인터넷이 있다. 리베이로의 사이트에도 몇 곡이 올라와 있고 뮤직미 사이트에도 훌륭한 롱박스 셀렉션이 있다.

환각을 일으킬 듯한 「포엠 농 에피크」는 모든 상상을 뛰어넘는다. 프랑스 샹송 역사상 독보적인 작품이지만 격정이 지나친 감이 있어 나는 이 곡 생각만 해도 머리칼이 쭈뼛 선다. 그러니 이 곡을 틀어놓으면 일은 못한다.

대신에 나는 다른 멋진 곡 「축제의 날」을 듣는다. 힘 있고 절제되어 있으면서도 감정과 암시가 풍부한 곡이다.

다른 곳에 있었으면 했어
아무데도 없는 다른 곳에……

내가 제일 좋아하는 부분이다. 억누르고 있던 목소리를 슬슬 펼쳐 나가며 박력을 느끼게 하는 부분. "죽은 자, 곧 죽을 자, 산 자를 모두 떨게 할"• 그 음성.

난 더 이상 배고프지도, 목마르지도 않았어
사랑을 하고 싶었어
아무데서나, 아무렇게나,

• 카트린 리베이로의 「그 음성Cette voix」의 가사를 인용한 것이다.

사랑에서 우러나기만 한다면
설령 바닥까지 떨어진 사랑일지라도
감정이 통하기만 한다면

일하자, 세드릭, 일 좀 해. 차, 방정식, 리베이로.

……그날 저녁 얼마나 많은 병자들이
아등바등 사랑을 나눴을까
죽음 같은 새벽을 이불 삼아
술 냄새를 풀풀 풍겨가면서……

휴……

노래가 끝나자마자 또 돌린다. 돌리고, 또 돌린다. 내가 앞으로 나아가려면 이 반복이 필요하다. 일해, 세드릭, 일하라고.

*

축제의 날(카트린 리베이로)

그날이 왔지
사방에서 축제가 벌어졌지
창마다 길게 늘어뜨린 꼬마전구들과
사탕들이 반짝거렸지
그날 저녁엔 누구나
복주머니 가게의 서랍식 금고에 돈을 바치며

까르르 웃음을 터뜨려야 했지
흥청망청 돈 쓰는 날이잖아

파리는 불빛들로 반짝였지만
내 마음은 딴 데 가 있었지
내 궤도에 엉뚱하게 끼어든
인공위성을 엇갈려 지나쳤었지
난 보도를 걸으며 뭘 했을까
거창하게 치장한 상점들에서
사실은 희귀하지도 않은 것을 찾으면서
마지막 선물을 찾으면서
다른 곳에 있었으면 했어
아무데도 없는 다른 곳에
난 더 이상 배고프지도, 목마르지도 않았어
사랑을 하고 싶었어
아무데서나, 아무렇게나,
사랑에서 우러나기만 한다면
설령 바닥까지 떨어진 사랑일지라도
감정이 통하기만 한다면

전화벨은 울리지 않았어
틀림없이 우편전화국 때문일 거야
샴페인은 아무 맛도 안 났어
난 밤을 새며 버텼지

가슴을 찢는 시간이 흐르고
장대비가 보도블록을 때렸지
쓸쓸한 침대 속의 따뜻한 몸만큼
가소로운 것은 없어

그날 저녁 얼마나 많은 병자들이
아등바등 사랑을 나눴을까
죽음 같은 새벽을 이불 삼아
술 냄새를 풀풀 풍겨가면서
대단한 날, 평화의 날
나의 아메리카의 깊은 오지에서
내 궤도에 엉뚱하게 끼어든
인공위성을 나는 꿈꾸었어

29장

2009년 4월 20일, 프린스턴.

찻잔을 손에 든 노인이 나를 돌아보며 아무 말 없이 추궁하듯 바라본다. 평범하지 않은 내 행색에 당황한 눈치다.

나는 내 옷차림과 거미 브로치에 놀라거나 심란해하는 사람들을 보는 데 익숙하다. 대개 그런 모습도 호의 어린 놀라움 정도로 해석하는 편이다. 하지만 이번만은 나도 나를 바라보는 그 노인 못지않게 가슴이 철렁한다. 그 노인은 존 내시, 금세기 최고의 해석학자라고 할 만한 인물, 1928년에 태어난 나의 수학 영웅이다. 그는 필즈상을 수상하지 못했고 오랫동안 그로 인해 씁쓸한 소회를 품었다. 물론 그에게 게임이론, 경제학, 생물학 분야에서의 유명세를 안겨준 '내시 균형'에 대한 초창기 연구로 노벨 경제학상을 수상하기는 했다. 하지만 내시가 그 후에 이룬 업적은 더욱더 대단하다는 것을 아는 사람은 다 안다. 필즈상을 족히 세 개는 받아도 좋을 업적이다.

1954년에 내시는 매끄럽지 않은 끼워 넣기nonsmooth embedding라는 무시무시하고 기막힌 정리를 도입했다. 이로써 탁구공을 구기면서 형태를 망가뜨리지 않거나 완전히 평평한 고리를 만든다든가 하는 말도 안 되는 일들이 가능해졌다. 지구 상에서 그 누구보다 내시의 기하학적 연구를 잘 이해하고 있었던 그로모프는 "그건 참일 수 없었으나 참이었다"고 했고, 내시의 연구에서 출발하여 볼록적분의 이론 전체를 전개했다.

1956년에 내시는 그의 연구를 반신반의하던 동료 앰브로즈가 제기한 문제에 도전했다. 리만 왕자님—수학계의 쇼팽—의 추상기하학 전체가 구체적으로 구현될 수 있음을 증명한 것이다. 이로써 내시는 100년 가까이 계속되었던 오랜 꿈을 실현했다.

1958년에 내시는 니렌버그가 제기한 질문에 답하여 가측 타원계수들을 가지는 포물선적 선형 방정식 해의 정칙성을 입증했다. 다시 말해, 완전히 비균질적인 고체에서의 열이 나타내는 시공간적 연속성을 증명한 것이다. 이것이 현대 편미분 방정식 이론의 시발점이었다.

운명의 장난으로 엔니오 데 조르지라는 수도승 같은 천재가 내시와 비슷한 시기에, 하지만 완전히 다른 방법으로 이 문제를 풀었다. 하지만 그렇다고 해서 내시의 업적이 어디 가지는 않는다.

내시는 과학자로서는 드물게도 살아생전에 할리우드 영화의 주인공이 되었다. 영화는 너무 과한 감이 있어서 마음에 들지 않지만 그 영화의 원작이 된 평전 『뷰티풀 마인드*John Nash, A Beautiful Mind*』는 나도 참 좋아했다.

내시가 할리우드의 관심을 끈 이유는 그의 수학적 업적 때문만이 아니다. 그의 비극적인 사연이 적잖이 작용했을 터였다. 내시는 서른 살에 정신병에 걸렸다. 그 후 거의 30년 동안 정신병동을 전전했고, 나중에는 딱한 유령처럼 프린스턴의 복도를 어슬렁거리게 되었다.

이제 내시는 광기의 세상에서 돌아왔다. 현재 여든이 넘은 내시는 여러분이나 나와 다름없는 정상인이다.

다만 그의 머리 위에는 여러분이나 나에게 없는 후광이 감돈다는 차이가 있을 뿐이다. 그 후광은 곧 경이로운 성취, 천재적인 기량, 문제를 철저히 벗겨보고 분석하는 방식의 증거요, 그로써 존 내시는 나를 위시한 오늘날의 모든 해석학자들의 수호신과도 같은 존재가 되었다.

나를 뚫어져라 응시하는 저 남자는 일개 인간이 아니라 살아 있는 전설이다. 오늘은 용기를 내어 그에게 말을 걸어보지 못했다.

다음에는 꼭 그에게 다가가볼 테다. 어떤 식으로 그의 매끄럽지 않은 끼워 넣기 정리에서 힌트를 얻어 섀퍼–슈니렐만 역설에 대한 발표를 했었는지 말해볼 테다. 프랑스 국립도서관에서 그에 대한 발표를 할 계획도 이야기할 테다. 어쩌면 그가 나의 영웅이라고 고백해버릴지도 모르겠다. 내시는 내 말을 우스워하려나?

*

1956년, 뉴욕에서 어느 키 큰 사내가 엄숙한 콘크리트 건물의 문을 밀고 들어왔다. 그 건물 전면에서 '쿠랑 수학 연구소Courant Institute of Mathematical Sciences'라는 현판을 읽을 수 있었다. 그 사내의 당당한 거동은 반세기 후 그를 연기하게 될 배우 러셀 크로와 견주어도 꿀리지 않았다. 그가 바로 스물여덟 살의 존 내시였다. 내시는 그때 이미 내시 균형과 끼워 넣기 정리 증명으로 세계적인 유명인사가 되어 있었다. 그 업적들은 프린스턴 대학교에서, 이어서 MIT에서 이룬 것이었다. 그는 뉴욕에 새로운 동료들과 새로운 문제들을 찾으러 온 참이었다.

루이스 니렌버그가 맡긴 문제는 내시의 엄청난 관심을 끌었다. 최고의 전문가들도 좌절하는 문제…… 내시에게는 수준이 맞는 호적수였으리라! 불연속 계수들에 대한 포물형 방정식 해의 연속성이라는 문제가.

1811년에 푸리에는 냉각 중인 균질한 고체에서 시간과 위치에 따른 온도 변화를 나타내는 열 방정식을 수립했다.

$$\frac{\partial T}{\partial t} = C\,\Delta T$$

이때부터 푸리에 방정식은 편미분 방정식들, 즉 해류에서부터 양자역학에 이르기까지 우리 주변의 모든 연속적 현상들을 기술하는 방정식들의 집합을 가장 대표할 만한 방정식으로 손꼽히게 되었다.

우리가 온도를 갑자기 높인다든가 열원熱源을 이리저리 움직여가며 고체를 균일하지 않은 방식으로 가열하더라도 고체를 몇 분의 1초라도 식혀주면 열전도는 균일해지고 규칙적으로 변화한다. 포물형 정칙화parabolic regularization라고 부르는 바로 이 현상을 대학생들은 편미분 방정식 강의에서 맨 먼저 배운다. 이 현상에 해당하는 수학적 명제는 물리학이라는 영역을 훨씬 넘어서는 중요성을 띤다.

이제 다양한 물질로 이루어진 비균질적 고체를 생각해보자. 각 위치 x에서 이 고체가 띠는 대체로 큰 전도성을 $C(x)$라고 하자. 다시 말해 냉각되기 쉬운 정도가 대체로 크다고 하겠다. 따라서 방정식은 다음과 같이 바뀐다.

$$\frac{\partial T}{\partial t} = \nabla \cdot \Big(C(x)\,\nabla T \Big)$$

이러한 조건에서도 정칙화 속성은 여전히 참인가?

내시는 이 방정식에 니렌버그 같은 전문가가 아니었다. 하지만 그는 미끼를 물었다. 그는 매주 니렌버그와 토론을 나누었고 그에게 이것저것 질문을 던졌다.

처음에 내시가 던진 질문들은 순진하기 짝이 없는, 그야말로 미숙한 질문들이었다. 니렌버그가 내시의 명성이 과대평가된 게 아닐까 생각했을 정도였다. 이미 존경받는 유명한 학자가 자신이 아직 잘 모르는 분야에 대해서 초심자 티 나는 질문들을 던질 수 있으려면, 그리고 본의 아니게 살짝 얕보는 듯한 느낌을 담은 대답들이 돌아오더라도 이를 수용할 수 있으려면, 상당한 용기나 범상치 않은 자신감이 필요하다! 그래도 진전은 이러한 대가를 치러야 볼 수 있는 것이니…… 내시의 질문들은 점점 더 예리하고 일관된 방향으로 변했고 뭔가가 윤곽을 드러내기 시작했다.

그 후 내시는 다른 학자들과는 논의하고, 이 사람에게 정보를 잔뜩 빼앗아오는가 하면, 저 사람의 도움을 받았고, 또 다른 사람에게 문제를 제안하기도 했다.

실력 있는 스웨덴 해석학자 레나르트 칼손이 내시에게 볼츠만과 엔트로피에 대해서 이야기했다. 칼손은 이 주제에 정통한 몇 안 되는 수학자 중 한 사람이었다. 게다가 알아야 할 것이, 칼손은 볼츠만 방정식을 맨 처음 연구한 수학자 토르스텐 칼만의 정신적 유언 집행인이기도 했다. 칼만은 사망하면서 이 방정식에 대한 미완성 유고를 남겼는데 칼손에게 이 원고를 완성하고 교정하는 작업을 맡겼다. 칼손은 그렇게 해서 엔트로피 개념을 배웠고 이제 내시에게 도움을 줄 수 있었다.

존 내시

하지만 볼츠만 방정식과 푸리에 방정식은 전혀 다르다! 엔트로피와 정칙성은 관계가 없다!

그렇지만 내시의 머릿속이 번쩍하면서 전체적인 구상이 떠올랐다. 젊은 수학자는 자기 패를 보여주지 않은 채 여기서 보조정리를 하나 건지고 저기서 명제를 하나 건지는 식으로 계속 다른 학자들을 만나고 다녔다.

어느 날 아침, 인정하고 싶지 않더라도 인정해야만 할 일이 일어났다. 오케스트라 지휘자가 각 단원들의 연주를 어우러지게 하듯이 내시가 다른 학자들의 공헌을 조합하여 멋지게 정리를 증명해 보인 것이다.

이 증명의 중심에는 엔트로피가 있었다. 엔트로피는 내시의 연출하에 자신에게 어울리지 않는 배역을 정말 멋지게 소화해냈다. 내시가 반은 수학적이고 반은 물리학적인 해석에 영감을 얻어 특정 양量들을 끌고 들어오게끔 미분 부등식을 사용한 방식은 새로운 스타일을 만들었고 나 역시 그러한 전통에 속해 있다.

30장

2009년 5월 4일, 프린스턴.

목덜미가 바닥에 닿는 바로 그 순간, 기분 좋은 파장이 머리부터 시작해서 발끝까지 온몸으로 퍼진다. 오후 1시 아니면 1시 반, 점심을 먹고 사무실로 돌아와 잠시 이완요법을 써먹기에 딱 좋은 시각이다.

바로 옆 건물 천체물리학자들이 추적하는 난폭한 완화는 아니다. 그래도 완충이라곤 없는 다짜고짜 식의 완화이긴 하다. 내 작은 연구실 전체에 깔려 있는 얇은 카펫 외에는 바닥과 나 사이에 아무것도 없으니까. 얇은 두께이지만 내 목덜미로 느껴진다. 익숙한 느낌, 푹신함이 결여된 이 느낌이 난 정말 좋다.

꼭 감은 눈꺼풀 안에서 이미지들이 떠오르고 귓전에는 앵앵대는 소리가 들리는 것 같다. 오늘 아침에 있었던 일들이 머릿속에서 스쳐 지나간다.

오늘 아침에 리틀브룩 초등학교 아이들이 IAS를 견학하러 왔다. 연구소랑 연못, 꽃이 만발한 나무, 알베르트 아인슈타인의 흉상, 오래된 도서관을 보러 온 것이다. 봐, 얘들아, 과학의 마법의 성이야! 위대한 과학자가 되겠다는 꿈을 꾸기에 여덟 살이 너무 이른 때는 아니다.

나는 아이들을 위해 20분짜리 발표를 준비했다. 원자들의 존재를 입증해주는 브라운 운동, 여덟 살 아이도 이해할 수 있을 만큼 간단하지만 세계 최고의 수학자도 그 문제 앞에서는 체면을 잃는다고 했을 만큼 까다로운 콜라츠 추측을 다루었다.

아이들은 연구소 강당에서 얌전하게 발표를 들었고, 내 노트북 화면에 왔다갔다 하는 브라운 운동의 신기한 이미지들을 보면서 눈이 동그래졌다. 맨 뒷줄에 앉은 눈이 큰 금발 소년은 유독 얌전했다. 그 아이는 프린스턴에 온 지 넉 달밖에 안 됐지만 제 아빠가 프랑스어 억양을 심하게 섞어서 구사하는 영어 발표를 알아듣는 데 아무 무리가 없었다.

오전의 나머지 시간, 점심식사, 이어서 내 머릿속이 흐릿해지기 시작했다. 다시 시작해야 할 때, 번개 같은 휴식시간, 내가 '리부트 reboot'라고 부르는 때가 됐다. 컴퓨터를 다시 가동시키고 메모리를 삭제하고 다시 시작할 때다.

앵앵대는 소리가 들린다. 아이들이 뭐라고 얘기를 하고, 모든 것이 뱅뱅 돈다. 긴장됐던 얼굴 근육이 풀어지고 소리는 점점 더 크게 들린다. 말들이 마구 떠오르는데, 어떤 말은 다른 말보다 좀 더 크게 들린다. 목소리와 노래, 다시 식사 자리, 잊어버린 숟가락, 입소 절차, 얼지 않은 호수, 나의 도서관에 있는 흉상, $3n+1, 3n+2, 3n+3$, 마루판과 그림자들, 넌 어린애를 잃어버렸어……

갑자기 팔다리에 움찔하고 가벼운 경련이 인다. 그림자들은 물러나고 의식이 다시 또렷해진다.

나는 일어날 때를 보며 잠시 그대로 누워 있다. 그러는 사이에 찌릿한 느낌이 신발 벗은 내 발바닥에서 흩어진다.

발이 나의 내부 레이더에 잡히지 않는다. 발이 너무 무거워 꼼짝도 할 수 없다. 눈이 들러붙어 떨어지지 않는 스키를 신고 산행을 하는 기분이다.

그렇지만 일단 움직이자 마법처럼 내 발은 돌아왔다. 난 다시 온전해졌다. 휴식은 끝났다. 정확히 10분짜리 휴식이었지만 나는 새로운 수학자가 되었다.

세드릭 리부트(완료)

새로운 세드릭이 가동하기 시작한다. 나는 다시 계산에, 란다우 감쇠에 대한 논문에 몰입한다. 반세기 전에 나온 논문이지만 지금도 너무나 유효한 이 논문을 방금 도서관에서 가져왔다. 티타임 전까지 두 시간 동안 집중 연구.

*

시라쿠사 문제는 콜라츠 문제, 또는 $3n + 1$ 문제라고도 하며 수학자에게 가장 유명한 미해결 난제 중 하나다. 폴 에르되스조차도 우리 시대의 수학은 아직 이런 괴물 같은 문제들을 상대할 준비가 되어 있지 않다고 말하지 않았던가?

'$3n + 1$'을 인터넷 검색창에 넣어보라. 그러면 금세 가요의 후렴구처럼 단순하지만 머리 아픈 이 빌어먹을 추측으로 가닥을 잡아갈 수 있을 것이다.

아무 정수에서나 시작하자. 이를테면 38이라는 수를 보자.

이 수는 짝수이므로 2로 나누면 19가 나온다.

19는 홀수이므로 3을 곱하고 1을 더한다. 그러면 19×3+1=58이다.

58도 짝수이므로 2로 나눈다.

이 같은 과정을 반복하면서 이 수에서 저 수로 나아간다. 규칙은 간단하다. 짝수는 무조건 2로 나누고 홀수는 3을 곱해서 1을 더하는 거다.

우리가 예로 든 수 38에서 출발했을 때 연달아 얻어지는 수는 19, 58, 29, 88, 44, 22, 11, 34, 17, 52, 26, 13, 40, 20, 10, 5, 16, 8, 4, 2, 1, 4, 2, 1, 4, 2, 1, 4, 2, 1, 4, 2, 1, 4, 2, 1……이다.

물론, 일단 한 번 1이 나오면 그다음은 4, 2, 1, 4, 2, 1, 4, 2, 1……로 무한 반복된다.

역사상 무슨 수를 가지고 계산을 했어도 결국은 4, 2, 1……로 귀결되었다. 그렇다면 정말로 무슨 수에서 출발을 하든지 이 계산은 항상 이렇게 귀결될까?

물론, 정수는 무한히 많기 때문에 모든 수로 직접 시험해볼 수는 없다. 오늘날 소형 계산기, 본격적인 계산기, 컴퓨터, 슈퍼컴퓨터로 수십억 번이고 시험해볼 수 있게 되었는데 그 결과는 항상 4, 2, 1……로 동일했다.

이것이 일반 법칙이라는 증명에는 누구라도 자유로이 착수할 수 있다. 모두들 참이라고 생각은 하지만 증명은 할 수 없다. 이런 걸 '추측conjecture'이라고 한다. 수학은 민주적이고 누구라도 이 추측을 증명하거나 파기하는 데 성공하는 사람은 일약 영웅으로 등극하리라.

물론, 나는 그럴 마음이 없다. 대단한 난제이기도 하려니와, 내가 머리를 쓰는 방식과도 동떨어져 있다. 내 두뇌는 이런 문제 유형을 검토하는 훈련이 되어 있지 않다.

*

날짜: 2009년 5월 4일 월요일, 17시 25분 09초 +0200

보낸사람: 세드릭 빌라니 〈Cedric.VILLANI@umpa.ens-lyon.fr〉

받는사람: 클레망 무오 〈clement.mouhot@ceremade.dauphine.fr〉

제목: 배커스

1960년도 JMP•에 실린 배커스의 논문이야(Vol.1 No.3, 안타깝지 뭐야, Vol.1 No.1였으면 더 좋았을 텐데!).

굉장하지! 배커스 논문에서 끝에서 두 번째 섹션을 봐. 그리고 논문의 마지막 문장도! 나 개인적으로는 최근 몇 년간의 논문들에서도 이러한 의문들을 명시적으로 드러낸 사람을 한 명도 보지 못했기에 더욱더 주목할 만해.

잘 있어.

세드릭.

날짜: 2009년 5월 10일 일요일, 05시 21분 28초 +0800

보낸사람: 클레망 무오 〈clement.mouhot@ceremade.dauphine.fr〉

받는사람: 세드릭 빌라니 〈Cedric.VILLANI@umpa.ens-lyon.fr〉

제목: Re: 배커스

• Journal of Mathematical Physics를 가리킨다.

배커스의 논문은 비행기에서 조금 읽어봤어. 과연 대단히 흥미로운걸? 배커스는 선형 문제들은 물론, 백그라운드 경계에서의 시간에 대한 증가가 필라멘테이션에 의해 공간과 상관관계를 갖게 된다는 문제도 잘 이해하고 있었어. 전반적으로 논문이 란다우 감쇠에 대한 논문들의 '기준'과 비교할 때 꽤 엄격하더라고…… 인용에 꼭 추가해야겠어. 특히 190쪽의 수치적인 검토 부분, 선형 연구가 비선형에도 유효한지 의심을 피력한 결론 부분을. 더욱이 우리 도입부의 개념적인 어려움 중 하나와도 일치하잖아.

잘 있어.

클레망.

31장

2009년 5월의 어느 멋진 저녁, 프린스턴.

5월이면 IAS의 나무들은 흐드러지게 꽃이 피어 장관을 이룬다.

어슴푸레한 저녁나절에 나 홀로 산책을 하며 어둠과 고즈넉한 기분, 감미로운 공기를 음미한다.

고등사범학교에 다니던 시절에도 나는 기숙사의 컴컴한 복도를 싸돌아다니기 좋아했다. 방문 아래서 새어나오는 불빛들이 흡사 빛의 파도 같아서 쥘 베른의 소설에 나오는 잠수함 현창들을 지나가는 기분도 들었다.

하지만 산들바람과 풀밭을 가로지르는 이 산책에 비할쏘냐. 여기에도 빛은 있다. 하지만 문명의 불빛이 아니라 개똥벌레들이 뿜어내는 자연광이다. 마치 무수히 많은 별들이 풀밭에 흩뿌려진 채 깜박대고 있는 것 같다.

아, 기억난다…… 란다우 감쇠 이론을 개똥벌레 빛의 깜박거림에 적용한 논문이 있었는데.

뭐야, 세드릭, 란다우 감쇠는 잠시 제쳐두라고, 정말 너무하잖아! 이미 며칠째 밤낮 없이 매달려왔어. 그러니까 지금은 아무것도 따지

블라디미르 보예보츠키

지 말고 개똥벌레들이나 구경하라고.

어라, 누가 이렇게 늦은 시각에 산책을 한담? 눈에 익은 모습인데…… 아이고, 설마! 블라디미르 보예보츠키, 그의 세대에서 최고로 꼽히는 러시아 수학자, 2002년도 필즈상 수상자, 그로텐디에크의 정신적 후계자 중 한 사람 아닌가. 프린스턴에서 늦은 저녁에 마주칠 법한 위험인물 되시겠다.

보예보츠키도 나처럼 산책을 나왔다. 레이 브래드버리의 소설 속 인물처럼 아무 목적 없이 걸어가는 '저스트 워킹, 워킹 포 에어'다.

얘기를 나누어본다. 아마 보예보츠키처럼 나와 완전히 동떨어진 수학을 하는 학자도 없을 것이다. 나는 그의 연구를 전혀 이해하지 못하고, 그쪽도 내 연구를 이해하지 못하기는 마찬가지이리라. 하지만 그는 자신의 연구보다는 자신의 꿈, 자기가 흥미를 느끼고 전적으로 매달리고자 하는 주제, 다시 말해 프로그래밍 언어와 자동증명 알고리즘이라는 주제에 대해서 얘기했다.

그는 저 유명한 4색 정리four color theorem와 그 정리의 증명에 대해서 얘기했다. 이 증명은 컴퓨터 프로그램에 의존한 부분이 수학자들에게 받아들여지기 어려웠으나, 최근에 프랑스 INRIA 연구진이 코크Coq라는 범용 툴을 사용하여 다시 한 번 증명함으로써 그 결과를 공고히 하였다.

블라디미르는 머지않은 미래에는 컴퓨터 프로그램이 길고 복잡한 증명도 수행할 수 있으리라 내다본다. 이미 프랑스에서는 잘 알려진 결과들을 대상으로 시험가동 중이라고 한다. 처음엔 별로 믿기지 않았지만 나와 마주하고 있는 보예보츠키는 최고 수준의 학자요, 허튼 소리를 할 사람이 아니니 진지하게 받아들여야 할 얘기다.

나는 그런 문제를 건드려보지 않았고, 알고리즘도 거의 해보지 않았다. 이분매칭bipartite matching 알고리즘, 심플렉스 알고리즘, 경매 알고리즘은 내가 전문으로 연구하는 최적수송의 디지털 시뮬레이션에서 중요한 역할을 한다. 하지만 그쪽은 블라디미르가 지금 얘기하는 알고리즘의 정신과 완전히 다르다. 그 새로운 분야에는 흥미로운 연구 과제들이 많아서 의욕을 불러일으킨다나……

꽃, 언어, 네 가지 색깔, 짝짓기…… 멋진 노래의 재료들이 다 모였다…… 이미 그런 노래가 있지만 않다면 말이다.

*

1850년경에 수학자 프랑시스 귀트리는 영국 지도에서 인접해 있는 행정구역은 서로 다른 색깔로 칠하려고 했다. 그에게는 최소 몇 가지 색깔이 필요했을까?

귀트리는 4가지 색이면 충분하다는 것을 알았다. 그리고 '세상 어느 나라의' 지도를 가져오더라도 그 나라 자체가 여러 덩어리로 분리되어 있지 않은 한 4색으로 충분할 것으로 생각했다.

3색으로는 무리다. 남아메리카 지도를 펼치고 브라질, 아르헨티나, 볼리비아, 파라과이를 찾아보라. 각 나라는 다른 세 나라들과 국경을 맞대고 있다. 따라서 최소한 서로 다른 4개의 색깔들이 있어야 한다.

하지만 4색은 충분하다. 여러분이 원하는 대로 지도를 가져와서 직접 시험해도 좋겠다. 최소한, 다양한 예들에 적용해볼 수 있을 것이다. 하지만 어떤 지도를 가져와도 4색으로 가능하다는 주장이 참이라는 것을 어떻게 검증할까? 지도는 무수히 많이 나올 수 있으니 전부 다 시험해보진 못한다! 따라서 논리적 추론이 필요한데, 그게 쉽지가 않다.

1879년에 켐프가 이 증명에 성공했다고 생각했다. 하지만 그의 증명에는 오류가 있었고, 5색으로 충분하다는 것을 보여주었을 뿐이다.

한 발 한 발 나아가보자. 네 나라밖에 없는 지도라면 4색으로 충분하다는 증명이 가능하다. 여기서 출발하면 다섯 나라가 있는 지도에 대해서도 어렵잖게 증명할 수 있다. 그다음은 여섯 나라짜리 지도다. 이런 식으로 계속 진행할 수 있을까?

1000개 국가가 있는 지도를 4색으로 칠할 수 있다는 것을 이미 알고 있다고 치자. 그런데 이제 1001개 국가가 있는 지도를 칠하려고 한다. 어떻게 할까? 일단 최소한 한 나라는 국경을 접하는 다른 나라들의 수가 5를 넘지 않는다는 것을 보여줄 수 있다. 이 나라와 그 이웃나라들에만 집중한다면 색칠하기가 어렵지 않다. 그리고 이 국가들의 그룹 내에서 몇 군데를 병합하거나 재편한다면 1000개 이하 국가들의 지도를 얻을 수 있으므로 색칠이 어렵지 않다. 괜찮은 아이디어다…… 하지만 따로 떼어 칠한 부분과 전체 색칠을 합치려면 골치 아파진다. 경우의 수가 너무 많다. 수백만, 심하게는 수십억 가지까지 나올 수 있다!

1976년에 아펠과 하켄은 1000개의 테스트용 배열configuration을 수립하고 컴퓨터 프로그램의 도움으로 이것들을 모두 검토했다. 두 달간 기계를 돌려본 결과, 그들은 어떤 경우에서나 4색이면 충분하다는 결론을 내림으로써 100년 넘은 이 추측을 해결했다.

이 증명을 둘러싸고 수학계는 양분되었다. 기계는 사람의 성찰을 필요 없게 만들었나? 규소와 집적회로로 이루어진 존재에 던져준 이 문제를 우리가 정말로 이해했다고 할 수 있나? 아펠-하켄 지지파와 아펠-하켄 반대파는 반목했고 합의는 이루어지지 않았다.

사람들은 이 논쟁과 함께 살아가는 법을 배웠다. 시간을 뛰어넘어 새천년을 맞을 즈음의 프랑스 INRIAInstitut national de recherche en informatique et en automatique로 가보자. 증명검증언어 전문가 조르주 공티에는 정보과학과 계산에 특화된 이 연구소에 재직 중인 연구자다. 아펠과 하켄이 기삿거리를 제공해주고 있던 바로 그때에 몇몇 꿈 많은 이론가들이 유럽에서 그의 영역을 발전시켰다. 여러분이 나뭇가지를 하나하나 만져보며 나무가 튼튼한지 살펴보듯이 이 프로그래밍 언어들은 수학적 증명을 살펴본다. 추론이 어떤 논리의 나무에 입각해 있어서 맞춤법 자동검사기를 쓸 때와 비슷하게 자동 검증의 대상이 될 수 있다고 생각해보라.

하지만 맞춤법 자동검사기는 잘 쓰인 단어들만을 처리하는 반면, 증명 분석기는 전체적인 정합성을 검증하고 모든 것이 올바른지 확인할 것이다.

공티에는 벵자맹 베르너라는 동료 연구자의 도움을 받아 4색 정리 증명을 코크라는 프로그램으로 공략하기로 결심했다. 코크라는 프로그램명은 개발자 티에리 코캉의 이름에서 따온 것이다. 이 프로그램은 아펠과 하켄이 사용한 것과는 달리 버그를 일으키지 않는 것으로 인증을 받았다. 그리고 코크는 사실 계산을 제공하지 않고 주어진 알고리즘을 바탕으로 증명을 자동 생성한다. 공티에는 이 프로그램을 이용하여 증명의 '해독 가능한' 부분을 다시 작성함으로써 간단하면서도 효과적인 것, 아름다운 것을 얻어냈다! 사람이 0.2퍼센트를 작성하고 기계가 99.8퍼센트를 감당한 증명이지만 바로 그 인간의 몫 0.2퍼센트가 정말로 중요했고, 적어도 코크라는 프로그램은 그 나머지에 대해 믿어도 좋다는 확신을 주었다.

공티에와 그 동료들의 작업은 그리 멀지 않은 미래에 로켓 발사, 항공기 비행, PC의 마이크로프로세서 등을 관장하는 복잡한 프로그램들까지도 자동 검증하는 소프트웨어들을 예고한다. 불과 30년 전까지만 해도 허황된 꿈에 지나지 않았던 계획들이 이제는 수십억 유로가 달린 사안이 되었다.

지칠 줄 모르는 연구자 공티에는 현재 야심만만한 프로젝트에 뛰어들었다. 유한군finite group 분류에 대한 몇 가지 정리들, 그것도 증명의 분량으로는 20세기 최고라고 할 수 있는 정리들을 검증하는 프로젝트다.

*

요구하며 외치는 말

미심쩍어하는 말

온 세상에
불꽃을 일으키리
커다란 입에서
근사한 말이 나온다지만
울리는 북에 덧댄 가죽은
돈으로 살 수 있으리

언젠가 우리 언어가
꽃을
결혼을
네 가지 색을 노래하리
그게 사랑을 말한다는 것을
넌 알 수 있을까
난 널 기다릴 테야
탑 아래서

그동안 카인은 계속 아벨을 쫓고
나는 내 손으로 바벨탑을 세웠어

—기 베아르, 「바벨탑La Tour de Babel」(발췌)

32장

2009년 6월 26일, 프린스턴.

프린스턴에서 보내는 마지막 날이다. 지난 몇 주간 비가 정말 어이없을 정도로 줄기차게 퍼부었다. 하지만 오늘 저녁에는 하늘이 개었고 나는 또 산책을 나왔다. 개똥벌레들이 커다란 나무들을 무수히 많은 꼬마전구들이 깜박거리는 낭만적인 크리스마스트리로 둔갑시켜놓았다. 큼지막한 버섯, 순간적으로 스쳐가는 토끼, 어둠 속에서 언뜻 보이는 여우의 윤곽선, 소스라치게 울면서 방황하는 사슴들.

요 며칠간 란다우 감쇠 전선에서 많은 일이 일어났다! 우리는 기어이 증명을 제대로 만들어냈고 전체를 다시 읽어봤다. 우리 논문을 인터넷에 올리면서 얼마나 가슴이 벅찼던지! 마침내 제로 모드를 통제할 수 있게 되었다. 클레망은 내가 자연사박물관에서 돌아오면서 착안한 이중 시간이동double time-shift 방법 없이도 해결이 가능하다는 것을 알아냈다. 이중 시간이동 방법을 없애면 증명이 더 단순해지겠지만, 우리는 증명을 전부 다 다시 붙잡고 늘어질 마음이 없었고, 그 방법이 다른 문제들에 쓰일 수 있을 거라고 생각했다. 그래서 거치적거리지 않는 선에서 그냥 내버려두었다…… 나중에 필요에 따라 얼마든지 단순화할 수 있을 거다.

나는 우리의 연구를 다양한 기회에 공개했다. 그렇게 한 번씩 공개를 할 때마다 결과물과 프레젠테이션을 조금씩 개선할 수 있었기에 지금은 꽤 탄탄하게 길이 든 상태다. 어딘가에 작은 실수가 있을 수도 있지만 지금은 모든 것이 잘 맞물려 있기 때문에 자신 있다. 구멍을 발견한대도 그렇게 심각하지는 않은, 우리가 금세 메울 수 있는 수준일 것이다.

프린스턴 플라스마 물리학 연구소에서 나는 두 시간 동안 물리학자들을 상대로 발표를 했다. 그 후에 플라스마의 신비를 해독하고 핵융합을 정복하고자—불가능한 일도 아니다—애쓰는 이 연구소의 연구설비와 실험실들을 둘러보는 좋은 기회를 가졌다.

미니애폴리스에서는 블라디미르 스베락이 나의 발표에 각별한 관심을 보여주었다. 준볼록성quasiconvexity이라는 미스터리한 개념을 누구보다 잘 이해해냈고 지금은 나비어-스토크스 정칙성의 최고 전문가로 손꼽히는 이 학자를 나는 마음 깊이 존경한다. 그의 따뜻한 말에 나는 더욱더 자신감을 얻었다.

그리고 미니애폴리스에서 나는 또 한 건을 해냈다. 동료 학자 마커스 킬의 딸아이, 금발과 수줍음이 두드러지는 그 여자아이가 학회 연회에서 나랑 놀고 싶다고 한 것이다. 아이는 까르르 웃으며 자지러질 만큼 즐거워했다. 마커스는 평소 모르는 사람에겐 눈길도 안 주던 아이가 외국인과 그렇게 금세 친해지는 모습을 보고 놀랐다.

럿거스에서도 원기 왕성한 조엘의 통계물리학 콜로키움 중 하루를 기회 삼아 다시 한 번 발표를 했다. 하지만 이번에는 지난번과는 전혀 다른, 탄탄하게 수립된 연구 결과를 발표했다!

프린스턴에서는 (거의) 여자들로만 이루어진 청중을 앞에 두고 '수학에서의 여성' 프로그램의 일환으로 강연을 한 적이 있다. 수학이라는 학문을 남성이 장악하게 만든—컴퓨터공학, 전자공학만큼은 아니지만 그래도 대체로 그렇다—이 저주를 풀 수 있을까라는 희망을 품고 젊은 여성 수학자들이 많이 참석해주었다. 어쩌면 그날의 청중 가운데 대대로 꿈을 꾸게 만들었던 위대한 여성수학자들, 이를테면 소피아 코발레프스카야, 에미 뇌터, 올가 올레이니크, 올가 라디젠스카야의 계승자가 있었을지도 모른다. 젊은 여성들은 신선한 바람을 몰고 캠퍼스를 방문했고, 오늘 저녁에도 그중 상쾌한 공기를 쐬러 삼삼오오 산책을 나온 이들을 마주칠 수 있다.

어제저녁에는 우리 가족 모두 마지막 인사를 하러 골프장에 갔다. 학회에 참석하고 돌아오느라 저녁 어스름에 기차역에서 연구소까지 이어지는 오솔길을 홀로 걷는 기분이 얼마나 좋았던가…… 그럴 때면 달빛 아래 모래언덕은 으스스한 파도처럼 보이곤 했지…… 아이들은 귀한 보물을 경건하게 땅에 내려놓았다. 애들은 여기 와서 지금까지 누군가가 잃어버린 골프공들을 열심히 주워 모았던 것이다. 그게 벌써 여섯 달이다!

프린스턴에 체류하는 내내 나는 수학적 은총을 누리며 행복하게 지냈다. 란다우 감쇠 문제를 해결한 후로는 루도빅, 알레시오와 협력 연구하는 또 다른 거대 프로젝트에 착수했다. 모든 것이 위태로워 보였지만 우리는 모든 장애물을 극복할 수 있었고 모든 것이 마법처럼 착착 돌아가기 시작했다. 게다가 진짜 기적이 일어났다. 15

개 항을 조합하여 완전제곱수를 구성하는 엄청난 계산이…… 우리가 생각했던 바의 정반대를 증명했으니 실로 생각지도 않았고 기대하지도 않았던 기적이다!

하지만 란다우 감쇠에서 모든 것이 해결되진 않았다. 가장 흥미로운 상호작용, 즉 정전기 혹은 중력의 상호작용에서는 거대하지만 무한하지는 않은 시간에 대해서 감쇠가 일어난다는 것을 증명했다. 여기에 갇혀 있기 때문에 정칙성도 한계가 있는 것이고, 우리는 해석의 틀을 벗어나지 못하는 것이다. 내 발표를 마무리할 때면 곧잘 다음과 같은 두 질문들이 나오곤 했다. '쿨롱 상호작용이나 뉴턴 상호작용의 경우에도 무한한 시간에 대한 감소가 일어납니까?' '해석성 가정 없이도 가능한 얘기인가요?' 나는 이 질문을 받을 때마다 변호사 없이는 아무 말도 하지 않겠다고, 이게 정말 심오한 사안인지 아니면 우리가 그냥 충분히 머리를 쓰지 못한 건지 솔직히 잘 모르겠다고 대답했다.

아, 나처럼 혼자 산책을 나온 젊은 여성 수학자 한 사람이 잠시 함께 걷고 싶다고 청한다. 그녀는 최적수송에 대한 나의 발표를 들었는데 그 주제에 입문하는 데 도움이 되었다고 한다. 우리 두 사람은 프린스턴의 감미로운 밤공기 속에서 수학에 대해 이야기한다.

산책이 끝나고 연구소로 돌아갈 시각이다. 연구실은 거의 다 비웠지만 연구 노트 더미들이 남아 있다. 성공적인 시도도 있었고 무위로 돌아간 시도도 있었지만 어쨌든 매일매일 끼적거린 종이들, 공들여 작성했다가 충동적으로 인쇄하고 씩씩대며 교정을 봤던 그 모든 중간 버전들.

그 종이 뭉치들도 가져갈 수 있겠지만 비행기에서 너무 짐이 될 것 같다. 이미 수하물이 장난 아니다! 그러니까 전부 버려야 한다……

젊은 여성 수학자는 내가 그 어마어마한 종이 뭉치를 지그시 바라보는 모습을 보고 금세 이해한다. 그토록 마음을 담았던 종이 뭉치를 전부 다 버리는 것은 좀 슬픈 일이니까. 그녀는 내가 그 종이 뭉치를 쓰레기통에 담는 것을 도와주었다.

아니, 정확히 말하자면 쓰레기통 주위를 돌아가며 쌓아주었다. 종이 뭉치는 쓰레기통으로 최소한 네 개는 나올 분량이었다!

됐다, 나의 프린스턴 체류가 이제 정말 끝났다.

*

저는 오랫동안 젊은 여성 수학자들을 한자리에 모아놓는다는 취지를 어떻게 받아들여야 할지 좀 난감하게 여겼습니다. 제가 직접 프린스턴 IAS에서 매년 주관하는 프로그램 '수학에서의 여성' 2009년도 대회에 강연자로 참석해보기 전까지는 그랬지요. 그 대회의 열렬하고 역동적인 분위기는 제게 잊을 수 없는 추억으로 남아 있습니다. 여러분이 '앙리 푸앵카레 연구소가 주관하는 제9회 젊은 여성 수학인 포럼'에서도 편안하지만 학구적인 분위기로 토론과 논쟁을 이끌어주셨으면 좋겠습니다!

(2009년 11월 6일 자, 앙리 푸앵카레 연구소장의
젊은 여성 수학인 포럼 환영사 중에서)

33장

2009년 6월 28일, 리옹.

아주 오랜만에 집으로 돌아온 기분은 참 묘하다.

시장에 가기 전까지는 정말로 우리 집에 돌아왔다는 느낌이 들지 않았다. 단골 가게들을 돌면서 빵과 치즈를 사다가 모두가 프랑스어를 쓴다는 데 새삼 놀랐다. 여섯 달 만에 처음으로 생우유를 한 잔 들이켜자 눈물이 날 뻔했다. 말랑말랑한 치아바타와 바삭바삭한 바게트는 아무 말이 필요 없었다.

나의 활동 영역으로 돌아왔지만 모든 것이 전과는 달라졌다. 물론 우리가 없는 동안 인테리어 업자들이 공사를 한 탓에 집이 완전히 달라 보이기도 하지만…… 그건 아무것도 아니다. 나의 내면은 그보다 더 크게 변했다. 프린스턴에서의 작업으로 나는 달라졌다. 평지로 돌아왔지만 머릿속은 자신이 올랐던 높다란 봉우리들로 여전히 가득 찬 산악인처럼 말이다. 여섯 달 전에 우연은 나의 학문적 도정을 내가 생각지 못했던 지점으로 끌고 갔다.

1950년대에 과학혁명이 일어나면서 사람들은 알게 됐다. 지나치게 가능성이 풍부한 체계를 탐구하려면 그 체계를 조목조목 따지거나 일련의 표본들을 순전히 임의로 선택하는 것보다는 일정 부분을 우연에 맡기고 연구를 진행하는 편이 낫다는 것을. 그게 메트로폴리스-헤이스팅스 알고리즘이었고 지금은 MCMCMonte Carlo Markov Chains의 영역 전체에 해당한다. 물리학, 화학, 생물학에서 MCMC의 가공할 만한 효율성이 늘 설명되지는 않았다. 이 알고리즘은 결정론적인 탐색이 아니지만 순전히 임의적이기만 한 탐색도 아니다. 우연에 맡기고 조금씩 나아가는 탐색이랄까.

사실 아주 새로운 얘기는 아니다. 인생도 비슷하지 않은가. 연구자가 새로운 만남을 통해 학문적 대륙을 옮겨가듯, 모두가 다소 우연히 이 상황에서 저 상황으로 나아가며 더 많은 가능성들을 엿본다.

모든 것이 제자리로 돌아왔고 모든 것이 다시 시작될 것이다. 내 집기들은 이미 박스 속에 정리되었고 이제 곧 이삿짐 인부들이 내게 친숙한 모든 것을 옮겨주리라. 우리 어머니가 한 번 써보고 철근 콘크리트처럼 튼튼하다고 했던 일본식 요. 15년이나 됐지만 하이파이 라벨이 부끄럽지 않은 오디오 콤포넌트. 고등사범학생 시절의 변변치 않은 벌이를 거의 다 잡아먹었던 수백 장의 CD, 아직도 남아 있는 카세트테이프와 중고 LP. 거대한 2인용 목재 책상, 엄청나게 많은 책들이 서식하는 책꽂이 군단, 런던에서 가져온, 나무를 통으로 조각해 만든 묵직한 안락의자, 드롬에서 사온 조각상들, 우리 할머니의 그림들…… 이 모든 것이 나의 새로운 모험에도 함께할 것이다. 사흘 후, 나는 파리 앙리 푸앵카레 연구소장으로서의 임기를 시작한다. 전임 소장이 6월 30일에 소장실을 비우면 내가 7월 1일에 들어갈 것이다. 현장에서 일을 익혀야 할 것이다. 내 인생의 새로운 시기가 시작될 것이다.

나 개인의 MCMC가 새로운 한 발을 내딛는다.

*

'수학의 집' IHP는 1970년대와 1980년대에 오랜 공백기를 거친 후 1990년에 공식적으로 다시 열렸다. 정부는 피에르 마리 퀴리 대학과 체결한 4개년 계약의 틀에 입각하여 IHP 혁신에 대대적인 투자를 단행했다. 새로운 IHP는 이 대학이 경영관리를 맡고 CNRS의 지원을 받는다.

수학자 피에르 그리바르의 지휘하에 IHP의 새로운 구조가 수립되었다. 그리바르는 안타깝게도 1994년에 고등교육연구부 장관이 주관하는 공식 개소식을 몇 달 남기고 사망했다. 조제프 외스테를레(피에르 마리 퀴리 대학)가 그 뒤를 이었고, 1999년에는 미셸 브루에(드니 디드로 대학)가, 2009년에는 세드릭 빌라니(리옹 고등사범학교)가 각각 소장으로 취임했다.

(앙리 푸앵카레 연구소에 대한 요약 노트에서 발췌.)

34장

2009년 8월 4일, 프라하.

프라하, 유럽의 신화적인 도시라고 할 만한 곳. 골렘 전설, 다니엘 메시아의 노래, 로버트 크럼과 마이로비치가 그림과 글을 맡았던 만화판 전기 『카프카』, 그 외에도 많은 것들이 프라하의 거리를 걸어가는 동안 머릿속에 떠올랐다. 거리에는 천 년 된 벽시계들과 옷을 입다 만 것 같은 댄서들의 술집이 공존했고 뿔 달린 머리띠를 하고 슈퍼히어로의 망토를 두른 대학생들은 클럽으로 춤을 추러 가고 있었다.

몇 주 전 오버볼파흐에서는 행인들이 내 옷차림을 보고 눈을 휘둥그레 떴다. 하지만 프라하에서는 이렇게 옷을 입고도 공인회계사 행세를 할 수 있을 것 같다.

어제 국제수리물리학협회에서 주관하는 국제수리물리학대회의 개회식이 있었다. 이 성대한 자리에서 나를 포함해서 네 사람이 수리물리학계에서 가장 명예로운 상이라고 할 수 있는 앙리푸앵카레상을 받았다. 나처럼 젊은 연구자 부문에서 수상한 로베르트 자이링거 외에도 스위스의 위르크 프뢸리히, 러시아의 야코프 시나이가 수상의 기쁨을 누렸다. 양자역학, 고전역학, 통계물리학, 동역학 분야의 전문가들인 수상자들은 모두 막역한 사이이다. 선견지명이 있는 조엘 레보위츠가 이미 오래전부터 이들 모두를 자신의 『통계물리학 저널』 편집위원회로 포섭해놓은 덕분이다. 나는 이렇게 좋은 사람들과 함께한다는 것이 행복하기도 하고 자랑스럽기도 하다.

원래 프로그램에는 예정이 없었지만 수상자로서 전체강연을 할 기회를 얻었다. 비록 상은 볼츠만 방정식에 대한 연구로 받았지만 란다우 감쇠를 강연 주제로 선택했다. 나의 최근 연구 성과를 상상할 수 있는 최고의 수리물리학자들 앞에서 발표할 기회를 생각지도 못하게 얻었다.

3분 전, 강연을 앞두고 심장이 미친 듯이 뛰고 아드레날린이 솟구쳤다. 하지만 일단 입을 떼고 난 지금은 마음이 차분해졌고 자신도 있다.

"제가 앙리 푸앵카레 연구소장으로 임명된 바로 이때에 앙리푸앵카레상을 받게 됐군요. 그저 우연의 일치이긴 합니다만 저는 이 우연이 마음에 듭니다……"

발표는 꼼꼼하게 준비했고 원만하게 진행됐다. 나는 시간에 딱 맞게 발표를 끝냈다.

"마지막으로, 이 멋진 우연에 주목하고 싶습니다! 뉴턴 상호작용의 특이점singularity을 다루려면 뉴턴 방법의 역량을 총동원하는 겁니다. 뉴턴은 자부심을 가져도 돼요! 그저 우연의 일치이긴 하지만 저는 이 우연이 마음에 듭니다."

대단한 성원이었다. 나는 몇몇 사람에게서 놀라움과 찬탄, 희미한 두려움마저 뒤섞인 눈빛을 보았다. 사실은 증명이 너무 압도적이어서 나도 감당이 잘 안 된다고 해야겠다!

그 후, 강연 전에는 나에게 눈길도 안 주던 젊은 프라하 여성들이 자못 다른 태도를 보였다. 그 아가씨들은 나에게 우르르 달려와 너무나 명쾌한 강연이었다고 찬사를 보냈다. 한 여성은 마음을 담아 칭찬의 말을 우물쭈물 수줍은 프랑스어로 건네고 갔다.

물론, 으레 나오는 질문들은 마찬가지였다. 해석적 정칙성의 가정을 완화할 수 있느냐? 뉴턴 상호작용의 경우, 무한한 시간에는 적용 못하는 거냐? 하지만 나의 포르투갈인 친구 장 클로드 잠브리니는 전혀 걱정하지 않았고 내 발표가 끝난 후에 넌지시 이렇게 말해주었다. "세드릭, 자네가 우연을 끌어들이는 것 같으니 이제 우리는 자네에게 필즈 연구소의 초청장이 날아오기만을 바랄게!"

필즈 연구소는 토론토에 거점을 두고 있다. 하지만 이 연구소는 필즈상 수상자 선정에 아무 역할도 하지 않는다. 어쨌든 필즈 연구소에는 모든 부류의 수학자들을 위한 학회가 정기적으로 열린다.

나는 장 클로드와 킬킬대고 웃었다…… 하지만 그로부터 겨우 한 달 반 후, 초청장이 순전히 우연처럼 날아들었다.

*

날짜: 2009년 9월 22일 화요일, 16시 10분 51초 –0400(EDT)

보낸사람: 로버트 맥칸 〈mccann@math.toronto.edu〉

받는사람: 세드릭 빌라니 〈Cedric.VILLANI@umpa.ens-lyon.fr〉

제목: 필즈 2010

친애하는 세드릭,

이번 가을 11월 1일에서 5일까지 '점근적 기하해석'에 대한 필즈 연구소 테마 학기의 일환으로 '기하적 확률과 최적수송'이라는 주제의 학회가 열리는데 내가 프로그램 조직위원이 됐어.

자네는 물론 학회에 초대될 걸세. 모든 비용은 연구소에서 부담하네. 부디 참석할 수 있기를 바라네.

하지만 혹시 자네가 토론토 필즈 연구소 장기 체류에 관심을 가질 만한 가능성은 없는지 확인하고 싶네. 만약 그런 가능성이 있다면 그 계획에 자네가 흥미를 갖도록 힘써보지.

답장 주게,

로버트.

35장

2009년 10월 23일, 뉴욕.

프랑스에 있는 아이들이 삼촌이 맨손으로 잡아준 새끼멧돼지와 친구가 됐단다. 나도 그 녀석을 만나보고 싶다!

하지만 나는 휴가를 이용해서 며칠 만에 전국을 쫙 훑고 오는 살인적인 일정의 전미 투어를 해치우고 싶었다. 이미 보스턴을 다녀왔고, (위너와 내시의 흔적을 찾아서!) MIT와 하버드 대학교를 방문했다. 지금은 뉴욕이다. 프랑스에 돌아가면 바로 새끼멧돼지를 데리고 숲속으로 산책을 갈 수 있을 거라는 생각을 위안 삼아 버티고 있다.

저녁, 이메일을 확인한다. 심장이 두근거린다. 세계 최고의 수학 전문학술지로 꼽히는 『악타 마테마티카』에서 보낸 메일이 있다. 클레망과 나는 바로 여기에 우리의 180쪽짜리 괴물을 선보이고 싶어서 원고를 보내두었다. 분명히 그 건에 관련된 메일일 것이다.

하지만…… 우리가 원고를 보낸 지 넉 달도 안 됐다! 원고의 분량을 감안할 때 심사위원들이 의견을 내놓고 편집진이 긍정적인 결정을 내리기에는 너무 짧은 기간이다. 그럼 설명은 한 가지로밖에 안 된다. 논문을 퇴짜 놓는다는 내용의 메일일 것이다.

메시지를 열어서 대충 훑어본다. 열에 들떠 전문가들의 보고 내용을 읽어본다. 입술을 앙다물고 다시 읽어본다. 여섯 건의 보고, 전반적으로 긍정적인 편, 분명히 그렇긴 한데…… 그래, 늘 이런 식이다. 해석성의 조건이 있다는 점과 무한대가 아닌 큰 시간에 한정된 결과라는 점이 그들에겐 미덥지 않은 거다. 항상 나오는 그 두 질문, 내가 발표를 거듭하며 이미 수십 번은 대답해야 했던 두 질문 때문에 결국 논문이 퇴짜 맞았다! 편집자는 연구 결과가 확정적이라는 확신을 얻지 못했고 논문이 워낙 기니까 평소보다 완강한 태도를 보여야 했을 것이다.

이렇게 부당할 데가! 우리가 이 논문에서 이루어낸 혁신, 주제 자체의 개척은 뭐가 되나? 얼마나 많은 기술적인 난관을 극복하고 얼마나 많은 밤을 설쳤는데…… 그들이 보기엔 아직도 충분히 아름답지 않다고?? 그런 생각을 하니 병이 날 것 같다!

자…… 내가 페르마상 수상자로 이제 막 선정됐다는 또 다른 메일도 와 있다. 수학 애호가들의 우두머리요, 수수께끼 같은 수학으로 온 유럽을 열 받게 했던 17세기 프랑스 수학자 피에르 드 페르마의 이름을 딴 상이다. 페르마는 수이론, 변분법, 확률계산을 혁명적으로 발전시켰다. 현재 페르마상은 이 분야들에서 중요한 공적을 세운 45세 이하의 연구자를 2년에 한 번씩 한 명 혹은 두 명을 선정해서 수여한다.

수상 소식이 조금 위로가 되긴 했지만 논문이 거절당한 좌절감은 보상받을 수 없었다. 나 자신을 위로하려면 적어도 열렬한 포옹이 필요할 터였다.

*

1882년에 스웨덴 수학자 예스타 미타그 레플러는 북구의 수학자들을 설득하여 최고 수준의 수학 연구만을 다루는 스칸디나비아 학술지를 창간했다. 그 학술지가 바로 미타그 레플러가 편집장을 맡았던 『악타 마테마티카』다.

확고한 취향과 적당한 대담성을 겸비했던 미타그 레플러는 전 세계 최고의 수학자들과 수시로 연락을 취하면서 금세 당대 최고의 수학 논문들을 자기네 학술지로 끌어들였다. 그가 자신의 필진 중에서 가장 아끼던 필자는 아마도 예측할 수 없는 천재 앙리 푸앵카레였을 것이다. 미타그 레플러는 아무 두려움 없이 푸앵카레의 혁명적인 장문의 논문을 게재했었다.

이 학술지에 얽힌 가장 유명한 에피소드는 푸앵카레의 이력에서 가장 유명한 에피소드 중 하나이기도 하다. 스웨덴 왕 오스카 2세는 미타그 레플러의 조언에 따라 몇 개의 주제 중 하나를 골라서 해결하는 수학경연대회를 열었다. 이 대회에 참가한 푸앵카레는 이미 뉴턴 이후로 모두에게 열려 있던 문제, 즉 태양계의 안정성이라는 주제를 선택했다! 사실 뉴턴이 태양계 행성의 방정식들을 수립하긴 했지만(행성들은 태양의 중력을 받는 동시에 자기네들끼리도 중력을 행사한다) 그 방정식들이 태양계의 안정성을 가져오는지, 아니면 그 방정식들에 이미 재앙이 예고되어 있는지(두 행성이 충돌하지 말란 법도 없지 않은가?) 그 어느 쪽도 증명하지 못했다. 수리물리학에서 이건 모두가 익히 아는 문제였다.

뉴턴은 태양계가 본질적으로 불안정하다고, 그러나 신의 가호가 있어서 안정성을 관찰할 수 있는 거라고 생각했다. 그러나 나중에 라플라스와 라그랑주, 이어서 가우스가 뉴턴 체계가 뉴턴이 생각했던 것보다 훨씬 더 거대한 시간에 대해서, 어쩌면 100만 년까지도 안정적이라고 증명해 보였다. 인류 역사상 처음으로, 그때까지 기록된 모든 사료보다 훨씬 더 거대한 시간 차원에서, 천체들의 운행을 질적으로 예측했던 것이다!

그렇지만 문제는 아직 남아 있었다. 그 거대한 시간을 뛰어넘어서면 재앙이 일어날 수도 있을까? 100만 년이 아니라 1억 년을 두고 본다면, 화성과 지구가 충돌할 수도 있는 건가? 이 특수한 문제의 이면에는 물리학 전반의 근본적인 물음들이 있다.

푸앵카레는 태양계 전체를 다루진 않았다(그건 너무 복잡하다!). 대신, 하나의 거대 행성과 또 하나의 아주 작은 행성이 태양 주위를 도는 축소 모형을 다루었다. 태양계에서 목성과 지구만 남기고 다른 행성들은 일단 잊기로 했다고 할까…… 푸앵카레는 문제를 이렇게 축소하고 더욱더 단순화하여 살아 있는 핵심만 뽑아냈다. 그는 이때 써먹을 새로운 방법들을 고안했고 축소 태양계가 영원히 안정성을 확보한다는 것을 증명했다!

이 업적으로 푸앵카레는 오스카 왕의 치하와 상금을 받았다.

수상 논문은 『악타 마테마티카』에 발표될 예정이었다. 하지만 편집자는 이 논문을 보고 푸앵카레 해법의 분명치 않은 몇몇 대목이 마음에 걸렸다. 그냥 흔한 일이었다. 어차피 푸앵카레는 명료성의 모범으로 통하는 학자가 아니었으니까. 편집자는 프랑스 수학의 금자탑과도 같은 이 학자에게 자신의 의문 사항들을 전달했다.

푸앵카레가 증명에 심각한 실수가 있다는 것을 깨달았을 때는 이미 논문이 발표된 후였다! 사소한 수준의 오류가 아니라 논문의 결론이 근본적으로 잘못되어 있었다.

미타그 레플러는 당황하지 않고 학술지를 전량 회수했다. 아무도 오류를 눈치 채지 못하게 대충 핑계를 둘러대면서 하나하나 회수한 것이다. 그러고는 전량, 혹은 거의 전부를 폐기 처분했다. 푸앵카레가 손해액은 전부 부담했다. 그래서 오스카 왕에게 받은 상금보다 더 많은 돈이 들었다!

푸앵카레가 자신의 오류를 새로운 토대를 닦는 행위로 변화시켰다는 점에서 비로소 이 이야기는 아주 특별해진다. 그는 증명을 새로 수립하고 결론을 바꾸었다. 그리고 자신이 애초에 믿었던 바의 정반대를 증명했음을 알았다. 불안정성은 가능하다!

수정을 거쳐 재출간된 논문은 동역학 이론의 토대를 마련했다. 오늘날 전 세계 수천 명의 학자들이 이 이론에 매달리고 있다. 카오스 이론, 나비효과 같은 것들도 푸앵카레의 논문에 단초가 있었다. 『악타 마테마티카』에게는 재앙일 수도 있었던 일이 대단한 승리가 되었다.

이 학술지의 영광은 자꾸만 더해갔고 가장 권위 있는 학술지 중 하나, 아니 그냥 세계 최고의 학술지가 되었다. 지금도 매년 600쪽 분량으로 발행하는 이 학술지에 논문을 발표하는 것만으로도 수학계에서의 장래는 거의 보장된다고 할 수 있다.

푸앵카레가 1912년에 사망하자 프랑스는 그를 국가적 영웅으로 추대했다. 1916년에는 미타그 레플러가 사망했다. 그의 자택은 전 세계 수학자들이 새로운 문제들을 논의하고 함께 고민하는 국제적인 연구센터가 되었다. 이러한 유형의 연구소 중에서는 가히 최고라

앙리 푸앵카레

예스타 미타그 레플러

고 할 수 있는 미타그 레플러 연구소는 지금까지도 운영되고 있다. 1928년에 파리에도 국제적 교류라는 동일한 취지에서 또 하나의 연구소가 설립되어 연구 동향에 상당한 몫을 해왔다. 바로 앙리 푸앵카레 연구소다.

36장

2009년 10월 27일, 앤아버.

앤아버의 호텔방에 있다. 미시건 대학교에 며칠 볼일이 있다. 일류 수학자들도 몇 명 포진하고 있는 굉장히 큰 대학이다.

클레망은 『악타 마테마티카』 퇴짜 건으로 매우 의기소침해졌다. 그는 그쪽 편집진이 결정을 재고하도록 다시 설득해보고 싶어 했다. 우리의 결과물이 비록 아직 좀 애매한 부분이 남아 있다고는 하나 왜 그렇게나 혁신적이고 중요한지 편집진들에게 설명하기 원했다.

하지만 그런 명망 높은 학술지들에 대해서는 클레망보다는 내가 잘 알았다. 나 자신이 경쟁지 『인벤시오네스 마테마티카에』의 편집위원이기 때문에 일단 자신이 심사를 맡은 논문에 대해서는 얼마나 엄격해야 하는지 잘 안다. 게다가 『악타』 쪽 편집진들은 훨씬 더 깐깐한 사람들이니 심사위원에게 악의가 있다는 증거를 제시하든가(하지만 그런 표시는 전혀 없다) 논문에 새로운 요소들을 더하지 않는 한, 무슨 수를 써도 그들의 마음을 움직일 수 없을 터였다.

한 가지 방법으로는, 이 거대한 논문을 발표에 용이하도록 두 토막 내는 수가 있다만…… 그러한 방법은 내게 반감을 불러일으킨다.

제프 로치

그러니까 일단 이대로 내버려두자.

앤아버에서의 발표는 잘 풀리고 있지만 여전히 똑같은 질문들을 받는다. 편미분 방정식 전문가이자 프랑스 수학자들과 오랫동안 작업한 경험이 있는 제프 로치와 토론을 했다. 제프는 우리 연구 결과가 무한한 시간에 대해서는 유효하지 않다는 데에는 충격 받지 않았지만 해석성 가정을 마뜩잖게 여겼다. 물론 또 어떤 사람들은 결과가 무한한 시간에 대해서 유효하기를 바라면서 해석성에는 별로 신경 쓰지 않을 것이고, 나도 그만하면 됐다고 생각할 수도 있었을 것이다. 하지만 나는 제프의 판단을 믿었기에 그의 비판에 심란해졌다. 하여, 이 저녁에 나는 우리의 증명이 가장 엄밀한 수준까지 밀어붙인 결과요, 더 이상 개선이 불가능하다는 것을 그에게 보여주려고 열심히 종이 위에 추론을 끼적거리고 있는 것이다. 게다가 이건 제프에게 보여줄 작업이자 나 자신을 위한 작업이기도 하다.

호텔 침대에서 추론을 휘갈겨 쓰고 또 쓰는 동안 시간은 잘도 흐르는데, 나는 도저히 납득이 안 간다…… 나 자신도 납득 못하는데 어떻게 제프를 설득할 수 있단 말인가!!

'내가 길을 잘못 든 거라면? 내 추정이 너무 정교하지 못한 것이라면? 그렇지만 여기서 내가 추정하며 잃은 값은 하나도 없는데…… 또 여기는 만약 내가 뭘 놓친 거라면 진짜 곤란해지는데…… 여긴 이게 최적이고…… 저렇게 단순화한 것도 잘했다고밖에 할 수 없는데, 무슨 마가 끼지 않고서야……'

사이클리스트가 사이클 체인이 행여 조금이라도 약하지 않을까 확인하듯 나는 각 단계마다 증명의 논증이 정확하게 이루어졌는지 차례로 확인한다.

어, 이건!?!?!

이거다! 이 지점에서 내가 너무 방만했던 것 같다!

그런데 왜 이렇게 나왔지?

'젠장, 이게 뭔 소리야? 이 모드mode들이 서로 떨어져 있다는 걸 생각 못해서 합合을 통한 비교가 정교하지 않은 거였어? 이게 합에 대한 상한노름이라면 난 확실히 값을 잃는 거야! 그래, 기술적으로 너무 복잡하게 가다 보니 사실 이건 묻혀서 보이지도 않았지……'

나는 속으로 투덜거리다가 다시 생각했다.

'음, 그래…… 모드들은 서로 떨어져 있고 가중치는 이동하지. 그러니 이걸 한데 묶어 포괄적으로 봐버리면 엄청 중대한 걸 잃는 거야!! 그럼 모드들을 따로따로 제어해야겠네!!!'

계시는 떨어졌다. 이제 침대 위에서 연필을 잽싸게 놀린다. 나는 종이를 손에 들고 불가사의한 공식들을 뚫어져라 바라보며 방 안을 왔다갔다 한다. 방금 우리 논문의 운명이 다시 한 번 뒤집혔다. 이번에는 오류를 정정하는 게 아니라 결과를 개선하는 게 관건이다.

'이걸 어떻게 활용한담?'

나도 모른다. 하지만 이미 시작이 됐으니 다 풀게 될 거다. 끊이지 않고 제기되던 그 두 가지 반박에 답할 실마리를 드디어 찾았다.

*

$\gamma = 1$이 가장 흥미로운 사례이기 때문에 우리가 심각한 난관에 부딪혔다고 자칫 믿을 만도 하다. 하지만 그건 함정이다. 우리는 전체 노름에 대한 추정치를 찾으려 할 때보다 모드들을 분리해서 하나하나 추정함으로써 보다 정확한 추정치를 얻을 수 있다. 다시 말해, 만약 $\varphi_k(t) = e^{2\pi(\lambda t+\mu)|k|}\,|\widehat{\rho}(t,k)|$라고 한다면, 우리는 다음과 같은 모양의 체계를 얻는다.

$$\varphi_k(t) \le a_k(t) + \frac{ct}{(k+1)^{\gamma+1}}\,\varphi_{k+1}\left(\frac{kt}{k+1}\right) \qquad (7.15)$$

$a_k(t) = O(e^{-ak}\,e^{-2\pi\lambda|k|t})$라고 가정하자.

우선 $A_k(t) = a_k(t)\,e^{2\pi\lambda|k|t}$, $\Phi_k(t) = \varphi_k(t)\,e^{2\pi\lambda|k|t}$로 시간에 대한 의존성을 단순화하면 (7.15)는 다음과 같이 된다.

$$\Phi_k(t) \le A_k(t) + \frac{ct}{(k+1)^{\gamma+1}}\,\Phi_{k+1}\left(\frac{kt}{k+1}\right) \qquad (7.16)$$

($(k+1)(kt/(k+1)) = kt$이므로 마지막 항의 지수함수는 맞다.) 이제 $\Phi_k(t)$에 대한 준지수함수적 추정치를 구하면 그로부터 $\varphi_k(t)$에 대한 지수함수적 감소를 알 수 있다.

다시 한 번 A_k가 시간에 대해 일정하고 $k \to \infty$일 때 e^{-ak}와 같

이 감소한다고 가정함으로써 거듭제곱급수power series를 찾아보자. 따라서 우리는 $a_{k,0} = e^{-ak}$인 안자츠 함수 $\Phi_k(t) = \sum_m a_{k,m}\, t^m$를 만든다. 독자도 연습 삼아 계수 $a_{k,m}$에 대한 이중회귀추정doubly recurrent estimate을 해보면

$$a_{k,m} \le \text{const.}\, A\,(k\, e^{-ak})\, k^m\, c^m\, \frac{e^{-am}}{(m!)^{\gamma+2}}$$

가 성립함을 알 수 있을 것이다. 여기서 다시 다음 식을 얻는다.

$$\Phi_k(t) \le \text{const.}\, A\, e^{(1-\alpha)(ckt)^\alpha}, \qquad \forall \alpha < \frac{1}{\gamma+2} \tag{7.17}$$

이는 $\gamma = 1$에 대해서도 준지수적이다. 사실, 우리는 k 값이 서로 다를 때의 메아리들이 시간에 대해 점근적으로 비교적 잘 분리되어 있다는 점을 이용했다.

결론적으로, 상호작용의 특이점에 힘입어 수렴률에 대한 분수지수 감소를 기대할 수 있다. 만약 소스의 모드 k가 $e^{-2\pi\lambda|k|t}$와 같이 감소하면, 해의 모드 k, φ_k는 $e^{-2\pi\lambda|k|t}\, e^{(c|k|t)^\alpha}$와 같이 감소한다. 더 일반적으로 모드 k가 $A(kt)$와 같이 감소하면, $\varphi_k(t)$는 $A(kt)\, e^{(c|k|t)^\alpha}$와 같이 감소한다. 그러면 우리는 이전과 같이 큰 상수를 얻는 대신 분수적 지수를 아주 느린 지수에 흡수할 수 있다. 즉

$$e^{t^\alpha} \le \exp\!\left(c\, \varepsilon^{-\frac{\alpha}{1-\alpha}}\right) e^{\varepsilon t}$$

(란다우 감쇠에 대한 강의 노트 중에서,

뤼미니 국제수학연구센터의 2010년 여름학교에서 발표함.)

37장

2009년 11월 1일, 샬럿 공항.

팜비치에서 프로비던스로 가기 위해 평범하기 이를 데 없는 공항에서 비행기를 갈아탄다. 방금 귀찮은 보안검사를 통과했다. 금속류를 전부 몸에서 치우기란 누구에게나 쉽지 않지만 커프스 단추에 회중시계도 모자라, USB 저장장치 한두 개와 펜 대여섯 자루까지 주머니에 쑤셔 넣고 다니는 나 같은 사람은 정말……

이매뉴얼 밀먼이 주관한 팜비치 학회는 정말 좋았다! 몇 미터만 걸어가면 시내에서 바로 바다로 배경이 바뀌었다. 그리고 바닷물이 온수처럼 따뜻했다. 밤공기도 딱 좋은데다가 사람은 코빼기도 안 보이니 수영복을 입을 필요조차 없었다…… 정말 욕조에 몸을 담그는 것 같았다! 대양처럼 널찍하고 부드러운 모래와 파도까지 더해진 욕조랄까. 11월에 이런 해수욕을 즐길 수 있다니!

하지만 이제 끝났다. 난 다시 추위로 돌아간다. 자연을 거스르는 비행기의 속도에 힘입어, 그것도 아주 빨리!

팜비치에 머무는 동안 하루이틀 정도는 란다우 감쇠를 잊을 수 있었지만 이제 다시 내 머릿속은 그 문제로 꽉 차버렸다. 앤아버에서

받은 계시에 입각해서 전체를 개선시키려면 어떻게 해야 할지 감이 잡히기 시작했다. 하지만 이만저만한 일이 아니리라! 아직 준비 단계에 머물러 있는 그 건을 프로비던스에서 발표해도 좋을 만큼 나는 자신이 있는가? 프로비던스에서 얀구오를 만나게 될 것이다. 바로 그 얀구오를 통해서 '이 문제'가 제기되지 않았던가. 그러니 이번 발표는 정말 중요하다.

종이에 개선안을 끼적이고 계산을 다시 해본다. 내 눈에 뚜렷이 보인다. 뭔가 잘못된 부분, 모순이 있다.

'이렇게 강한 추정치를 증명할 수 있을 리가 없잖아……'

몇 분을 더 보내고 나서 증명의 일부 복잡한 부분들에 어떤 오류가 있다는 확신을 얻었다. 전부 다 틀렸나? 나를 둘러싼 이 공항 전체가 위아래로 요동치는 느낌이다.

마음을 다잡는다. 세드릭, 오류는 그렇게 심각한 게 아닐걸. 그러기엔 논문 전체가 너무 착착 돌아가잖아. 그러니까 오류는 지엽적인 것, 그냥 이 대목에 국한된 거겠지. 이 조잡한 두 번의 이동 때문에 계산이 흐려졌기 때문이야. 자연사박물관에 갔다 온 날 네가 집어넣었던 이놈의 이중 시간이동 말이야! 하지만 나중에 클레망이 이중 시간이동 없이 가는 방법을 잘 보여줬잖아!! 그러니 이것들을 없애야겠어, 너무 위험하다고. 이렇게 복잡한 증명에서 조금이라도 모호한 여지를 남길 만한 건 다 없애야 해.

하지만 이 이중 시간이동을 발견하지 못했다면 아마 그 답보 상태에서 영영 벗어나지 못했을걸. 그래도 거기서 희망을 봤으니까 다시 나아갈 수 있었지. 비록 나중에 이중 시간이동 없이 갈 수 있다는 걸 깨닫긴 했지만 말이야. 그런데 결국 이게 틀렸나? 그래도 이중 시간

이동을 배제하고 침착하게 전부 다 다시 써보자.

일단은 브라운 대학교에서 어떤 식으로 결과를 발표할지 생각해봐야겠다. 내가 결과를 개선할 실마리를 찾았다고 생각한다는 걸 알려야 한다. 결과에 항상 따라붙는 그 두 가지 비판에 대응할 수 있다는 점에서 각별히 중요하다…… 그와 동시에, 속임수가 있어선 안 된다, 이번엔 과장해서도 안 된다!

팜비치에서 프로비던스까지, 정말이지 참 파란만장한 여행길이다.

*

웨스트 팜비치–프로비던스 구간 항공예약 일람표

내역: 2009년 11월 1일 일요일

비행시간: 6시간 39분

출발: 15시

웨스트 팜비치, PBI(미국 플로리다)

도착: 16시 53분

샬럿 더글라스(미국 노스캐롤라이나)

US 에어웨이 1476 보잉 737-400

이코노미 클래스

출발: 19시 49분

샬럿 더글라스(미국 노스캐롤라이나)

도착: 21시 39분

프로비던스 TF 그린(미국 로드아일랜드)

US 에어웨이 828 에어버스 인더스트리 A319
이코노미 클래스

*

<u>쿨롱/뉴턴(가장 흥미로운 사례)</u>

증명에서 쿨롱/뉴턴 상호작용과 해석적 정칙성은 둘 다 결정적이다. 하지만 이건 지수함수적으로 큰 시간에 대해서도 여전히 유효하다. '왜냐하면',

- 기대되는 선형적 감소가 지수함수적이고,
- 기대되는 비선형적 증가가 지수함수적이며,
- 뉴턴 방법이 이중지수함수적bi-exponential이기 때문이다.

하지만, 서로 다른 공간적 주파수spatial frequency에서의 메아리들이 점근적으로 비교적 잘 분리되어 있다는 사실을 활용함으로써 여기서 더 멀리 나아갈 수도 있을 듯하다.

(2009년 11월 2일 브라운 대학교에서의 발표 발췌.)

38장

2009년 11월 29일, 생 레미 레 셰브뢰즈.

일요일 아침, 침대에 처박혀 연구하는 중이다. 수학자의 삶에서 각별히 은혜로운 순간이다.

우리 논문의 최종 버전을 다시 읽으면서 지울 건 지우고 고칠 건 고친다. 최근 몇 달 가운데 지금처럼 마음이 차분한 때는 없었다. 우리는 전부 다 새로 썼다. 우리 뒤통수를 친 이중 이동은 제거했다. 메아리들의 점근적인 시간적 분리를 써먹는 데 성공했고, 증명의 핵심을 바꾸었으며, 이전에 한꺼번에 다루었던 모드들을 하나씩 살폈고, 해석성 조건은 약하게 풀어주고, 모두가 귀에 못이 박히도록 요구했던 무한한 시간에서의 쿨롱 상호작용의 경우를 포함했으니…… 전부 뜯어고치고, 전부 단순화하고, 전부 다시 읽고, 전부 개선하고, 그러고도 전부 또 읽었다.

족히 3개월은 걸릴 작업이었지만 흥분 상태에서 괴력을 발휘한 덕분에 3주로 충분했다.

세부 내용을 다시 읽어보면서 우리가 어떻게 요런 묘수들을 찾아냈을까, 라는 생각을 몇 번이나 했는지 모른다.

이제 결과는 확실히 훨씬 더 강해졌다. 그리고 이 연구를 계기로 얀구오 같은 전문가들이 오랫동안 흥미를 기울였던 문제, 기술적 용어를 쓰자면 '비단조non-monotonous의 선형적으로 안정적인, 동질한 균형의 궤도 안정성' 문제까지 해결되었다.

우리는 몇몇 단락을 추가했지만 다른 부분들을 간소화했기 때문에 이번 논문 분량은 처음 논문보다 아주 조금 많을까 말까다.

새로운 디지털 시뮬레이션 결과들이 도착했다. 지난주에 첫 번째 결과물을 받아보고 나는 놀라서 펄쩍 뛰었다. 프랑시스가 극도로 정확한 방법을 써서 컴퓨터로 구현한 계산이 우리의 이론적 결과와 완전히 모순되는 듯 보였기 때문이다! 하지만 나는 당황하지 않았다. 나는 프랑시스에게 미심쩍게 생각되는 부분을 알렸고 프랑시스는 더욱더 정확하다고 여겨지는 다른 방법을 써서 계산을 다시 뽑아보기로 했다. 새로운 결과를 받아보니 이론적 예상과 아주 잘 들어맞았다. 휴! 이런 것만 봐도, 계산은 질적인 이해를 대체하지 못한다.

내일이면 인터넷에 올릴 새로운 버전의 논문이 준비될 것이다. 주말이면 이 논문을『악타 마테마티카』에 다시 제출할 수 있을 것이다. 이번에는 채택될 가능성이 훨씬 더 높아졌다.

내 머릿속 한 구석에서 푸앵카레가 자꾸만 떠오르는 것은 어쩔 수 없다. 푸앵카레의 가장 유명한 논문 중 하나는『악타 마테마티카』에서 밀려난 후에 수정을 거쳐서 결국 발표되었다. 어쩌면 내게도 그런 일이 생기려나? 푸앵카레상을 받고 푸앵카레 연구소 소장이 되었으니 올해는 이미 내게 푸앵카레의 해라고 해도 과언이 아니다……

아무리 그래도 푸앵카레랑 비교를…… 이봐, 세드릭, 과대망상증을 조심하라고.

*

2009년 12월 6일, 파리.

F–75005 프랑스 파리
피에르에마리퀴리 거리 11번지
cvillani@umpa.ens–lyon.fr
리옹 고등사범학교
& 앙리 푸앵카레 연구소 소속
세드릭 빌라니

F–21078 프랑스 디종
A. 사바레 로 9번지 BP47870
johannes.sjostrand@u–bourgogne.fr
악타 마테마티카 편집자
IMB, 부르고뉴 대학교 소속
요하네스 쇠스트란드 귀중

악타 마테마티카 논문 재심 청원

친애하는 쇠스트란드 교수님께,

교수님이 주신 10월 23일 자 편지에 따라 『악타 마테마티카』에 발표하고자 하는 저희 논문 「란다우 감쇠에 대하여」의 새로운 버전을 제출하게 되어 기쁩니다.

우리는 이전 제출본의 사전 심사보고에서 여러 전문가들께서 피력하신 유보적 견해들을 잘 숙지했습니다. 현저히 개선된 이번 버전은 그러한 유보적 견해들을 충분히 고려했다고 생각합니다.

우선, 그리고 아마도 가장 중요한 사항은 이번 버전의 주요 결과가 쿨롱과 뉴턴 포텐셜까지 포괄한다는 것입니다. 해석학적 틀에서는 그 점이 저희의 논문에서 유일하게 논리적 비약이 있는 부분이었지요.

해석성은 물리학에서나 수학에서나 란다우 감쇠 연구의 고전적 가정입니다. 이 가정은 지수함수적 수렴에 필수불가결하지요. 한편, 이 가정은 매우 엄격하기 때문에 심사위원 중 한 분은 우리의 결과가 해석성 없이는 가능하지 않다고 비판하시기도 했습니다. 이 새로운 버전에서는 그렇지 않습니다. 이제 우리 정리는 몇몇 제브리Gevrey 데이터 집합들에 대해서도 맞기 때문입니다.

처음 버전에서 우리는 "안정성의 새로운 요소가 확인되지 않는 한, 비선형 란다우 감쇠가 이를테면 중력의 상호작용이 그 정칙성이 해석적인 것보다 낮을 경우 일어나리라고 믿을 이유가 없음을 주장하는 바이다"라고 썼습니다. 그런데 이제 우리는 바로 그 새로운 요소를 확인했습니다(서로 다른 주파수에서 발생하는 메아리들은 점근적으로 잘 분리되어 있음). 이 점을 이용하여 위에서 언급한 개선을 꾀할 수 있었습니다.

이에 따라 우리의 작업은 블라소프-푸아송 방정식의 동질적 균형들의 안정성에 대한 새로운 결과들까지 포함하게 되었습니다. 척력의 경우 단조가 아닌 특정 분포들의 안정성이라든가(오랫동안 제기되어온 문제죠), 인력의 경우 진스 길이Jeans length 이하에서의 안정성이라든가요.

또 다른 전문가께서는 우리가 비관습적인 함수공간을 사용하고 있다면서 유보를 표명하셨습니다. 우리의 '작업 노름'이 과연 그렇기는 합니다만 우리의 추정과 결론에 나타나는 단순한 노름은 그렇다고 볼 수 없으며 이미 다른 연구자들도 사용한 바 있습니다. 하나의 노름에서 다른 노름으로 넘어가는 과정은 정리 4.20을 이용했습니다.

본 논문은 이상의 개선된 사항들을 포함하기 위해 전체를 새로 썼으며 꼼꼼한 검증을 거쳤습니다. 분량이 너무 넘치지 않도록 논문의 주요 결과와 엄밀하게 관련되지 않은 전개부나 코멘트는 쳐냈습니다. 현재 남아 있는 내용은 대부분 결과와 방법을 설명하기 위한 것입니다.

논문 길이에 대해서 마지막으로 한 말씀만 더 드리자면 우리는 논문 구성을 바꾸는 쪽으로도 얼마든지 대화를 나눌 용의가 있습니다. 또한 우리가 작업에 사용된 도구를 각기 분리하여 기술했으므로 논문 심사를 맡은 위원들은 팀 단위 작업으로 부담을 덜 수도 있을 겁니다.

본 논문이 전문가들을 만족시키고 남을 수 있기를 바랍니다.

감사합니다.

클레망 무오, 세드릭 빌라니 드림.

ON LANDAU DAMPING

C. MOUHOT AND C. VILLANI

ABSTRACT. Going beyond the linearized study has been a longstanding problem in the theory of Landau damping. In this paper we establish exponential Landau damping in analytic regularity. The damping phenomenon is reinterpreted in terms of transfer of regularity between kinetic and spatial variables, rather than exchanges of energy; phase mixing is the driving mechanism. The analysis involves new families of analytic norms, measuring regularity by comparison with solutions of the free transport equation; new functional inequalities; a control of nonlinear echoes; sharp scattering estimates; and a Newton approximation scheme. Our results hold for any potential no more singular than Coulomb or Newton interaction; the limit cases are included with specific technical effort. As a side result, the stability of homogeneous equilibria of the nonlinear Vlasov equation is established under sharp assumptions. We point out the strong analogy with the KAM theory, and discuss physical implications.

CONTENTS

Keywords. Landau damping; plasma physics; galactic dynamics; Vlasov-Poisson equation.

AMS Subject Classification. 82C99 (85A05, 82D10)

39장

2010년 1월 7일, 생 레미 레 셰브뢰즈.

일어나자마자 이메일을 읽는다. 좀 순한 정신적 약물부터 한 방 맞고 보는 거다.

새로 도착한 메시지 중에서 협동연구자 로랑 데빌레트가 보낸 유감스러운 소식이 있다. 우리 두 사람 모두의 친구인 카를로 체르치냐니가 죽었다는 소식이었다.

체르치냐니라는 이름은 볼츠만이라는 이름과 떼려야 뗄 수 없다. 카를로는 수학자로서의 삶을 볼츠만, 볼츠만의 이론, 볼츠만 방정식과 이 방정식의 모든 응용에 바쳤다. 그는 볼츠만 방정식에 대해서 가장 권위 있는 참고도서로 통하는 세 권의 책을 썼다. 그중에서도 그가 1975년에 발표한 책은 내가 태어나 처음 읽은 연구서적이다.

체르치냐니는 볼츠만에 강박적으로 매달리면서도 대단히 다각도로 연구를 펼친 수학자다. 그는 자신이 각별히 아끼는 이 방정식에 직결되거나 몇 다리 건너 관련이 있는 수학적 분야들을 참 많이도 섭렵했다.

또한 다방면에 교양이 풍부하고 여러 언어에 능했던 이 팔방미인은 과학의 테두리 안에만 머물지 않았다. 그는 희곡 한 편, 시집 한 권, 그리고 몇 권의 호메로스 번역까지 남겼다.

내가 맨 처음 거둔 중요한 성과, 혹은 최소한 나 자신이 정말로 자부심을 느끼는 최초의 성과가 바로 '체르치냐니 추측'에 대한 것이었다. 풋내 나는 열의에 불타던 스물세 살의 나는 주세페 토스카니의 초청으로 파비아를 방문했다. 주세페는 그 유명한 추측에 대한 작업의 아이디어를 제시하면서 짧은 체류기간 동안 한번 시험해보라고 권했다. 나는 불과 몇 시간 만에 그 아이디어는 지나치게 단순해서 가능성이 없다는 걸 알아차렸지만…… 그 과정에서 흥미로운 계산, '꽤 그럴싸해 보이는' 계산 하나에 주목했다. 괄목할 만한 새로운 항등식과도 좀 비슷하달까. 나는 거기서 출발해서 새로운 아이디어를 쏘아 올렸다. 수학적 로켓은 발사 준비가 되었다.

그 후 나는 주세페에게 볼츠만 방정식에서의 엔트로피 생성에 대한 체르치냐니 문제를 어떻게 플라스마 물리학의 한 문제에서의 엔트로피 생성 추정치로 귀착시킬 수 있는지 입증해 보였다. 플라스마 물리학은 어쩌다 보니 이미 로랑과 함께 공부한 적이 있었다. 그 후 아주 약간의 정보이론information theory을 첨가했다. 나는 그쪽 분야에 항상 흥미가 있었다. 상황들이 기막히게 맞물려 돌아갔다. 내가 파비아를 방문한 바로 그때 주세페가 그 영양가 없는 아이디어를 내놓지 않았더라면 이런 일은 있을 수 없었을 거다!

우리는 그때 '거의' 추측을 해결했다. 그리고 나는 나중에 툴루즈에서 열린 한 학회에서 볼츠만 방정식의 최고 전문가들을 앞에 두고 이 결과를 발표하는 감격을 맛보았다. 많은 수학자들이 그랬겠지만 카를로도 이때 나를 처음 알았다. 그는 몹시 기뻐했고 그 점을 내게 알려주었다. 카를로는 나를 붙잡고 떨리는 음성으로 열변을 토했다.

"세드릭, 나의 추측을 증명해주게!"

그건 스물세 살 때, 내가 제일 처음으로 썼던 논문들 중 하나였다. 하지만 5년 후, 경험과 기술을 좀 더 쌓은 나는 스물세 번째 논문에서 그 문제로 돌아갔다. 그리고 마침내 체르치냐니 추측을 증명하는 데 성공했다. 카를로도 내 증명을 무척 자랑스러워했다.

카를로는 볼츠만 방정식 연구에 남아 있는 가장 중요하고도 골치 아픈 문제들 중 일부를 내가 풀 수 있을 거라 기대했다. 사실 그건 내 꿈이기도 했다. 하지만 나는 예고도 없이 딴 길로 빠졌다. 처음에는 최적수송과 기하학으로, 그 후에는 블라소프 방정식과 란다우 감쇠로 빠지고 말았다.

나도 나중에는 볼츠만으로 돌아갈 생각이 있다. 하지만 내가 그 분야에서 꿈을 이룬다 해도 카를로에게 그가 모든 것을 바칠 수도 있을 만큼 가장 좋아하는 그 괴수를 내가 길들였다고 알리던 그때의 기쁨과 자부심은 두 번 다시 느끼지 못하리라.

*

체르치냐니 추측은 기체에서의 엔트로피 생성과 엔트로피 사이의 관계에 대한 것이다. 설명을 단순화하기 위해 기체의 공간적 비동질성은 제쳐놓고 오로지 속도 분포만 보자. 따라서 균형 상태가 아닌 기체 안에서의 속도 분포를 $f(v)$라고 하자. 이 분포는 가우스 분포 $\gamma(v)$와 같지 않고, 따라서 엔트로피는 이론적으로 가능한 수준으로 높지는 않다. 볼츠만 방정식은 엔트로피가 증가할 것으로 예측한다. 하지만 그게 아주 큰 증가일까, 아니면 거의 있으나마나한 증가일까?

체르치냐니 추측은 엔트로피의 순간적 증대가 가우스 분포의 엔트로피와 우리의 관심을 끄는 분포의 엔트로피의 차에 비례하는 양보다 같거나 클 것으로 기대한다. 즉,

$$\dot{S} \geq K\left[S(\gamma) - S(f)\right]$$

이 추측은 분포가 균형으로 수렴하는 속도에 영향을 미치며, 볼츠만의 매혹적인 발견, 즉 비가역성의 발견과 관련되기 때문에 아주 근본적인 문제다.

1990년대 초에 로랑 데빌레트가, 이어서 에릭 칼렌과 마리아 카르발류가 이 추측을 연구해서 부분적인 성과를 거두었다. 그들은 완전히 새로운 지평들을 열기는 했지만 아직 해명에는 전혀 미치지 못했다. 체르치냐니 본인도 러시아 수학자 사샤 보빌레프의 도움을 받아 자신의 추측이 지나치게 낙관적이어서 참일 수 없음을 보여주었다⋯⋯ 단, 극도로 강한 충돌, 단단한 구球들보다 더 단단한 상호작용이, 최소한 상대적인 속도에 비례하는 효율적인 섹션이 있는 경우가 아니라면 말이다. 기체역학 쪽의 용어로 말하자면, “매우 단단한 구”의 경우만 예외라는 얘기다.

하지만 1997년에 주세페 토스카니와 나는 체르니냐니 추측에 버금가는 좋은 경계를 보여주었다. 충돌에 대한 몇 가지 기술적 가정하에

$$\dot{S} \geq K_\varepsilon \left[S(\gamma) - S(f)\right]^{1+\varepsilon}$$

여기서 ε은 우리가 원하는 만큼 작은 값을 갖는다. 2003년에 나는 이 결과가 웬만한 상호작용들에 대해서는 참이라는 것을 보여주었다. 무엇보다 나는 빠른 속도의 충돌이 매우 단단한 구 유형이라면 체르치냐니 추측이 참이라는 것을 증명하는 데 성공했다. 1997년에 내가 토스카니와 함께 발견한, 결정적 실마리가 되는 항등식은 다음과 같다.

만약 $(S_t)_{t\geq 0}$이 포커-플랑크 방정식 $\partial_t f = \nabla_v \cdot (\nabla_v f + fv)$에 결부된 반군semigroup이고, $\mathcal{E}(F,G) := (F-G)\log(F/G)$라면 $\mathcal{J}(F,G) = \left|\nabla \log F - \nabla \log G\right|^2 (F+G)$일 때,

$$\left.\frac{d}{dt}\right|_{t=0} [S_t, \mathcal{E}] = -\mathcal{J}$$

이 성립한다.

이 항등식은 다음 표현에서 핵심적인 역할을 한다.

$$\dot{S}(f) \geq K \int_0^{+\infty} e^{-4Nt} \int_{\mathbb{R}^{2N}} (1 + |v - v_*|^2) \times \mathcal{J}(S_t F, S_t G)\, dv\, dv_*\, dt$$

여기서 $F(v, v_*) = f(v)f(v_*)$이고 $G(v, v_*)$는 (v', v'_*)가 충돌전 속도 (v, v_*)와 양립 가능한 충돌후 속도의 모든 쌍을 기술할 때, 모든 곱 $f(v')f(v'_*)$의 평균이다. 이 공식이 체르치냐니 추측의 해의 기반에 있다.

카를로 체르치냐니

Theorem *(Villani, 2003). Let* $S(f) = -\int f \log f$ *denote the Boltzmann entropy associated with a velocity distribution* $f = f(v)$*. Let* B *be a Boltzmann collision kernel satisfying* $B(v - v_*, \sigma) \geq K_B(1 + |v - v_*|^2)$ *for some constant* $K_B > 0$*, and denote by* $\dot{S}$ *the associated entropy production functional,*

$$\dot{S} = \frac{1}{4} \iiint \Big(f(v')\, f(v'_*) - f(v)\, f(v_*) \Big) \times \log \frac{f'(v)\, f'(v_*)}{f(v)\, f(v_*)}\, B\, dv\, dv_*\, d\sigma.$$

Let $f = f(v)$ *be a probability distribution on* $\mathbb{R}^N$ *with zero mean and unit temperature. Then*

$$\dot{S}(f) \geq \left(\frac{K_B\, |S^{N-1}|}{4\,(2N+1)} \right) (N - T^*(f))\, [S(\gamma) - S(f)],$$

where

$$T^*(f) = \max_{e \in S^{N-1}} \int_{\mathbb{R}^N} f(v)(v \cdot e)^2\, dv.$$

40장

2010년 2월 16일, 파리.

오후도 막바지, 앙리 푸앵카레 연구소에 있는 커다란 소장실이다. 칠판을 더 크고 멋진 것으로 달았고 공간을 확보하느라 몇 가지 집기를 치웠다. 소장실을 어떻게 꾸밀 것인지 오랫동안 생각해봤다.

우선, 거추장스러운 에어컨을 치우련다. 여름엔 더운 게 정상이지!

벽 쪽의 커다란 장식장에는 개인적인 물건 몇 가지, 그리고 연구소의 기하모형 컬렉션 중에서 가장 귀한 것 몇 점을 놓아두려 한다.

내 왼쪽으로는 앙리 푸앵카레의 간소한 흉상을 세워둘 것이다. 이 인물의 손자 프랑수아 푸앵카레가 그 흉상을 가져다준다고 약속했다.

내 자리 뒤로는 카트린 리베이로의 인물사진을 걸려고 공간을 널찍하니 비워놓았다! 인터넷에서 사진도 골라두었다. 카트린이 투쟁, 평화, 힘, 희망의 의미로 두 팔을 벌리고 있는 사진이다. 그 모습이 고야의 〈1808년 5월 3일〉에서 나폴레옹의 군사들과 마주보는 반란자 같기도 하고, 미야자키 하야오 감독의 〈바람 계곡의 나우시카〉에서 페지테 군사들과 맞서는 나우시카 같기도 하다. 힘이 있으면서도 약한 면, 포기를 느끼게 하는 사진이다. 난 이런 것도 좋다. 공격받기 쉬운 입장에 서보려 하지 않는 한, 발전은 없다. 노래하는 여성혁명가의 이 이미지를 만화가 보두앵도 그의 멋진 작품『니스 풍 샐러드*Salade niçoise*』에서 차용했었다. 나도 이 이미지가 나를 돌봐주기 바란다. 카트린과 직접 얘기를 해봐야겠다.

늘 그렇지만 오늘도 약속, 토론, 회의가 많다. 우리 연구소 행정고문 회장과 장시간 통화를 했다. 모 보험회사 대표인 그는 민간 분야의 과학연구부 참여에 관심이 많다. 오늘 오후에는 사진 촬영도 있다. 대중을 위한 과학잡지에 실릴 인터뷰에 넣을 사진이다. 그 모든 일이 전혀 부담스럽지 않다. 나는 여섯 달 전에 흥미진진한 하나의 세계를 발견했다. 새로운 사람들을 만나고, 새로운 인맥을 쌓고, 새로운 대화를 나눈다.

사진작가가 소장실에 삼각대와 반사판을 세우고 이런저런 장비를 설치하고 있는데, 전화벨이 울렸다. 나는 무심하니 수화기를 들었다.

"여보세요."

"여보세요, 세드릭 빌라니 씨입니까?"

"네, 접니다."

"난 부다페스트의 라즐로 로바스입니다."

한순간, 가슴이 철렁했다. 라즐로는 세계수학자대회 회장이고 그렇기 때문에 필즈상위원회 회장이기도 하다. 더욱이 그게 내가 그 위원회에 대해서 갖고 있는 유일한 정보다. 라즐로 외에는, 그 위원회에 속해 있는 사람이 누구누구인지 전혀 모른다.

"안녕하세요, 로바스 교수님, 어떻게 지내십니까?"

"나야 잘 지내지요. 전해줄 소식이 있어요. 희소식입니다만."

"아, 그래요?"

마치 영화 같았다…… 4년 전에 벤델린 베르너가 들었던 그 말이라는 것을 벌써 알 수 있었다. 하지만 아직 연초인데?

"그래요, 필즈상 수상자가 되었다는 소식을 전하게 되어 매우 기쁩니다."

"와, 세상에! 제 인생 최고의 날이군요! 무슨 말을 해야 좋을지 모르겠어요."

"그냥 기쁘게 생각하고 받아들이면 돼요."

그리고리 페렐만이 필즈상을 거부한 이후로 위원회는 걱정을 하는 모양이다. 혹시 또 수상 거부가 있으면 어쩌나? 하지만 난 페렐만의 수준에 훨씬 미치지 못하는 사람이니 까다롭게 굴 것 없이 냉큼 받는다.

라즐로는 상 얘기를 계속한다. 위원회는 수상자들이 어디서 유출된 정보로 수상 소식을 접하기보다는 위원회에게 직접 듣는 게 좋을 것 같아서 일찌감치 통보를 하기로 했단다. 그가 다시 말한다.

"비밀을 엄수하는 게 아주 중요합니다. 물론 가족에겐 말해도 됩니다. 하지만 가족만이에요. 동료들은 아무도 알아선 안 됩니다."

나는 비밀을 지킬 것이다. 무려…… 6개월 동안. 길기도 해라! 정확히 6개월 하고 3일 후에는 전 세계 텔레비전들이 이 뉴스를 전할 것이다. 지금부터 이 무거운 비밀을 간직하고 마음속으로 준비를 해야 한다.

그 6개월이 얼마나 더디게 갈까. 수상자를 두고 온갖 관측이 난무

할 테지만 그동안 나는 입을 꾹 닫을 거다. 리옹의 동료 미셸 샤츠망은 나중에 어느 중국 현자의 말을 살짝 바꾸어 이렇게 일깨워줄 것이다. "아는 사람들은 말이 없고, 말 많은 사람은 모르는 거죠."

로바스의 전화를 받기 전에 나 자신은 필즈상을 받을 확률을 40퍼센트 정도로 생각했다. 이제 99퍼센트에 육박했다! 하지만 아직 100퍼센트는 아니다. 속임수일 가능성도 남아 있으니까. 란다우가 자기 친구와 짜고서 평소 눈엣가시 같았던 동료를 멋지게 속여먹었던 것처럼 말이다. 그 둘은 스웨덴 왕립 아카데미를 사칭하여 가짜 축하 전보를 보냈다. '축하합니다, 노벨상 수상자가 되셨습니다, 어쩌고저쩌고.'

그러니까 아직은 너무 마음 놓고 좋아하지 마, 세드릭. 아까 전화한 사람이 진짜로 로바스인지 어떻게 알아? 확실한 소식을 메일로 받기 전엔 너무 들뜨지 말자!

아, 비밀을 지키랬지, 그래…… 하지만 사진작가가 옆에서 다 들었는데!?

사진작가는 아무것도 모르는 눈치다. 영어를 모르는 모양이다. 그러기를 바라자. 촬영이 재개됐다. 연구소 앞에서 한 장, 수리물리학 트로피와 함께 또 한 장……

"인터뷰에 실릴 사진이라고 알고 있는데요, 다 잘 나올 겁니다. 사실 궁금한 게 있어요, 기사를 보니까 선생님이 무슨 상을 받을 거라고 하던데요?"

"아, 필즈상 말인가요? 기자 분이 그렇게 관측하시는 거죠. 하지만 필즈상은 아직 한참 남았어요. 세계수학자대회는 8월에 열리니까요."

"아, 그래요, 알았습니다. 자신 있으십니까?"

"그야 뭐, 정말로 예측하기가 어려워서요…… 그걸 누가 알겠어요!"

*

제1차 세계대전 이후, 따로따로 놀게 된 나라들을, 베르사유 조약의 무게에 짓눌려 와해된 유럽을 다시 이어 붙어야 했다. 사회적으로도 그랬지만 과학에 있어서도 이 말은 맞다. 기관들을 재건해야만 했다.

프랑스에서 수학자이자 정치가였던 에밀 보렐이 앙리 푸앵카레 연구소 계획을 수립하고 있던 동안, 캐나다에서는 국제수학자연맹의 영향력 있는 수학자 존 찰스 필즈가 수학자에게 주는 상, 노벨상과 비슷하게 뛰어난 연구 업적을 치하하는 역할도 하고 젊고 재능 있는 연구자를 격려하는 역할도 하는 상을 제정할 생각을 했다. 그리고 수상자에게는 작으나마 상금도 수여하기로 했다.

필즈는 자신의 계획을 실현하기 위해 기금을 구했고, 어느 캐나다 조각가에게 메달 디자인도 의뢰했다. 그리고 메달에 새겨 넣을 라틴어, 즉 수학의 보편성을 반영할 만한 보편언어 문구도 골랐다.

앞면에는 아르키메데스의 옆모습과 함께 TRANSIRE SUUM PECTUS MUNDOQUE POTIRIS(자기 자신보다 높이 일어나 세계를 움켜쥐라)라는 문구가 새겨졌다.

뒷면에는 월계수와 함께 구와 원기둥의 부피 계산에 대한 아르키메데스의 정리가 새겨져 있고 CONGREGATI EX TOTO ORBE MATHEMATICI OB SCRIPTA INSIGNIA TRIBUERE(전 세계 수학자가 모여 뛰어난 공헌을 기려 상을 주었다)라는 문구가 들어간다.

메달에는 수상자의 이름과 수상 연도가 새겨진다.

메달은 순금으로 제작된다.

필즈는 이 상에 자기 이름이 붙기를 바라지 않았으나 그가 사망하면서 이 상의 명칭은 필즈상으로 굳어졌다. 필즈상은 1936년에 처음 시상되었고, 1950년부터는 4년에 한 번씩 세계수학자대회에서 시상이 이루어진다. 세계수학자대회는 전 세계 수학자들의 만남의 장으로, 현재 평균 5000여 명의 수학자가 참여하는 성대한 대회를 개최지를 옮겨가며 치르고 있다.

심사위원단의 결정은 철저하게 엠바고에 부치고 언론 쪽으로 단단히 대비를 해둔다. 따라서 필즈상 수여가 수학계에 미치는 반향은 단연 독보적이다. 필즈상의 시상자는 세계수학자대회가 열리는 나라의 국가원수가 맡는 경우가 많고 수상 소식은 즉시 전 세계로 퍼진다.

41장

2010년 5월 6일, RER B선에서.

파리의 대중교통 수단 중에서 RER는 여러 가지 면에서 참 주목할 만하다. 내가 일상적으로 이용하는 B선의 경우는 거의 매일 고장이 나고 자정이나 새벽 1시쯤에는 승객으로 미어터진다(공정하게 얘기하자면, 이 노선에는 장점도 제법 있다. 승객들에게 규칙적인 운동을 시키겠다는 의도에서인지, 열차를 무진장 갈아타게 만든다. 또한 열차 도착시간과 열차가 운행하는 역에 대해서 바짝 긴장을 하고 있어야 하기 때문에 승객은 기민한 정신을 유지하게 된다).

하지만 오늘 아침에는 RER를 정말 일찍 탔더니 객차가 텅 비었다. 카이로 학회에서 돌아와 집으로 가는 길이다.

카이로에 가는 길은 정말 좋았다. 내가 본 최고의 귀여운 여자가 옆자리에 앉았다. 우리는 남매처럼 이어폰을 한쪽씩 나눠 끼고 내 컴퓨터로 영화를 함께 보았다(항상 이코노미 좌석을 이용할 것. 이코노미 클래스를 이용하는 여성들이 통계적으로 봐서 더 귀엽다).

돌아오는 길은 모든 면에서 그렇게 매력적이지 못했다. 무엇보다도 샤를 드 골 공항에 밤 10시 이후에 떨어졌기 때문에 아주 골치가 아팠다(이 공항에 밤 10시 이후에 도착하는 비행기표는 절대 사면 안 된다). 파리로 돌아가는 RER가 끊겼지만 난 포기하고 택시를 타고 싶지는 않았다. 그래서 공항 셔틀을 기다렸는데…… 첫 번째 셔틀은 내가 서 있던 정류장에 도착하기 전에 이미 콩나물시루가 되어 있었다. 두 번째 셔틀도 초만원이었다. 다른 승객들처럼 운전수가 뭐라고 하든 무시하고 무조건 힘으로 밀고 들어가기로 결심했으면 세 번째 셔틀을 탈 생각을 해볼 수도 있었을 것이다. 어쨌든, 난 새벽 2시에 파리에 도착했다. 운 좋게도 파리에 있는 옛날 집이 아직 비어 있어서 거기서 몇 시간 눈을 붙이고 남쪽 외곽으로 나오는 열차를 탈 수 있었다.

RER에서 늘 그렇듯 오프라인 모드로 이메일을 체크한다. 메일이 많아도 참 오지게 많다…… 하지만 2월에 로바스의 전화를 받고 며칠 뒤에 확증까지 받은 뒤로 부담스러운 느낌이 조금씩 가시기 시작했다. 하루아침에 일어난 일은 아니다. 내가 '급박한' 느낌을 떨치려면 아직 몇 달은 더 걸릴 것이다. 그리고 석 달 반 후에는 또 다른 압박과 마주해야 한다. 그러니 그동안이라도 이 느슨하니 풀어지는 기분을 즐겨야겠다.

리옹 1대학 인사이동으로 내선번호 1928이 내 전용선이 된다는 이메일이 와 있다. 좋은 소식이다. 어쨌거나 1928은 앙리 푸앵카레 연구소의 설립연도이기도 하니까 나에게는 행운의 숫자일 수밖에 없다! 리옹 1대학으로의 인사이동으로 나는 교수 자리가 별로 없는 리옹 고등사범학교의 자리를 차지하지 않고서도 리옹 과학계와의 연을 이어나갈 수 있을 것이다.

승객들도 거의 없는데 어떤 여자 거지가 구걸을 하러 다닌다. 그녀가 쉰 목소리로 말을 건다.

"가방이 엄청 크네, 휴가를 다녀오나 봐."

"휴가? 아, 아닙니다! 크리스마스 휴가가 마지막이었죠…… 다음 휴가는 아직 멀었고요."

"어디 갔다 오는 거예요?"

"이집트 카이로에 일 때문에 다녀왔어요."

"좋네요! 무슨 일을 하는데요?"

"저는 수학을 합니다."

"아, 그렇군요. 그럼 안녕, 앞으로도 공부 잘해요!"

나는 미소를 짓는다. 학생으로 오해받으니 기분이 좋을 수밖에. 어쨌거나 그녀의 말이 맞다. 나는 여전히 학생이다…… 아마도 평생 그럴 것이다.

*

오늘 나는 비행이 있었습니다. 5분간 비행기 내부와 그 주위에서 일어나는 전기, 전자, 전자기, 공기역학, 역학 현상들을 모두 느껴보려고 했더니 참 '재미있었습니다.' 별개의 작은 현상들이 모여서 전체를 작동시키는 거잖아요! 우리 주변을 의식적으로 자각한다는 것은 매혹적입니다…… 정말 매혹적이에요!

안타깝게도 비행기 조종석에서는 이런 유의 생각을 5분 이상 하기가 어렵답니다.

안녕히 계십시오.

(2010년 9월 9일에 어떤 모르는 사람이 보낸 이메일 중에서)

42장

2010년 6월 8일, 생 루이 장 릴 교회.

저쪽에서 내민 향로를 내가 너무 세게 밀고 말았다. 애도의 뜻을 담아 검정색 정장에 검정색 애스콧타이를 매고, 초록색 거미를 희망의 표시로 안쪽에 단 나는 거대한 궁륭 아래서 관을 향해 걸어가 손으로 한 번 어루만지고 경건하게 고개를 숙인다. 20세기 후반 확률 이론의 수호자라고 해도 좋을 폴 말리아뱅의 유해가 몇 센티미터 거리에 누워 있다. 그는 저 유명한 '말리아뱅 계산'의 창안자로서 확률, 기하, 해석의 상호접근에 누구보다 크게 공헌했다. 나 역시 최적수송에 대한 연구로 그러한 상호접근에 입각해 있다. 기회가 닿는 대로 내가 자주 말하는 바이지만, "말리아뱅 안에 빌라니가 있다."

말리아뱅은 복잡하고도 매혹적인 인물, 보수주의자이면서도 인습타파주의자였고 참으로 비범한 두뇌의 소유자였다. 그는 내가 수학자로서의 이력을 시작할 때부터 주의 깊게 지켜보고 격려와 지원을 아끼지 않았다. 말리아뱅은 나에게 자신의 친자식과도 같은 학술지, 즉 그가 1966년에 두 명의 미국인 수학자와 함께 창간한 『함수 해석학 저널*Journal of Functional Analysis*』의 편집위원이라는 중책을 맡기기도 했다.

폴 말리아뱅

우리는 쉰두 살이라는 나이차에도 불구하고 친해졌다. 말리아뱅은 수학적 취향이 나와 비슷했고, 우리는 아마 서로에게 감탄했던 것 같다. 우리는 '친애하는 벗에게Cher Ami'라는 서식 이상으로 넘어간 적이 한 번도 없지만, 그러한 호칭은 단순한 예의상의 표현이 아니라 우리의 진심이었다.

한번은 우리 둘 다 튀니지 학회에 참가한 적이 있다. 그때 이미 말리아뱅은 일흔여덟 살이었는데도 여전히 왕성한 현역이었다! 결론을 끌어낼 때가 되어서 나는 진행자로서 말리아뱅의 혁혁한 영향을 몇 마디 말로 환기했다. 그때 내가 살아 있는 전설이라는 표현을 썼는지 어땠는지는 기억나지 않지만 대충 취지는 그랬다. 말리아뱅은 그러한 공개적 치하에 조금 당황해했고 나중에 나에게 와서 진지한 농담이라도 하듯 고맙게도 이렇게 말해주었다. "이보게, 전설은 좀 지나쳤다네."

그가 뭐라고 말했건 간에, 폴 말리아뱅은 주의를 게을리하지 않고, 그의 사위 말마따나 "마지막 순간까지 수학을 하다가" 죽었다. 같은 날, 스타일은 완전히 다르지만 20세기의 또 다른 위대한 수학자 블라디미르 아르놀드도 사망했다.

말리아뱅이 없어도 계속해야 할 것이다. 친애하는 벗이여, 날 믿어도 돼요. 『함수 해석학 저널』은 유능한 사람들이 맡아서 잘 꾸려나갈 거예요.

그리고…… 2월에 받은 비밀 전화를 당신에게 얘기할 수 있었더라면 좋았을 텐데요. 난 알아요, 당신은 정말로 기뻐해주었을 거예요.

장례식이 끝나자마자 앙리 푸앵카레 연구소로 헐레벌떡 돌아가야 한다. 오늘은 우리 연구소와 클레이 수학 연구소가 그리고리 페렐만의 푸앵카레 추측 풀이를 기념하기 위해서 공동 조직한 학회의 마지막 날이다. 마지막 발제가 끝날 무렵에는 내가 결론을 대신하여 몇 마디 말을 해야 하기 때문에 꼭 자리에 있어야 한다. 나는 자칫 늦을까 봐 생 루이 섬에서부터 파리 5구 한복판까지 파리의 거리를 정신없이 가로지른다. '폴 선생님'이 정장 차림으로 땀을 뻘뻘 흘리며 기관차처럼 숨을 씩씩 몰아쉬는 시뻘게진 얼굴의 나를 본다면 슬며시 미소지을 것이다. 바보 같지만 내가 관 앞에서 예의에 어긋나지 않게 허리를 숙여 경의를 표한 건가 생각해본다. 어쨌거나 내 마음은 진실했다. 그게 중요한 거다.

*

앙리 푸앵카레는 20세기에 접어들어 미분위상수학이라고 하는, 완전히 새로운 수학의 장을 열었다. 이 수학의 목표는 우리를 둘러싼 형태들을 부드러운 변형deformation을 감안해서 분류하는 것이다.

도넛을 변형하면 찻잔은 나올 수 있지만 구는 절대 나올 수 없다. 찻잔에는 구멍(손잡이)이 있지만 구에는 없다. 일반적으로, 곡면(어느 한 점이 경도와 위도 같은 두 좌표 공간 안에서 파악되는 형태)을 이해하는 데에는 손잡이 개수를 아는 것으로 충분하다.

그러나 우리는 3차원 공간의 세계 속에서 살고 있다. 그러한 사물들도 구멍의 개수만 세어서 분류할 수 있을까? 이것이 1904년에 푸앵카레가 압도적인 6편의 논문들을 내놓고 제기한 질문이다. 다소 무질서하지만 반박할 수 없는 천재성의 소유자 푸앵카레는 이로써 이제 막 탄생하는 위상수학이라는 학문의 기초를 놓았다. 푸앵카레는 구멍 없이 한계가 있는 3차원 형태들은(가령, 유한한 우주들이라고 하자) 모두 다 동등할 것인가 의문을 품었다. 이 형태 중 하나로 발견된 것이 3차원 구, 즉 4차원 공간 속의 세 좌표로 표시되는 구였다. 푸앵카레 추측을 기술적 용어로 명제화하면 다음과 같다. '옹골차고 경계 없이 단순 연결된 3차원의 매끄러운 다양체는 3차원 구와 미분동형적이다.'

이 그럴듯한 명제는 참인가? 푸앵카레는 문제를 제기하고 다음과 같은 말로 결론을 내렸다. "하지만 이 문제는 우리를 너무 먼 곳까지 끌고 갈 것이다"라는 그 결론으로 말하자면 페르마의 "여백이 좁아 적지 못한다"와 막상막하다.

세월이 흐르고 또 흘렀다……

푸앵카레 추측은 기하학을 통틀어 가장 유명한 문제가 되었다. 20세기에 이 문제에서 부분적인 진전을 이룬 공으로 필즈상을 수상한 사람만도 최소한 세 명이다.

윌리엄 서스턴이 그 한 부분을 담당하면서 결정적 국면이 마련되었다. 선견지명이 있는 기하학자 서스턴은 모든 3차원 형태들의 집합—모든 가능한 우주—에 대해 아주 특별한 감이 있었다. 그는 이

3차원 형태들의 동물학적·계통학적 분류를 제안했다. 그러한 분류가 얼마나 훌륭했는지 회의적이었던 학자들이 한데 모였다. 여전히 푸앵카레를 의심하던 이들도 너무나 아름답기에 참이 틀림없을 법한 비전 앞에 경의를 표했다. 그게 바로 푸앵카레 추측을 포함하는 서스턴 프로그램이었고 서스턴 자신은 그 프로그램의 한 부분만을 탐색했을 뿐이다.

2000년에 클레이 수학 연구소는 당연히 푸앵카레 추측을 각 문제당 100만 달러의 상금이 걸린 7대 난제 중 하나로 선정했다. 당시에는 이 유명한 문제가 한 세기는 꼬박 잡아먹지 않을까 생각되었다!

하지만 2002년에 러시아 수학자 그리고리 페렐만이 이 추측의 풀이를 발표함으로써 수학계를 깜짝 놀라게 했다. 그는 7년간 아무도 모르게 이 문제에 매달려왔던 것이다!

1966년에 레닌그라드, 일명 상트페테르부르크에서 태어난 페렐만은 뛰어난 과학자였던 어머니, 안드레이 콜모고로프가 이끄는 훌륭한 러시아 학파, 그리고 열정적인 교사들이 국제수학올림피아드 대비 차원에서 그를 지도했던 수학 클럽의 영향으로 수학에 심취했다. 그 후 알렉산드로프, 부라고, 그로모프 같은 20세기 최고의 기하학자의 지도를 받았다. 그는 몇 년간 양(+) 곡률의 특이공간론 연구를 이끌기도 했다. '영혼 추측soul conjecture' 증명은 그에게 대단한 명성을 안겨주었고 눈부신 이력은 보장된 듯했다…… 그런데 그가 자취를 감추었다.

1995년부터 페렐만의 소식을 도무지 들을 수 없었다. 하지만 그는 연구를 중단한 게 아니라 리처드 해밀턴에게서 리치 흐름 이론을 빌려왔다. 이것은 열 방정식이 온도를 퍼뜨리는 것과 같은 방식으로

그리고리 페렐만

기하 대상들을 연속적으로 변형시켜 곡률을 고르게 분포시키는 방법이다. 해밀턴은 자신의 방정식을 이용하여 푸앵카레 추측을 풀겠다는 야심을 품었지만 이미 몇 년째 여러 가지 중대한 기술적 난관에 발목이 잡혀 있었다. 그쪽 길은 아무래도 막힌 듯했다.

2002년에 페렐만이 몇몇 미국인 수학자들에게 저 유명한 이메일을 보낼 때까지의 사정은 그랬다. 페렐만이 이제 막 인터넷에 발표한 원고가 있음을 알리는 몇 줄짜리 이메일이었다. 그 논문은 본인의 표현을 빌리자면 푸앵카레 추측 "증명의 다면적 개요"를 그려 보였고 서스턴 프로그램의 상당 부분을 이루었다.

페렐만은 이론물리학에서 영감을 받아 어떤 양量이—그는 이 양이 볼츠만의 양과 비슷하다는 이유에서 엔트로피라고 불렀는데—리치 흐름으로 기하를 변형하면 감소한다는 것을 보여주었다. 그는 아마도 우리가 아직 온전히 이해하지 못하고 있을 만큼 깊이 있으면서도 독창적인 이 발견에 힘입어, 리치 흐름이 폭발, 다시 말해 과격한 특이점에 결코 도달하지 않으면서 작용하게 할 수 있음을 증명하는 데 성공했다. 혹은 차라리, 어떤 특이점이 발생한다고 해도 우리가 그것을 기술하고 통제할 수 있음을 증명했다 하겠다.

이때 페렐만은 미국에 다시 와서 몇 군데서 자신의 연구를 발표했고 문제를 완전히 장악하는 기량으로 뭇사람들에게 깊은 인상을 남겼다. 그는 자신을 향한 미디어의 압력에 심기가 상했고 수학계가 자신의 증명을 이해하는 속도가 너무 느린 것도 짜증이 났다. 페렐만은 그의 논증을 다른 사람들이 자기 없이 이해하도록 내버려두고 상트페테르부르크로 돌아갔다. 그래서 여러 연구 팀들이 페렐만의 증명을 재구성하고 상세한 부분까지 완성하는 데 약 4년이 걸리게 된다!

이 증명에 달린 중대한 관건과 페렐만의 은둔은 수학계를 전대미문의 상황에 빠뜨렸다. 정말로 증명이 이루어졌느냐를 두고 논란과 긴장이 불거졌다. 어쨌거나 수학자들은 결국 페렐만이 서스턴의 기하화 추측과 함께 푸앵카레의 추측을 증명해냈다는 확신에 도달했다. 1990년도에 페르마의 대정리를 증명한 앤드류 와일즈를 제외하면 지난 수십 년 동안 이에 비견할 위업은 달리 없었다.

페렐만에게 온갖 상이 쇄도했다. 그는 2006년도 필즈상 수상자로 선정되었고, 그 해의 가장 중요한 과학적 업적을 이룬 인물로 뽑혔는데 이러한 영예가 수학자에게 주어지는 경우는 거의 없다. 그 후 2010년에는 클레이 연구소의 밀레니엄상 수상자가 되었다. 엄청난 상금이 따라오는 이 상의 첫 번째 수상자가 된 것이다! 페렐만은 이 상들에 관심이 없었기에 모두 다 차례로 거절했다.

전 세계 기자들은 페렐만이 랜던 클레이가 내놓은 100만 달러를 거절한 일을 두고 서둘러 입방아를 찧으며 앞다투어 정신 나간 수학자라는 테마를 전개했다. 그들이 백 번 잘못 생각한 거다. 페렐만의 경우가 정말로 특별한 이유는 그가 돈과 명예를 거절했기 때문도 아니요, 그의 괴팍한 성품 때문도 아니다. 양쪽 모두 그런 예는 얼마든지 있었다. 그보다는 20세기를 상징하는 수학의 수수께끼를 해결하기 위해 7년간 고독한 연구를 용감하게 이어나갈 수 있었던 강인한 기개와 비범한 통찰력 때문에 그가 특별한 것이다.

2010년 6월에 클레이 수학 연구소와 앙리 푸앵카레 수학 연구소는 이 위업을 기리는 뜻에 함께 손을 잡고 학회를 열었다. 15개월 후에 두 연구소는 페렐만이 거절한 상금이 푸앵카레 연구소를 기반으로 아주 특별한 지원제도를 개설하는 데 쓰일 것이라고 발표했다. '푸앵카레 연구교수제Poincaré chair'는 대단히 전도유망한 젊은 수학자들을 맞이하여 그들이 강의나 주재 의무 없이 이상적인 조건에서 한껏 역량을 펼치게 할 것이다. 페렐만이 버클리 밀러 연구소의 환대를 누림으로써 본인의 역량을 펼칠 수 있었던 것처럼.

43장

2010년 8월 19일, 하이데라바드.

내 이름이 거대한 홀에 울려 퍼진다. 피에르 마라벨이 찍어준 내 사진—진홍빛 나비넥타이를 하고 보랏빛이 감도는 하얀 거미를 단 모습—이 초대형 스크린에 떴다. 밤새 한숨도 못 잤지만 이렇게 정신이 맑은 때는 처음인 것 같다. 나의 수학자 인생에서 가장 중요한 순간, 수학자들이 감히 고백하지 못하는 꿈의 순간이다. 마라벨의 사진집 『미래를 이야기하는 1000명의 연구자』에 실렸던, 다소 이름 없던 333번 연구자가 이제 막 눈부신 조명을 받는 중이다.

내가 일어나 연단으로 걸어가는 동안 수상 이유가 나온다. "세드릭 빌라니는 비선형 란다우 감쇠와 볼츠만 방정식에 대한 균형수렴 증명으로 필즈상을 받게 되었습니다."

나는 너무 느리지도 않고 빠르지도 않게 보이려고 애쓰며 계단으로 올라가 연단 중앙에 서 있는 인도의 여성 대통령에게로 다가간다. 인도 대통령은 체구가 작지만 그녀에게서 뿜어져 나오는 힘은 주위 사람들의 태도를 통해 뚜렷이 감지된다. 나는 대통령 앞에 멈춰 선다. 대통령이 살짝 목례를 하고, 나도 답례로 고개를 숙인다.

나마스테. 고개를 너무 많이 숙인 것 같다.

인도 대통령은 내게 메달을 내밀었고 나는 상체를 괴상하게 내밀고 메달을 청중들에게 들어 보인다. 청중들에게도, 인도의 국가원수에게도 완전히 옆으로 돌아서지 않고 45도 각도의 얼굴을 보이려다 보니 자세가 그렇게 나왔다.

대형 컨퍼런스 홀에 운집한 3000여 명의 청중이 박수갈채를 보낸다. 컨퍼런스 홀은 2010년도 세계수학자대회가 열리는 특급호텔에 인접해 있다. 18년 전, 내가 고등사범학교 200주년 기념무도회에서 개회사를 했을 때 박수갈채를 보냈던 사람들은 몇 명이었더라? 한 1000명? '그런 날들이 있었지Those were the days……' 아버지는 그때 계획이 어긋나서 사진을 찍지 못한 것을 몹시 애석해하셨다. 그때는 그때대로 중대한 행사였지만 지금 한 부대의 사진기자들과 촬영기사들이 플래시를 따발총처럼 터뜨려대는 광경을 보니 그건 별 일도 아니었던 것 같다! 이건 뭐, 칸 영화제가 따로 없다……

나는 메달을 받아서 여성 대통령에게 다시 한 번 고개를 숙이고 세 발짝 뒤로 물러난다. 그 자리에서 뒤로 돌아 벽을 향해 걸어간다. 어제저녁 대회 진행자들과 오랫동안 연습했던 데서 거의 어긋남이 없다.

그럭저럭 해냈다. 첫 번째 수상자 엘론 린덴슈트라우스보다는 훨씬 낫다. 그 친구는 정신이 혼미해지기라도 한 듯 공식의례 지침들을 깡그리 무시해버렸다. 엘론이 상을 받고 나자 또 한 명의 수상자 스타스 스미르노프가 내 귀에 속삭였다. "우리가 암만 못해도 저보다는 낫겠는데."

카메라들이 영원히 남길 순간이 지났다. 난 뭐가 어떻게 흘러갔는지 얼떨떨했다. 그다음에는 사진기, 촬영장비, 온갖 녹취 기기들이 우르르 밀려와 상을 찍어갔고, 수상자 기자회견이 있었다……

시상식장에는 휴대전화와 컴퓨터를 가지고 들어갈 수 없게 되어 있다. 조금 전에 내 받은메일함에는 300통의 메일이 답지했고 앞으로도 어마어마한 메일이 쇄도할 것이다. 동료, 친구, 몇 다리 건너 아는 지인, 10년, 20년, 30년 동안 소식도 몰랐던 사람들, 전혀 모르는 사람들, 초등학교 동창들까지…… 어떤 메일들은 자못 감동적이었다. 그 많은 축하 메시지 중 한 통을 통해서 나는 어렸을 때 친구 하나가 벌써 몇 년 전에 죽었다는 것을 알았다. 다들 잘 알다시피, 인생에는 서로 떼려야 뗄 수 없이 얽히고설킨 기쁨과 슬픔이 가득하다.

그리고 언론을 통해서 프랑스 대통령의 공식 축전이 도착했다. 예상대로 응오도 필즈상을 받았다. 프랑스가 두 명의 수상자를 배출한 데서 얼마나 국가적인 자부심을 느끼는지 내가 실감하기까지는 시간이 좀 걸린 것 같다. 게다가 이브 메예르가 그동안의 연구이력 전체로 저 명망 높은 가우스상을 수상하지 않았는가! 프랑스인들은 프랑스가 4세기 전부터 국제 수학 연구의 선봉장 역할을 해오고 있다는 사실을 이제 새삼 깨달을 것이다. 2010년 8월 19일을 기점으로 그동안 필즈상을 수상한 53명 가운데 프랑스는 최소 11명의 수상자를 배출했다!

클레망도 물론 이 자리에 참석해서 기뻐해주었다. 그가 박사논문 주제를 찾아 리옹 ENS의 내 연구실을 방문했던 때로부터 아직 10년이 안 됐다…… 그에게도 행운, 나에게도 행운이었다.

나는 인파에서 벗어나 잠시 호텔방으로 올라갔다. 인도라는 느낌이 전혀 안 드는, 무미건조한 객실이다. 티에라델푸에고에 와 있다고 해도 되겠다! 하지만 나는 내 의무를 다하기 위해 올라왔다.

호텔 전화와 휴대전화를 번갈아 받아가며 4시간 연속으로 기자들의 질문 공세에 답했다. 전화 한 통을 마쳤다 싶으면 응답기에 벌써 새로운 메시지들이 들어와 있으니 도무지 끝이 없다. 개인적인 질문, 학문적인 질문, 연구기관 및 제도 관련 질문. 그리고 거의 항상 똑같이 돌아오는 이 질문이 있다. "필즈상을 받으니 어떠십니까?"

드디어 호텔방에서 내려온다. 해쓱하니 며칠 굶은 사람 같은 몰골이지만, 내가 보니 다른 수상자들도 마찬가지다. 나는 향신료가 듬뿍 들어간 마살라 차를 주문하고 다시 인파를 상대하러 나선다. 젊은이들이 구름 떼처럼 내게 달려든다. 물론 상당수는 인도 젊은이들이다. 수백 장의 사인을 하고, 이루 셀 수 없는 사진들을 위해서 약간 얼빠진 사람처럼 포즈를 취한다.

다른 수상자들은 그렇지 않았지만 나는 대회에 혼자 참석했다. 아내와 아이들은 번잡스러운 일을 피해 프랑스에 그냥 있기로 했다. 나는 그 편이 좋다! 그리고 나는 대회 측의 지시를 엄수해서 아내 외에는 그 누구에게도 수상 소식을 알리지 않았다. 우리 부모님도 모른다. 부모님은 나의 수상 소식을 언론을 통해 들었을 거다!

그리고…… 카트린 리베이로가 우리집으로 근사한 장미 꽃다발을 보내주었다!

내가 하이데라바드에서 무수한 사진기자들 앞에서 포즈를 취하는 동안 리옹에서 동료학자 미셸 샤츠망이 유명을 달리했을 줄은 꿈에도 몰랐다. 프랑스 천체물리학자 이브리 샤츠망의 딸인 미셸은 내가 만났던 가장 독창적인 수학자 중 한 사람이었다. 그녀는 난공불락의 교육학적 도전이나 다른 사람은 감히 관심을 기울이지 못하는 연

미셸 샤츠망

결 관계, 가령 대수와 수치해석의 경계 같은 문제에도 언제나 뛰어들 준비가 되어 있었다. '프롱티에르Frontières, 경계들'는 미셸이 위풍당당한 선언처럼 작성한 연구 프로그램의 이름이다. 미셸은 내가 2000년에 리옹에 부임하고서 알게 된 친구다. 우리는 함께 세미나도 많이 했고, 리옹 대학에 유능한 수학자를 끌어오기 위해 우리가 함께 머리를 짜낸 적도 한두 번이 아니다.

미셸은 자기가 하고 싶은 말에는 거침이 없는 성격이었고 기회가 닿는 대로 신랄한 블랙 유머로 초를 치는 재주가 남달랐다. 불치의 암 선고를 받은 지 5년이 넘었고 화학요법과 수술을 거듭 겪어냈지만 그래도 샴푸 값이 덜 들어서 얼마나 살맛이 나는지 모른다며 그녀는 눈을 반짝이며 말했다. 우리는 몇 달 전에도, 리옹 대학 수학과에서 마련한 그녀의 예순 번째 생일파티에서 만났다. 세계 각지에서 달려온 사람들이 축하 연설을 했고, 그중에는 미셸 부친의 제자이자 다채로운 활동을 보여주는 세계적인 명성의 물리학자 위리엘 프리슈도 있었다. 또한 그 자리에 참석한 나 자신도 그의 정신적 아들들 중 한 사람의 정신적 아들이라 할 만하다. 미셸은 란다우 감쇠에 대한 나의 발표와 위리엘이 환기한 '호랑이들tygres(타이거)' 사이의 관계를 멋지게 간파해 보였다. 하여간 남다르다니까!

하지만 최근 몇 주 사이에 미셸은 상태가 급격히 악화됐다. 투병 중에도 평생 살아왔던 그대로 당당하고 올곧았던 그녀는 명철한 의식을 유지하기 위해 모르핀 주사도 거부했다. 미셸은 애타게 기다리던 필즈상 수상자 발표를 죽음의 병상에서 들었다고 한다. 그러고는 불과 몇 시간 만에 숨을 거두었단다. 우리는 안다. 인생에는 서로 떼려야 뗄 수 없이 얽히고설킨 기쁨과 슬픔이 가득하다.

*

2010년 8월 19일, 인도에서.

오늘 아침부터 하이데라바드 호텔에 전 세계 수학자들이 한데 모인다. 세계 모든 대륙에서 날아온 이 수학자들은 각자 특별한 수학적 역량을 내세우고 있다. 해석, 대수, 기하, 확률, 통계, 편미분 방정식, 대수기하와 기하대수, 하드로직과 소프트로직, 거리 공간기하와 초거리 공간기하, 조화해석과 조화로운harmonious 해석, 수와 그림자의 확률론, 모델과 슈퍼모델의 발견자, 경제학 및 미시경제학의 창조자, 슈퍼계산기와 유전자알고리즘 기획자, 이미지 처리와 바나흐 공간의 기하 개발자, 여름, 가을, 겨울, 봄의 수학자, 그 밖의 허다한 전문 분야들이 천 개의 수학적 팔이 달린 신神 시바를 이루어낸다.

네 명의 필즈상 수상자, 그리고 가우스 상, 네반리나 상, 첸 상 수상자들이 차례차례 시바 신에게 제물로 바쳐진다. 인도의 여성 대통령은 대여사제 자격으로 군중의 환호에 질겁한 일곱 명의 수학자들을 소개한다.

세계수학자대회는 이렇게 시작된다. 2주 동안 발표, 토론, 리셉션, 칵테일파티, 인터뷰, 사진촬영, 대표단, 웃고 즐기는 댄스파티, 고급택시와 낭만적인 인력거 일주가 이어질 것이다. 이 대회는 수학의 다양성과 통일성, 언제나 변화하는 수학의 기하공간, 연구 성취의 기쁨, 발견의 경이로움, 미지의 것에 대한 꿈을 기릴 것이다.

대회가 끝나면 수학자들은 자기가 속한 대학이나 연구소, 기업이나 가정으로 돌아가 저마다 자기 방식대로 수학적 탐구라는 거대한 모험을 재개할 것이다. 그네들의 논리와 고된 노동으로써, 또한 상상력과 열정으로써 인간 인식의 경계를 함께 멀리 밀어낼 것이다.

그들은 벌써부터 4년 후에 신령한 호랑이가 산다는 한국에서 열리게 될 다음 대회를 생각하고 있다. 어떤 테마들이 부상할 것인가? 누가 다음번 희생양들이 될 것인가?

그때가 오면 수천 명의 수학자들이 늙은 호랑이에게 존경을 표하러 달려오리라. 그들은 호랑이의 온갖 굽이치는 모양새의 기하학을 탐색하고, 가차 없는 대칭성을 공리화하고, 꿈틀대는 확률을 시험하고, 줄무늬의 반응-확산을 분석하고, 그 수염의 미분 수술differential surgery을 집도하고, 그 날카로운 발톱의 곡률을 측정하고, 포텐셜 양자우물을 구하고, 그 호랑이와 더불어 담배를 피우며 더없이 숭고한 끈이론과 떨리는 수염이론을 내놓을 것이다. 그 며칠 동안, 힘센 호랑이는 꼬리 끝에서부터 콧잔등까지 온전한 수학자가 될 것이다.

(IHÉS에서 출간하는 『수학자들*Les Déchiffreurs*』(벨랭 출판사) 한국판에 내가 쓴 글)

*

갈레르킨 절단에 따른 버거스와 오일러 방정식(1h00)에 대한 타이거 현상

(위리엘 프리슈)

*비점도 수력학 방정식*inviscid hydrodynamical equation*의 해들은 주파수가 k_g 임계를 넘는 푸리에 방법들을 생략하면 생각지 못했던 속성들을 지니는 것으로 밝혀졌다. 이 연구는 1차원적 버거스 방정식과 2차원 비압축 오일러 방정식 양쪽 모두에서 실시되었다. k_g가 클 때, 매끄러운 초기조건에 대해서, 첫 번째 절단 징후—'타이거'라고 부르는 짧은 파장의 국소적인 진동—는 유체 입자들의 운동과 소규모 차원의 지표들(충격, 강력한 소용돌이 구배층들 등등)이 유발하는 절단 파장의 공명하는 상호작용으로 일어난다는 것이다. 이 타이거들은 복소공간 특이점들이 실수 영역으로부터 갈레르킨 파장 $\lambda_g = 2\pi/k_g$ 내에서 일어날 때 나타나며, 전형적으로 이미 존재하는 소규모의 구조에서 멀리 일어나고 그러한 작은 구조의 속도에 해당되는 속도를 가지는 곳에서 나타난다. 타이거들은 처음에는 약하고 매우 국소적으로 나타나지만—버거스 케이스에서는 첫 번째 충격이 나타나는 시각에 그 진폭은 $k_g^{-2/3}$에, 그 폭은 $k_g^{-1/3}$에 비례한다—점점 증가하여 결국에는 전체의 흐름을 침범한다. 따라서 타이거들은 T. D. 리가 1952년에 예상한 열운동화*thermalization*의 첫 증거이다. 갑자기 열이 흩어지는 이례적인 현상—점성이 유한시간 내에 없어지면서 나타나는 유한한 손실*dissipation*의 존재—은 버거스 케이스에서는 잘 알려져*

있으며 3D 오일러 방정식에 대해서도 추측되기도 하는데, 이는 절단 케이스에도 대응되는 현상이 있다. 타이거들이 k_g가 무한대로 갈 때 유한한 양의 에너지를 저장할 수 있는 능력이 바로 그것이다. 이는 레이놀즈의 변형력이 갈레르킨의 파장보다 큰 스케일에서 작용하는 상황으로 가게 하여, 흐름이 비점성-한계 해로 수렴하는 것을 막아준다. 타이거들을 제거하여 원래의 비점성-한계 습성을 되돌릴 수 있다는 징후들이 있다.

(프리슈가 국제학회에서 발표한 삼리디 상카 레이, 위리엘 프리슈, 세르게이 나자렌코와 다케시 마쓰모토의 논문 요약)

*

THE TYGER (William Blake, 1794)

Tyger Tyger burning bright
In the forests of the night
What immortal hand or eye
Could frame thy fearful symmetry
In what distant deeps or skies
Burnt the fire of thine eyes
On what wings dare he aspire
What the hand dare sieze the fire
And what shoulder & what art
Could twist the sinews of thy heart
And when thy heart began to beat

What dread hand & what dread feet

What the hammer what the chain

In what furnace was thy brain

What the anvil what dread grasp

Dare its deadly terrors clasp

When the stars threw down their spears

And water'd heaven with their tears

Did he smile his work to see

Did he whomade the Lambmake thee

Tyger Tyger burning bright

In the forests of the night

What immortal hand or eye

Dare frame thy fearful symmetry•

• (저자 주) 이 유명한 시는 기본적으로 번역 불가능하지만 책이나 인터넷을 통해 번역문을 쉽게 찾아볼 수 있다. 하지만 나는 어떤 번역에도 만족할 수 없었기 때문에 독자들은 이 시를 원문으로 감상하고자 노력해보기 바란다. 저자와 편집자들이 여러 가능성을 두고 망설였던 만큼, 이 시에는 여러 가지 버전과 또 그만큼 다양한 해설들이 존재한다. 나는 여기서 원본이자 (블레이크가 육필원고 중 하나에서 실험한 대로) 문장부호가 없는 버전을 소개한다. 이 버전 자체도 출판사에 따라 상당한 차이가 있다.

44장

2010년 11월 17일, 생 레미 레 셰브뢰즈.

가을, 모든 것이 금색, 붉은색, 검정색이다. 톰 웨이츠의 11월의 노래에서처럼 나뭇잎은 금색, 붉은색이고 까마귀는 빛나는 검정색이다.

이 각별한 RER B선의 낡은 역에서 빠져나와 밤의 어둠 속으로 파고든다.

지난 석 달은 참으로 강렬했다!

사인.

신문.

라디오.

텔레비전 방송.

영화 촬영.

카날 플뤼스 스튜디오에 나와 있던 프랑크 뒤보스크와 생중계로 호흡을 맞췄다든가…… 몇몇 사람들은 나에게 왜 그런 '익살극'에 동조했냐며 한마디씩 했지만 그게 뭐 어때서! 이튿날, 거리에서 만나는 사람마다 날 붙잡고 "텔레비전에서 봤어요"라고들 했다.

그리고 수많은 만남들이 있었다. 정치인, 예술가, 대학생, 기업가, 사주, 혁명가, 의원, 국립행정학교 출신의 관료들, 심지어 프랑스 대통령까지……

질문들은 돌고 돌았다. 어떻게 수학에 흥미를 갖게 됐습니까, 왜 프랑스인들이 수학에 뛰어난 걸까요, 필즈상이 당신의 인생을 바꾸었습니까, 이제 최고의 수학자로 인정받았는데 어디서 연구의 원동력을 찾습니까, 당신은 천재입니까, 당신의 거미는 무슨 의미를 담고 있나요……

응오 바오 차우가 미국으로 떠났기 때문에 나 홀로 이러한 공세를 상대해야 했다. 그렇다고 기분이 나쁘진 않았다. 그런 세상을 발견하는 것도 재미있으니까. 텔레비전과 신문의 무대 그 이면의 세계. 나는 인터뷰이가 실제로 한 말과 딴판으로 인터뷰가 실릴 때도 많다는 것을, '세드릭 빌라니'라는 미디어상의 추상적 인간이 만들어지는 중이라는 것도 확인했다. 하지만 매체에서 다루어지는 그 인간은 진정한 내가 아니요, 사실상 내가 통제할 수도 없다.

소장 노릇을 계속하면서 이 모든 일을 감당해야 했다…… 뒤보스크에게 대사를 치던 바로 그날, 나는 RTL과 인터뷰를 했고, 시청에서 열린 대학생 기숙사 관련 회의에 참석했고, 행정고문회장과 장시간 논의를 했으며, 심야 문학방송「자정의 말」녹화까지 했다.

그 후 '미래에 대한 투자investissements d'avenir'('그랑 앙프룅Grand Emprunt'이라고도 하는) 국가보조금을 따기 위한 프로젝트를 조직했다. 프랑스에 소재한 4개 국가기관과 국제기관(파리 앙리 푸앵카레 연구소IHP, 뷔르쉬르이베트 고등과학 연구소IHÉS, 뤼미니 국제수학연구센터CIRM, 니스 국제순수·응용수학센터CIMPA)이 협력하는 까다로운 프로젝트다. IHÉS는 내가 6개월간 머물렀던 프린스턴 고등 연구소의 프랑스 버전이다. 가을이면 밤 떨어지는 소리가 타다닥 울려 퍼지는 이 호젓한 연구소에서 천재적인 그로텐디에크는 비할 데 없는 역작을 일궈냈고 젊은 연구자들은 세계 최고의 수학자들과 만남으로써 자기들의 프로젝트에 진전을 꾀할 수 있었다. 한편, 매주 학회를 갖는 CIRM은 금욕적인 슈바르츠발트 대신 아름다운 마르세유의 작은 만을 조망할 수 있다는 차이가 있을 뿐, 오버볼바흐 연구소의 프랑스 버전이라고 할 만하다. CIMPA는 완전히 국제적인 기구로서 수학을 필요로 하고 환영하는 개발도상국들에 대한 학술 지원을 담당하고 있다.

이 네 개 기관과 그 다양한 후견들을 하나의 계약으로 묶기 위해 어마어마한 협상의 카드들을 써야만 했다. 1년간 IHP 수장으로서 온갖 외교적 골칫거리를 겪어본 나는 이 까다로운 조정 작업을 감당할 준비가 되어 있었다. 이 4개 기관 협동 프로젝트의 이름은 카르맹 CARMIN, Centres d'Accueil et de Rencontres Mathématiques INternationales이 될 것이다.

나는 이러한 활동들 외에도 대중강연을 두 건 했고, 이론물리학 세미나를 위해서 '시간'에 대한 장문의 글을 썼으며…… 이런저런 질병으로 참사를 겪은 IHP 인사들의 공석을 메우기 위해 몇 가지 보직 활동들까지 대신해야 했다. 다행스럽게도, 건강에 문제없는 사람들은 매우 헌신적으로 일해주고 있다!

나는 그 석 달 동안 내가 따로 떼어놓은 시간을 몽땅 써버렸다. 잠자는 시간까지 며칠 전부터 계획을 세워야 했다. **내 몸이 견딜 때까지** Hasta que el cuerpo aguante!• 나는 그 진 빠지는 가을을 생각하며 계속 걷다가 내 여정의 '컴컴한' 부분에 이르렀다.

내 왼쪽에는 여우와 암사슴이 휘젓고 다니는 숲이 있고 오른쪽에는 암소들이 평화롭게 잠들어 있는 들판이 있다. 하지만 무엇보다도 앞으로 300미터 남짓 완전히 컴컴한 흙길을 걸어가야 한다. 가로등이라곤 하나도 없고, 사람이 만든 불빛이라곤 하나도 없다.

불빛 없는 길에는 값을 따질 수 없는 가치가 있다! 달마저 숨어버린 날에는 3미터 앞도 안 보인다. 걸음이 빨라지면서 심장 박동도 빨라지고 감각이 기민하게 살아난다. 숲에서 바스락 소리만 나도 귀가 쫑긋 선다. 길이 평소보다 더 길게 느껴지고, 부랑자가 어디선가 숨어서 지켜보고 있을 것 같다. 후다닥 뛰지 않으려고 마음을 다잡는다.

이 암흑의 터널은 흡사 수학 연구 프로젝트를 시작하면서 눈앞이 완전히 깜깜한 바로 그 단계 같다. "수학자는 아마 존재하지도 않을 검은 고양이를 찾아 어두운 방을 더듬거리는 장님이다." 다윈이 그렇게 말했었는데, 정말 옳은 말이다! 완전한 어둠, 골룸의 굴에서 빌보가 경험했던 것과도 같은 어둠이다.

이 어둠의 시기가 미지의 영역에 수학자가 처음 발을 들여놓은 때에 해당한다. 그게 일반적인 과정의 첫 단계다.

어둠 속에서 아주 작고 가냘픈 빛이 보인다. 그럼 우리는 뭐가 되려나 보다 생각한다…… 그렇게 빛이 보이고 나서 모든 일이 잘 굴러가면 얽혔던 것이 풀리고 환한 빛으로 나온다! 스스로 자부심을 느끼고 자신감을 얻는다. 여기저기 발표를 한다. 이 단계가 단번에 올 때도 많지만 때로는 좀 다른 사연이 있다. 내가 그쪽으로는 좀 안다.

• 도미니크 아의 노래 제목.

백주대낮의 환한 빛이 물러나고 나면 항상 우울한 단계가 온다. 큰일을 해내고 난 다음에 따라오는 이 단계에서는 자신의 업적을 폄하하게 된다. '어쨌거나 네가 한 일은 어떤 바보라도 해낼 수 있는 일이었어. 이제 좀 더 진지한 문제를 찾아봐, 네 일생의 역작을 이루어보라고.' 수학 연구 과정이라는 게 으레 이렇다……

하지만 지금 나는 진짜 어둠 속에서 걸어가고 있다. 그 길을 나아가면서 참으로 감격스러웠던 오늘 하루에 커튼을 친다. 응오, 메예르, 나 세 사람이 오늘 국회의장을 만났다. 국회의장이 과거에 연구자였다는 것을 알고 나서 우리는 전우를 만나는 기분이 들었다. 그 후 우리는 국회위원들의 열렬한 환영을 받았고 정부에 대한 의례적이면서도 거창한 질문 시간을 가졌다. 나는 국회도서관에서 말로 다 표현할 수 없는 보물을 보고 감탄했다. 이집트 원정에 참여한 과학자들이 집필한 저작들을 가져오기 위해서 맞춤 제작했다는 가구였다. 몽주, 푸리에, 그 외에도 많은 과학자들이 생물학, 역사, 건축, 모든 것을 혁명적으로 변화시킬 결과들을 이 저작들로 기록했다. 손으로 그려낸 이미지의 아름다움, 난파로 잃어버린 물자를 현장에서 대체한 재료, 전문가만이 손댈 수 있는 고서의 장중함, 그 모든 것이 내 마음을 뒤흔들고 분명한 감정을 불러일으켰다.

그렇지만 내 머릿속 한구석에는 희미하지만 끈질기게 뿌리내린 걱정 하나가 최근 몇 달간 조금씩 몸집을 불려가고 있었으니……『악타』 측에서 여전히 답변이 없었다. 논문심사위원단이 아무 소식도 주지 않았단 얘기다! 익명이 철저하게 보장되는 전문가들의 독립적인 감정만이 우리의 결과를 확증할 수 있을 터였다.

그 모든 영광을 누리고 나서 우리 논문이 잘못됐다고 하면 나는 어떻게 하나? 사안이 중차대한 만큼 필즈상위원회가 란다우 감쇠에 대한 우리의 논문을 검증했을 거라고 생각한다만, 늘 그렇듯이 난 아무것도 확실히 모른다. 만약 어느 심사위원이 오랜 시간을 잡아먹는 제삼자들의 검토와 검증 과정에서 뭔가 오류를 잡아냈다면? 세드릭, 넌 가장이야, 자살의식은 선택지에 없어.

객쩍은 농담은 집어치우자, 결국에는 상황이 다 정리되겠지. 더욱이 어둠의 터널도 막바지에 와 있었다. 저기, 터널 끝에 희미하니 빛이 보이기 시작한다, 디지털 도어록 불빛이다. 살았다!

이 일상의 감정, 절절한 감정으로 들끓는 이 어둠은 값을 따질 수 없다. 하지만 그 어둠을 헤치고 나오면 얼마나 기분이 좋은지! 나는 묵직한 대문을 열고 마당으로 가로질러 집으로 들어간다. 불을 켜고 이층으로 올라가 내 책상 앞에 앉아서 노트북을 켜고 이메일에 접속한다. 뭐야, 지난 12시간 동안 새로 받은 메일이 88통밖에 없어? 조용한 날이네……

하지만 그 많은 메일들 중에 내 시선을 잡아끄는 한 통이 있었다. 악타 마테마티카! 나는 열에 들떠서 우리 논문의 담당 편집자 요하네스 쇠스트란드의 메시지를 열었다.

여러분의 논문에 좋은 소식이 있습니다The news about your paper are good.

'are good'이 아니라 'is good'으로 써야 하는데, 'news'라는 단어는 'mathematics'처럼 끝에 s가 붙지만 단수 취급한단 말이야. 하지만 그게 뭐가 중요할까. 더 읽어볼 필요도 없었다. 나는 당장 'Gooood news'라는 제목을 덧붙여서 그 메일을 클레망에게 전달했다.

이제 우리의 정리가 진정으로 탄생한 거다.

*

정리(무오, 빌라니, 2009)

정수 $d \geq 1$와 푸리에 변환이 $|\widehat{W}(k)| = O(1/|k|^2)$를 만족하는 국소적으로 적분가능한 주기적인 짝함수 $W : \mathbb{T}^d \to \mathbb{R}$가 있다고 하자.

$f^0 = f^0(v)$를 어떤 상수 $\lambda_0 > 0$에 대해서

$$\sum_{n\geq 0} \frac{\lambda_0^n}{n!} \|\nabla_v^n f^0\|_{L^1(dv)} < +\infty,$$
$$\sup_{\eta\in\mathbb{R}^d} \left(|\widetilde{f}^0(\eta)|\, e^{2\pi\lambda_0|\eta|}\right) < +\infty$$

를 만족하는 해석적인 분포 $\mathbb{R}^d \to \mathbb{R}_+$라 하자. 이때 $\widetilde{f}$는 f의 푸리에 변환을 가리킨다.

함수 W와 f^0가 펜로즈의 일반화된 선형적 안정성 조건을 만족시킨다고 하자. 다시 말해 모든 $k \in \mathbb{Z}^d \backslash \{0\}$에 대해, $\sigma = k/|k|$라 하고 모든 실수 $u \in \mathbb{R}$에 대해, $f_\sigma(u) = \int_{u\sigma+\sigma^\perp} f^0(z)\, dz$라 하면, $f_\sigma'(w) = 0$를 만족하는 모든 $w \in \mathbb{R}$에 대해 다음이 성립한다.

$$\widehat{W}(k) \int_{\mathbb{R}} \frac{f_\sigma'(u)}{u-w}\, du < 1$$

초기 위치와 속도 $f_i(x,v) \geq 0$가 해석적 상태 f^0에 매우 가깝게 주어져 있다고 하자. 여기서 매우 가깝다는 것은 위치와 속도에 대한 푸리에 변환이 양수 λ, μ와 충분히 작은 $\varepsilon > 0$에 대해 다음 식을 만족한다는 뜻이다.

클레망 무오

세드릭 빌라니

$$\sup_{k\in\mathbb{Z}^d,\,\eta\in\mathbb{R}^d}\left|\widetilde{f}(k,\eta)-\widetilde{f}^0(\eta)\right|e^{2\pi\mu|k|}\,e^{2\pi\lambda|\eta|}$$
$$+\iint\left|f_i(x,v)-f^0(v)\right|e^{2\pi\lambda|v|}\,dx\,dv\le\varepsilon$$

그러면 해석적 윤곽 $f_{+\infty}(v)$, $f_{-\infty}(v)$이 존재하여 비선형적 블라소프 방정식의 해가, 상호작용의 포텐셜 W와 시간 $t=0$에 대한 초기조건 f_i에 대해 $f(t,\cdot)$가 t가 $\pm\infty$로 감에 따라 $f_{\pm\infty}$로 약하게 수렴한다.

$$f(t,\cdot)\xrightarrow{t\to\pm\infty}f_{\pm\infty}$$

좀더 정확하게는 푸리에 모드Fourier modes의 점별수렴pointwise convergence의 의미로 지수적으로 빠르게 수렴한다.

비선형 방정식의 수렴 속도는 $\varepsilon>0$가 충분히 작다는 조건에서 선형화된 방정식의 수렴 속도에 임의로 가까워진다. 이뿐 아니라 주

변함수marginal function $\int f\, dv$과 $\int f\, dx$는 모든 C^r 공간에서 균형값에 지수적으로 빠르게 수렴한다.

비선형 명제에 나타난 모든 추정은 건설적constructive이다.

2011년 2월 24일, 부다페스트.

네 개의 병이 불안정한 작은 탁자 위에 한 줄로 늘어서 있다. 고급 와인 빌라니Villanyi에 정신이 흐려진 나는 가보르의 설명을 따라잡으려 안간힘을 쓴다. 가보르는 네 병의 토카이•를 상세하게 비교하며 설명하는 중이다. 어리고, 드라이하고, 달고…… 나는 선택을 못하겠다.

굴라시와 사과파이를 두 번씩 받아먹은 아이들은 커다란 스크린이 설치된 작은 집 안의 모든 것을 사진 찍고 다닌다. 클레르가 나를 도와 단맛이 나는 유기농 토카이를 골랐고, 이 집 안주인은 크림이 예술인 근사한 카푸치노를 내왔다.

가보르는 헝가리, 자신의 청년 시절, 수학을 좋아하는 헝가리 아이들의 주 12시간 수업, 그의 아내가 아직도 기억하고 있는 수학올림피아드 TV 중계에 나왔던 문제들에 대해서 얘기했다.

그는 자신의 독특한 모국어에 대해서, 핀란드어에서 1000여 년 전에 갈라져 나온 그 방계언어에 대해서 이야기했다. 지금 구성되고

• 헝가리 와인의 대명사로 통하는 술.

있는 의미를 맨 끝에 오는 단어가 몽땅 뒤집어버릴까 봐 듣는 사람이 주의를 바짝 곤두세우게 되는 헝가리어에 대해서. 그러한 언어 덕분에 헝가리가 20세기 전반에 그토록 전설적인 학자들을 다수 배출할 수 있었나? 에르되스, 폰 노이만, 페제르, 리에스, 텔러, 비그너, 질라드, 락스, 로바스, 그 외 여러 연구자들의 조국이라니……

"유대인들이 결정적인 역할을 했지! 우리나라는 한때 이 대륙에서 가장 반유대주의가 덜한 지역이었으니까, 그래서 유대인 지식인들이 이쪽에 몰려와 헝가리의 지적 발전에 결정적인 공헌을 했더랬지. 하지만 사정이 변해서 여기서도 더 이상 환영받지 못하니까 다들 떠나버렸지, 안타까운 일이야……"

가보르는 곰뵈츠Gömböc를 발견한 인물이다. 블라디미르 아르놀드는 이 믿기지 않는 형태가 실제로 존재할 거라고 믿었었다. 이 형태는 하나의 안정적 균형점과 하나의 불안정적 균형점을 가지고 있으면서 균질적으로 가득 차 있는 입체다. 곰뵈츠는 최소의 초안정적인 형태로서 어떤 식으로 바닥에 내려놓든지 항상 균형 자세로 돌아온다. 마치 오뚝이처럼 일어나지만 오뚝이는 모래주머니의 힘으로 균형을 잡는 반면, 곰뵈츠는 완전히 균질적인 입체다.

나는 부다페스트에 도착하자마자 곰뵈츠에 대한 얘기를 들었고 우리 연구소 도서관에도 곰뵈츠를 하나 전시하면 좋겠다고 생각했다. 하지만 일단 곰뵈츠를 보고 그러한 입체가 실제로 존재하는지 확신을 얻어야 했다! 그 과정은 메일을 주고받는 것으로 충분했다. 우리 연구소에 선생님의 경이로운 발견을 전시할 수 있다면 참으로 기쁘겠습니다. 나의 발견이 선생의 명망 높은 연구소 컬렉션에 들어간다면 내게도 큰 영광입니다, 내가 내일 선생의 발표에 참석할 테니 우리 집에서 점심을 함께할까요. 그렇다면 얼른 뵙고 싶군요.

"어제 선생이 대학에서 한 발표는 정말 좋았소! 어쩜 그렇게 말을 잘합니까! 얼마나 근사했는지, 볼츠만이 강의실에 와 있는 것 같습디다. 우리와 함께 말이오! 아! 정말 멋진 발표였소!" 가보르는 아주 흥분해서 몇 번이나 그렇게 말했다.

그는 클레르에게 들으라는 듯이 말했다.

"강의실이 너무 더웠어요. 참석자 수에 비해서 너무 좁았거든. 프로젝터는 제시간에 도착을 안 하고, 남편 분은 바닥에 질질 끌리는 선들을 뛰어넘어가야 했죠. 칠판이 저절로 떨어지고 난리도 아니었지만, 이 사람은 전혀 아랑곳하지 않습디다! 한 시간 반 동안의 발표가 어찌나 즐거웠는지 몰라요!"

우리는 볼츠만을 위하여, 온 나라 수학자들의 형제애를 위하여, 란다우 감쇠에 대한 내 논문을 위하여 건배했다. 그 논문은 심사위원단과의 약간의 의견 교환이 있은 후에 어제 정식으로 『악타 마테마티카』에 통과되었다.

달콤한 토카이가 목구멍으로 술술 넘어가는데, 가보르의 이야기는 이어진다. 그는 1995년 함부르크 세계수학자대회에 참석했었다고 한다. 블라디미르 아르놀드와 오찬을 함께하는 유료행사가 있었는데, 그는 망설이지 않고 바로 신청을 했다. 그 회비를 내느라 변변찮은 여행 예산의 절반을 뚝 떼어내야 했단다. 그래놓고 정작 행사에 참석해서는 바짝 얼어서 그 대단한 사람에게 말 한마디 못 붙여봤다나!

하지만 이튿날 가보르는 우연히 자신의 영웅과 다시 마주쳤다. 아르놀드는 골치 아픈 인간("내가 이미 10년 전에 당신의 문제를 풀었습니다.” “아뇨, 지금 당신 증명을 듣고 있을 시간이 없습니다만.”)에게 걸려들어 난감해하고 있다가 가보르를 이용해서 함정에서 빠져나왔다(“아뇨, 미안하지만 정말 시간이 없습니다. 여기 이 분과 약속이 있거든요.”).

당시 아르놀드는 그렇잖아도 이 묘하고 말 없는 오찬 참석자에 대해서 좀 더 알고 싶어 하던 참이었다. “어제 오찬 행사에 왔었죠? 헝가리에서 오신 분이라는 거 압니다. 어제 지출이 만만치 않았을 텐데요? 나한테 뭔가 얘기하고 싶은 게 있다면 지금이 기회입니다!”

가보르는 자신의 연구에 대해서 이야기하자 아르놀드는 연구 방향이 잘못된 것 같다고 조언했다. 그 후 이런저런 얘기를 하면서 아르놀드는 최소 안정 입체, 두 개의 균형점이 있으며 그중 하나만이 안정적인 입체가 존재할 거라는 자신의 믿음을 털어놓았다.

그 몇 분의 시간이 가보르의 인생을 바꿔놓았다. 가보르는 12년간 그 형태를 추적했다. 그는 수천 개의 조약돌을 수집하고 관찰한 후에야 그 형태가 자연에는 존재하지 않는다는 확신을 얻었고 여러 조각들을 맞추어, 아마도 왜곡된 구의 형태, 일종의 스페로이드spheroid(회전타원체)를 만들어야 할 것이라고—스페로이드는 자연계에서 보기 드문 형태이기 때문에—생각했다.

2007년에 드디어 가보르는 자신의 제자였다가 이 모험의 동반자가 된 페테르와 함께 그 형태를 찾아냈다. 연금술과도 같은 고도의 기술로 미묘하게 변형시킨 구가 바로 그 형태다. 가보르는 여기에 ‘스페로이드’를 뜻하는 헝가리어 ‘곰뵈츠’라는 이름을 붙였다.

최초의 곰뵈츠는 추상적이었고 육안으로 보아서는 구와 구분이 되지 않을 만큼 흡사했다. 그러나 가보르와 페테르는 곰뵈츠를 조금씩 변형하는 데 성공하여 테니스공과 선사시대 인간이 깎아낸 돌의 중

간쯤 되는 모양을 얻어냈다. 물론, 안정적 균형점 하나와 불안정적 균형점 하나를 갖는다는 고유한 속성은 그대로다!

가보르가 나에게 거대한 플렉시글라스 소재의 곰뵈츠를 내민다.

"아름답지 않나? 12년의 연구결과라네! 중국 사람들은 이걸 보고 음양陰陽의 입체적 표상이라고 생각하지! 맨 처음 만든 곰뵈츠는 아르놀드 선생께 드렸지. 자네에게 줄 곰뵈츠는 금속으로 잘 뽑아 자네 연구소 창립연도를 따서 1928번이라고 번호를 매겨 보냄세!"

토카이를 한 모금 더 들이켠다. 아이들은 대형 스크린에 뜨는 사진들을 사진 찍고 있다. 실력 있는 아마추어 사진작가인 가보르의 아내가 사진 찍는 아이들을 사진에 담는다. 가보르는 계속 이야기를 늘어놓고 나는 그 이야기에 푹 빠져 귀를 기울인다. 영원한 이야기, 수학, 탐색, 꿈, 열정의 이야기에.

부록

36~37쪽 : 닐 게이먼, 『망가지기 쉬운 것들』 중 「태양새」에서

'Crawcrustle', said Jackie Newhouse, aflame, 'answer me truly. How long have you been eating the Phoenix ?'

'A little over ten thousand years', said Zebediah. 'Give or take a few thousand. It's not hard, once you master the trick of it ; it's just mastering the trick of it that's hard. But this is the best Phoenix I've ever prepared. Or do I mean, "This is the best I've ever cooked this Phoenix" ?'

'The years !' said Virginia Boote. 'They are burning off you!'

'They do that', admitted Zebediah. 'You've got to get used to the heat, though, before you eat it. Otherwise you can just burn away.'

'Why did I not remember this ?' said Augustus TwoFeathers McCoy, through the bright flames that surrounded him.

'Why did I not remember that this was how my father went, and his father before him, that each of them went to Heliopolis to eat the Phoenix ? And why do I only remember it now?'

'Shall we burn away to nothing ?' asked Virginia, now incandescent. 'Or shall we burn back to childhood and burn back to ghosts and angels and then come forward again ? It does not matter. Oh, Crusty, this is all such fun !'

88~89쪽 : 마셜 포, 『기억의 백과사전』 중 'DNE, 미 고등 연구소에 존재했던 유일한 록그룹'이라는 항목에서 발췌

What happens when you gather 200 of the world's most serious scholars, isolate them in a wooded compound, liberate them from all the mundane distractions of university life, and tell them to do their best work ? Not much. True, a lot of cutting edge research gets done at the celebrated Institute for Advanced Study near Princeton. Due to the Institute's remarkable hospitality, there is no better place for an academic to sit and think. Yet the problem, according to many fellows, is that the only thing there is to do at the Institute is sit an think. It would be an understatement to call the IAS an Ivory Tower, for there is no more lofty place. Most world-class academic institutions, even the very serious, have a place where a weary bookworm can get a pint and listen to the jukebox. Not so the IAS. Old hands talk about the salad days of the 40s and 50s when the Institute was party central for Princeton's intellectual elite. John von Neumann invented modern computing, but he is also rumored to have cooked up a collection of mind-numbing cocktails that he liberally distributed at wild fetes. Einstein turned physics on its head, but he also took the occasional turn at the fiddle. Taking their cues from the Ancients, the patriarchs of the Institute apparently believed that men (as they would have said) should be wellrounded, engaging in activities high and low, according to the Golden Mean. But now the Apollonian has so overwhelmed the Dionesian at the Institute that, according to the Golden Mean. But now the Apollonian has so overwhelmed the Dionesian at the Institute that, according to many members, even the idea of having a good time is considered only in abstract terms. Walking around the Institute's grounds, you might trip over a Nobel laureate or a Fields medalist. Given the generous support of the Institute, you might even become one. But you can be pretty certain that you won't have a drink and a laugh with either.

218~219쪽 : 필즈 연구소 학회 초대

Date: Tue, 22 Sep 2009 16:10:51 –0400 (EDT)
From: Robert McCann ⟨mccann@math.toronto.edu⟩
To: Cedric Villani ⟨Cedric.VILLANI@umpa.ens–lyon.fr⟩
Subject: Fields 2010

Dear Cedric,

Next fall I am involved in organizing a workshop on "Geometric Probability and Optimal Transportation" Nov 1–5 as part of the Fields Theme Semester on "Asymptotic Geometric Analysis".
You will certainly be invited to the workshop, with all expenses covered, and I hope you will be able to come.
However, I also wanted to check whether there is a possibility you might be interested in visiting Toronto and the Fields Institute for a longer period, in which case we would try to make the opportunity attractive.
Please let me know,
Robert

Since $\gamma = 1$ is the most interesting case, it is tempting to believe that we stumbled on some deep difficulty. But this is a trap: a much more precise estimate can be obtained by separating modes and estimating them one by one, rather than seeking for an estimate on the whole norm. Namely, if we set

$$\varphi_k(t) = e^{2\pi(\lambda t+\mu)|k|}\,|\widehat{\rho}(t,k)|$$

then we have a system of the form

$$\varphi_k(t) \leq a_k(t) + \frac{c\,t}{(k+1)^{\gamma+1}}\,\varphi_{k+1}\left(\frac{kt}{k+1}\right) \tag{7.15}$$

Let us assume that $a_k(t) = O(e^{-ak}\,e^{-2\pi\lambda|k|t})$. First we simplify the time-dependence by letting

$$A_k(t) = a_k(t)\,e^{2\pi\lambda|k|t}, \qquad \Phi_k(t) = \varphi_k(t)\,e^{2\pi\lambda|k|t}$$

Then (7.15) becomes

$$\Phi_k(t) \leq A_k(t) + \frac{c\,t}{(k+1)^{\gamma+1}}\,\Phi_{k+1}\left(\frac{kt}{k+1}\right) \tag{7.16}$$

(The exponential for the last term is right because $(k+1)(kt/(k+1)) = kt$. Now if we get a subexponential estimate on $\Phi_k(t)$, this will imply an exponential decay for $\varphi_k(t)$.

Once again, we look for a power series, assuming that A_k is constant in time, decaying like e^{-ak} as $k \to \infty$; so we make the ansatz $\Phi_k(t) = \sum_m a_{k,m}\, t^m$ with $a_{k,0} = e^{-ak}$. As an exercise, the reader can work out the doubly recurrent estimate on the coefficients $a_{k,m}$ and deduce

$$a_{k,m} \leq \text{const.}\, A\,(k\, e^{-ak})\, k^m\, c^m\, \frac{e^{-am}}{(m!)^{\gamma+2}}$$

whence

$$\Phi_k(t) \leq \text{const.}\, A\, e^{(1-\alpha)(ckt)^\alpha}, \qquad \forall \alpha < \frac{1}{\gamma+2} \tag{7.17}$$

This is subexponential even for $\gamma = 1$: in fact, we have taken advantage of the fact that echoes at different values of k are asymptotically rather well separated in time.

As a conclusion, as an effect of the singularity of the interaction, we expect to lose a fractional exponential on the convergence rate: if the mode k of the source decays like $e^{-2\pi\lambda|k|t}$, then φ_k, the mode k of the solution, should decay like $e^{-2\pi\lambda|k|t}\, e^{(c|k|t)^\alpha}$. More generally, if the mode k decays like $A(kt)$, one expects that $\varphi_k(t)$ decays like $A(kt)\, e^{(c|k|t)^\alpha}$.

Then we conclude as before by absorbing the fractional exponential in a very slow exponential, at the price of a very large constant: say

$$e^{t^\alpha} \leq \exp\left(c\, \varepsilon^{-\frac{\alpha}{1-\alpha}}\right) e^{\varepsilon\, t}$$

234쪽 : 브라운 대학교에서의 발표 발췌

Coulomb/Newton (most interesting case)

In the proof the Coulomb/Newton interaction and the analytic regularity are both critical; but it still works on *exponentially large times* "because"

- the expected linear decay is exponential
- the expected nonlinear growth is exponential
- the Newton scheme converges bi-exponentially

Still it seems possible to go further by exploiting the fact that *echoes at different spatial frequencies are asymptotically rather well separated*

237~239쪽 : 재심 청원

Paris, December 6, 2009

Cédric Villani

École Normale Supérieure de Lyon

& Institut Henri Poincaré

11 rue Pierre & Marie Curie

F-75005 Paris, FRANCE

cvillani@umpa.ens-lyon.fr

To Johannes Sjöstrand

Editor of Acta Mathematica

IMB, Université de Bourgogne
9, Av. A. Savarey, BP 47870
F-21078 Dijon, FRANCE
johannes.sjostrand@u-bourgogne.fr

Resubmission to Acta Mathematica

Following your letter of October 23, we are glad to submit a new version of our paper, On Landau damping, for possible publication in *Acta Mathematica*.

We have taken good note of the concerns expressed by some of the experts in the screening reports on our first submission. We believe that these concerns are fully addressed by the present, notably improved, version.

First and maybe most importantly, the main result now covers Coulomb and Newton potentials ; in an analytic setting this was the only remaining gap in our analysis.

Analyticity is a classical assumption in the study of Landau damping, both in physics and mathematics ; it is mandatory for exponential convergence. On the other hand, it is very rigid, and one of the referees complained that our results were tied to analyticity. With this new version this is not so, since we are now able to cover some classes of Gevrey data.

In the first version, we wrote "we claim that unless some new stability effect is identified, there is no reason to believe in nonlinear Landau damping for, say, gravitational interaction, in any regularity class lower than analytic." Since then we have identified precisely such an effect (echoes occurring at different frequencies are asymptotically well separated). Exploiting it led to the above-mentioned improvements.

As a corollary, our work now includes new results of stability for homogeneous equilibria of the Vlasov-Poisson equation, such as the stability of certain nonmonotone distributions in the repulsive case (a longstanding open problem), and stability below the Jeans length in the attractive case.

Another reservation expressed by an expert was our use of nonconventional functional spaces. While this may be the case for our "working norm", it is not so for the naive norm appearing in our assumptions and conclusions, already used by others. Passing from one norm to the other is done by means of Theorem 4.20.

The paper was entirely rewritten to incorporate these improvements, and carefully proofread. To prevent further inflation of the size, we have cut all developments and comments which were not strictly related to our main result ; most of the remaining remarks are those intended to just explain the results and methods.

As a final comment about the length of our work, we are open to discussion regarding adjustments of organization of the paper, and we note that the modular presentation of the tools used in our work probably makes it possible for some referees to work in team, thereby hopefully alleviating their task.

We very much hope that this paper will satisfy the experts and remain

Yours truly,

Clément Mouhot & Cédric Villani

271~272쪽 : 위리엘 프리슈의 발표 자료

Tyger phenomenon for the Galerkin-truncated Burgers and Euler equations (1h00') by Uriel Frisch

It is shown that the solutions of inviscid hydrodynamical equations with suppression of all spatial Fourier modes having wavenumbers in excess of a threshold k_g exhibit unexpected features. The study is carried out for both the onedimensional Burgers equation and the two-dimensional incompressible Euler equation. At large k_g, for smooth initial conditions, the first symptom of truncation, a localized shortwavelength oscillation which we call a "tiger", is caused by a resonant interaction between fluid particle motion and truncation waves generated by small-scale features (shocks, layers with strong vorticity gradients, etc.). These tygers appear when complex-space singularities come within one Galerkin wavelength $\lambda_g = 2\pi/k_g$ from the real domain and typically arise far away from preexisting small-scale structures at locations whose velocities match that of such structures. Tygers are weak and strongly localized at first-in the Burgers case at the time of appearance of the first shock their amplitudes and widths are proportional to $k_g^{-2/3}$ and $k_g^{-1/3}$ respectively-but grow and eventually invade the whole flow. They are thus the first manifestations of the thermalization predicted by T.D. Lee in 1952. The sudden dissipative anomaly-the presence of a finite dissipation in the limit of vanishing viscosity after a finite time-, which is well known for the Burgers equation and sometimes conjectured for the 3D Euler equation, has as counterpart in the truncated case : the ability of tygers to store a finite amount of energy in the limit $k_g \to \infty$. This leads to Reynolds stresses acting on scales larger than the Galerkin wavelength and thus prevents the flow from converging to the inviscid-limit solution. There are indications that it may be possible to purge the tygers and thereby to recover the correct inviscid-limit behaviour.

옮긴이의 말

이 책은 프랑스 수학자 세드릭 빌라니의 *Théorème vivant*(Grasset, 2012)을 우리말로 옮긴 것이다. 세드릭 빌라니는 1973년생으로, 파리 고등사범학교를 졸업한 후 왕성한 연구 활동으로 유럽수학회상(2008년), 페르마상(2009년), 푸앵카레상(2009년), 그리고 4년에 한 번씩 세계수학자대회에서 수여하는 필즈상(2010년)을 받았다.

『살아 있는 정리』는 그가 클레망 무오와의 공동 연구로 필즈상을 받고 논문이 국제적인 학술지에 게재되기까지의 과정, 즉 하나의 수학적 정리가 탄생하는 과정을 생생하게 보여주는 작품으로, 어느 한 장르로 묶기 어려운 독특한 책인데다가 난해한 수학적 개념과 수식을 다수 포함하고 있음에도 불구하고 이례적으로 베스트셀러가 되었다. 예술가처럼 남다른 패션을 선보이면서도 고도로 지적이고 어려운 수학을 다루는 이 수학자에 대한 대중의 호기심 때문이지 않았을까. 시선을 잡아끄는 이 묘한 매력의 수학자에게 도대체 어떤 일이 일어났는지 궁금해하지 않을 도리가 없었을 것이다. 더욱이 필즈상을 받은 수학자가 대중을 대상으로 자신의 연구 과정을 이토록 소상하게 적어내려간 책은 이 책 말고는 찾기 어려운데, 그만큼 이 책은 세상에 나오기 어려운 희귀종에 속한다.

번역을 업으로 삼는 사람과 어떤 분야의 전문가가 함께 고민해서 학술적 성격이 강한 책을 멋지게 한 번 우리말로 옮겨보면 좋겠다는 생각은 오래 전부터 가지고 있었다. 다만 그 협업의 분야가 '수학'이 될 거라고는 꿈도 꾸지 않았지만…… 그럼에도 불구하고 이 책을 하기로 마음먹은 이유는—이 비유가 적절치 않을 수도 있겠으나—마치 고전 작품을 '다이제스트판'으로만 읽던 사람이 '원전'을 접하고 개안開眼을 하듯이, 처음으로 연구자들의 세계를 날것 그대로 들여다본 것 같은 그 느낌이 좋았기 때문이다. 저자는 연구자의 삶이 어떤 것인가를 보여주고 싶어서 이 책을 썼다고 한다. 이 책에 포함된 오만 가지 어려운 용어와 이론을 그러한 의도에 부수적으로 따라오는 장치로 감안하고 본다면 이 책은 일반 독자들도 즐겁게 읽을 수 있는 책이고 수학자들에게는 필즈상 수상자가 자기 아이디어의 흐름을 낱낱이 공개했다는 점에서 각별히 흥미로울 책이다.

초고를 만드는 작업은 지금까지 손댔던 어떤 책보다 어려웠다. 그렇지만 협업의 자극과 보람은 기대 이상이었다. 세드릭과 클레망처럼 이메일을 한 달에도 수백 통 주고받는 수준은 아니어도 두 명의 역자와 편집자는 수많은 이메일과 회의를 통해서 지속적으로 의견을 주고받았다. 수학자로서도 훌륭하시지만 언어적 감각도 뛰어나신 임선희 교수님, 이 책에 남다른 애정을 보여준 허영수 편집장이 이 부족한 역자 때문에 고생을 많이 하셨다. 늘 혼자 일하는 데 익숙한 사람인지라 오랫동안 이 책을 잊지 못할 것 같다. 무엇보다도 번역과 편집이 몹시 까다로운 이 책이 2014년 한국 세계수학자대회 개최와 세드릭 빌라니의 방한을 앞두고 무사히(!) 한국어판으로 선보이게 된 것이 기쁘다.

이세진

*

처음 책을 받아 단숨에 읽고 나서 든 생각은, "필즈상을 수상한 수학자의 일상이 나의 일상과 참 닮아 있구나" 하는 것이었다.

아이들을 학교에서 데려와 돌보고, 한창 정신없이 연구하는 날에 하필 아이가 실수를 해서 침대시트를 갈며 투덜거리는 빌라니의 모습에서 위안을 느끼기도 했지만, 동시에 집안일과 육아를 분담하면서도 멋진 연구를 하는 모습에 경외감이 들기도 했다.

차근차근 번역을 하면서는, 무엇보다 수학과 어우러진 빌라니의 삶을 엿볼 수 있어서 더욱 흥미를 느낄 수 있었다.

지하철에서 만화책을 꺼내 읽다가 만화의 주인공인 외과의사가 비운의 물리학자 란다우를 살려놓았으면 어땠을까 하고 상상하고, 전혀 관계가 없을 것만 같았던 수학의 개념들 사이의 연관성을 발견하고는 그때의 기쁨을 더없이 시적인 「장미와 선원」 노래의 가사로 표현하는가 하면, 마치 수학 증명 속에 선율이 새겨진 듯 자신이 증명한 결과들 하나하나마다 당시에 들은 음악을 기억하는 모습이 인상적이었다.

락콘서트에서 헤드뱅잉을 하고 돌아가는 길에 히치하이킹을 해준 낯선 이에게 자신의 수학 연구를 설명해주고, 또 그 낯선 이는 사인을 받듯 그에게 수학 공식을 적어달라고 하는 모습에서, 빌라니 한 명뿐만이 아니라 프랑스인들의 일상에 녹아 있는 수학과 그에 대한 애정을 느낄 수 있었고 부럽기도 했다.

공동 연구자 클레망과 쉼 없이 교대로 일할 수 있다며 유럽과 미국의 시차를 좋아하는 모습, 생각을 저돌적으로 밀고 나아가는 모습, 문제에 부딪히고 또 부딪혀도 끈질기게 매달리는 모습, 문제에 완벽히 몰입해서 생각하는 모습을 옆에서 보듯 생생하게 접할 때는 보이지 않는 에너지가 책을 타고 내게로 전해져 덩달아 연구에 대한 나의 열정이 샘솟는 느낌이었다.

빌라니는 수학과 물리학의 경계에 있는 기체의 볼츠만 역학에 대해 연구해왔다. 볼츠만 역학에서는 수십억 개의 기체 입자를 각각 따라가는 대신, 입자의 속도와 위치에 대한 확률 분포의 변화를 연구한다. 균형점의 확률 분포는 알려진 지 오래되었지만, 균형점으로의 수렴성과 그 수렴 속도는 난공불락의 문제였는데, 빌라니는 균형점에서 가깝지 않은 점에서의 수렴 속도를 처음으로 구하였다. 그 후, 빌라니와 무오는 비선형 란다우 감쇠라는, 엔트로피가 증가하지 않으면서도 균형점으로 지수적으로 수렴하는 현상이 가능하다는 것을 수학적으로 입증하여 많은 논란을 잠재웠다. 이런 결과들과 함께 기하학 해석학에서의 최적수송이론 분야를 개척한 공로로 빌라니는 2010년 필즈상을 수상하였다.

비록 빌라니와 분야가 달라서 빌라니의 수학 연구 결과들을 온전히 다 이해하지는 못하지만, 번역을 위해 책을 여러 차례 읽고 빌라니 논문들을 찾아 읽으면서 수학계에서는 중요한 분야이자 나에겐 새로운 분야를 조금 더 이해하게 되었고, 이것은 내게 또 다른 큰 기쁨이었다.

이번에 번역이 얼마나 어렵고 미묘하며 많은 고민이 들어가는 작업인지 절감했다. 평소 존경하던 이세진 선생님과 열정적인 허영수 편집장과 일하게 되어 행운이었다. 마지막으로 모호한 부분들이 있을 때마다 보낸 이메일들에 친절히 답해주신 빌라니에게 감사드린다. 아무쪼록 한국에서 열리는 2014년 세계수학자대회와 때를 같이 하여 출판되는 이 책이 많은 독자들에게 수학에 대한 호기심과 열정을 불러일으키길 바란다.

임선희

가역성reversibility **/ 비가역성**irreversibility 어떤 과정이 가역적이라는 것은 그 과정을 통해 물질의 상태가 변화했을 때 시간을 거꾸로 돌려 처음 시간으로 되돌아간다면 그 물질도 처음의 상태로 되돌아가는 성질을 말한다.

노름norm 노름은 거리의 개념을 벡터공간이나 더 나아가 함수공간으로 일반화한 개념이다. 가령 n-차원 공간에서는 벡터 v의 노름이 원점으로부터의 거리가 되는 유클리드 노름을 생각할 수 있고, 무한한 수열들의 공간에서는 수열 a_n의 노름값을 a_i들의 절대값의 합으로 주는 l^1 노름도 있다. 본문에서 나오는 노름들은 함수공간에서의 노름이다. 이 밖에도 문제에서 구하고자 하는 정칙성에 따라 쓰이는 노름의 종류가 다양하다.

란다우 감쇠 Landau damping 러시아 과학자 레프 란다우는 플라스마를 통과하는 전자기파가 입자 간 충돌이나 마찰이 없는데도 에너지를 잃고 속도가 떨어진다며 이를 '란다우 감쇠'라고 명명했다. 플라스마 속에서의 입자는 파동의 위상에 영향을 받는데, 입자의 속력이 파동의 위상속도보다 작으면 파동의 전기장에 의해 입자가 파동으로부터 에너지를 얻고 가속된다. 입자의 속도가 위상속도보다 느린 것들이 많으면 에너지를 받는 입자들이 더 많으므로, 파동은 에너지를 잃고 속도가 감소한다.

볼츠만 방정식 Boltzmann equation 볼츠만 방정식은 평형상태가 아닌 기체 분자들의 동역학을 설명하는 방정식으로 1872년 볼츠만에 의해 고안되었다. 공간에 열을 가했을 때 입자의 불규칙한 이동에 의해서 기체 분자가 뜨거운 곳에서 차가운 곳으로 흐르게 되는 예 등이 있다. 현대에 와서 볼츠만 방정식이라는 용어는 좀 더 일반적으로, 모든 열역학계 안에서의 거시적인 양(예를 들어 에너지, 전하, 또는 입자의 수)의 변화를 설명하는 운동 방정식을 가리키며 열 에너지나 모멘텀, 열 전도율이나 전기 전도율과 같은 물리적 양이 얼마나 변화할지 판단하는 데 사용된다.

블라소프 방정식 Vlasov equation 블라소프 방정식은 무거운 이온 운동을 무시하는 플라스마 상태의 분포함수distribution function의 시간에 따른 변화를 기술한 미분방정식이다. 전하를 띠는 입자들이 먼 거리의 상호작용(예를 들어 쿨롱 상호작용)을 하는 것으로 가정한다. 1938년에 블라소프가 기존의 볼츠만 방정식은 먼 거리의 쿨롱 상호작용이 있는 플라스마의 상태를 기술하기에 적합치 않음을 지적하고, 볼츠만 방정식과 맥스웰 방정식을 조합하여 처음 이 방정식을 제안하였다. 란다우가 블라소프의 이론을 발전시켜 란다우 감쇠를 발견하였다.

안정성stability 동역학계에서의 궤도란 한 점에 대해서 그 점에 반복하여, 혹은 단일매개변수 함수족을 계속 작용시켜서 나오는 점들의 집합을 말한다. 어떤 동역학계가 안정적이라는 것은 동역학계 내의 궤도에 대해서 초깃값이 조금 변화해도 궤도가 크게 변화하지 않는다는 것을 의미한다.

엔트로피entropy 물리학의 엔트로피는 열역학계에서 무질서의 측도나 열역학 평형으로 가는 과정의 측도로 사용된다. 엔트로피가 최대라는 것은 열역학 평형 상태를 의미한다. 따라서 고립된 계는 점차적으로 열역학 평형 상태가 되므로 고립된 계는 엔트로피가 줄어들지 않는다. 수학의 엔트로피는 여러 종류의 개념이 있으나, 가장 널리 쓰이는 엔트로피는 동역학계에서 측도에 대해 정의된다. 이러한 엔트로피는 정보이론의 엔트로피, 즉 전송된 정보의 총량과 유사하다.

정칙성regularity of function 부드럽게 변하는 함수, 즉 미분이 여러 차례 가능한 함수를 정칙성을 가진다고 한다. 정칙성의 차수가 (n, α)라 하면 n번한 미분이 연속이고 횔더Hölder 연속 $|f(x) - f(y)| \leq C|x-y|^{\alpha}$인 함수를 말한다.

최적수송optimal transport 최적수송 문제는 프랑스 수학자 가스파르 몽주에 의해서 1781년에 제기되었다. 철광 광산들과 철광을 사용하는 공장들이 있다고 하자. 각각의 광산의 철광을 어느 공장으로 수송할지를 정하는 '수송 계획'에 의해서 총 비용은 결정된다. 최적수송 문제는 이러한 상황에서 어떻게 수송 계획을 세우면 최소의 운송 비용이 되는지를 찾는 문제이다. 최적수송 문제는 후에 노벨 경제학상을 수상하게 되는 러시아 수학자 칸토로비치에 의해 재발견되었는데, 그는 확률 척도들(예를 들어 생산과 소비의 밀도 함수들) 사이의 거리를 정의하였다. 1970년대에는 수학자 다나카가 최적수송 이론을 이용하여 볼츠만과 유사한 방정식을 연구하였다.

해석성analyticity of function 어떤 함수가 국소적으로 수렴하는 멱급수로 표현될 때, 함수가 해석적이라고 한다. 해석적 함수들은 무한 번 미분가능하고, 정의역의 각 점에서의 테일러 전개가 원래 주어진 함수로 수렴한다.

찾아보기

| ㄴ |

| ㄷ |

| ㄹ |

| ㅁ |

| ㅂ |

| ㅅ |

| ㅇ |

| ㅊ |

| ㅋ |

| ㅎ |

| 숫자 |

| A~Z |

살아 있는 정리

1판 1쇄 2014년 8월 5일
1판 3쇄 2017년 7월 31일

지은이 세드릭 빌라니
옮긴이 이세진 임선희
펴낸이 김정순
편집 허영수 김소희
디자인 김진영 모희정
마케팅 김보미 임정진 전선경

펴낸곳 (주)북하우스 퍼블리셔스
출판등록 1997년 9월 23일 제406-2003-055호
주소 04043 서울시 마포구 양화로 12길 16-9(서교동 북앤드빌딩)
전자우편 henamu@hotmail.com
홈페이지 www.bookhouse.co.kr
전화번호 02-3144-3123
팩스 02-3144-3121

ISBN 978-89-5605-758-3 03860

해나무는 (주)북하우스 퍼블리셔스의 과학 브랜드입니다.

이 도서의 국립중앙도서관 출판시도서목록(CIP)은 서지정보유통지원시스템 홈페이지(http://seoji.nl.go.kr)와
국가자료공동목록시스템(http://www.nl.go.kr/kolisnet)에서 이용하실 수 있습니다.(CIP제어번호: CIP2014021983)